U0120293

这不仅仅是一本关于我自己的书，
更是我的家庭、我所成长的村落的一本传记。

过往皆为力量

何江

著

CNS
PUBLISHING & MEDIA
中南出版传媒

湖南文艺出版社
HUNAN LITERATURE AND ART PUBLISHING HOUSE

图书在版编目（CIP）数据

过往皆为力量 / 何江著. -- 长沙：湖南文艺出版
社，2024.3（2024.5重印）
ISBN 978-7-5726-1339-5

Ⅰ.①过… Ⅱ.①何… Ⅲ.①散文集—中国—当代
Ⅳ.①I267

中国国家版本馆CIP数据核字（2024）第001553号

过往皆为力量
GUOWANG JIE WEI LILIANG

作　　者：何　江
出 版 人：陈新文
责任编辑：谢迪南　沈世悦
封面设计：文　俊 | 1204设计工作室（北京）
内文排版：刘晓霞
出版发行：湖南文艺出版社
　　　　　（长沙市雨花区东二环一段508号　邮编：410014）
印　　刷：长沙超峰印刷有限公司
开　　本：880 mm × 1230 mm　1/32
印　　张：11.75
字　　数：215千字
版　　次：2024年3月第1版
印　　次：2024年5月第2次印刷
书　　号：ISBN 978-7-5726-1339-5
定　　价：58.00元
　　　　　（如有印装质量问题，请直接与本社出版科联系调换）

初心缘自乡愁

朱永新

2016 年 4 月，我应邀去哈佛大学和麻省理工学院讲演，介绍中国的新教育实验和我对于未来学校的思考。

毕业自哈佛大学的何江全程陪同，甚至我在哈佛大学的书店看书买书的几个小时期间，他都一直在我身边，帮我选书找书。

就在书店里，何江告诉我，他正在写一本英文著作，讲述自己的童年，自己的家乡，自己对农村的关切。我压根没有想到，这个憨厚老实的年轻理工科小伙子，竟然会选择这样的主题写作。为什么？在我的追问下，他告诉我写作的缘由，那是一个有意思的故事。

在哈佛读书期间，何江有一次去聆听世界著名历史学家尼尔·弗格森关于"经济全球化"的演讲。结束后，他找到尼尔·弗格森，谈了自己对于全球化及中国农村发展的看法。尼尔·弗格森对他的观点产生了极大兴趣，专门邀约他与一批名教授喝咖啡，畅聊了整整半天，最后建议他把自己的故事写下来。

我从哈佛回国后不久，在哈佛大学的毕业典礼上，寡言少语、憨厚腼腆的何江，竟然一鸣惊人，成为有史以来第一位在哈佛大学毕业典礼上演讲的中国人。

我这才知道，原来，在波士顿陪同我们的那段时间，正是何江紧张地准备讲演、接受面试的关键时刻。我又是吃惊，又是高兴，又是感动，也真的非常后悔。这么重要的事情，他不仅没有告诉我们，而且无怨无悔地把大把的时间花在陪同我们身上。我深深感佩他大事临头仍从容不迫的心态。他却说，我要向你们学习啊。

低调、朴素、诚恳、谦逊，这就是何江给我留下的第一印象。

半年后的 9 月 28 日，新教育研究院新阅读研究所在国家图书馆举行首届"领读者"大会。作为一名读书改变命运的典型，组委会邀请何江作为嘉宾参加大会，讲述他的读书故事。虽然因为时间安排冲突无法到会，他还是专门为大会发来了一个非常精彩的视频讲演。

在视频中，何江说，是阅读，是教育，把他从一个世界带入了另一个世界，如果没有阅读，他不可能发现另外的世界，不可能有如此丰富的精神生活。他也介绍了自己正在阅读的书籍，并且希望所有的寒门学子都能够养成阅读的习惯，拓宽自己的视野和见识。

爱读书、善思考、有情怀、有追求，何江又给我留下了新的形象。

一个多月后，我的邮箱里收到了何江撰写的这本反映中国乡村生活，思考中国乡村未来的著作。为了方便我阅读，他委托自己的中学同学黎明先生专门送来了这本书的打印稿。黎明告诉我，何江希望我为该书作序。

作为第一读者，我利用元旦的假日，一口气读完了何江的这本书稿，感慨万千。这是一本非常特别的著作，不仅文采飞扬，扣人心弦，而且内容丰富，催人奋进。它是一个人的成长史，也是一个家族的成长史，一个乡村的变迁史。

说它是一个人的成长史，是因为这本书详细地讲述了何江如何从湖南的一个乡村娃，成长为哈佛学子的历程。一直到上大学才第一次进城，父母都是普普通通的农民，上大学前连电脑键盘都没有看过摸过的农村孩子，为什么能够一步一步走到今天？一个个看似偶然的细节，悄悄通往何江的心灵世界。

说它是一个家族的成长史，是因为这本书也详细地记录了何江的父亲、母亲、爷爷、舅舅、弟弟等家族人物的故事，他们对于何江的影响。尤其是何江笔下的父母，母亲如何星夜编织渔网补贴家用，父亲如何外出打工捕鱼维持家庭开销，爷爷如何为建房子与父亲较劲，何江身上的勤勉、坚韧，无疑受到父母等家庭成员的深刻影响。

说它是一个乡村的变迁史，是因为这本书同时记录了中国改革开放 30 多年来，农村生活的天翻地覆的变化。传统的瓦解，代际的冲突，现代技术对田园生活的冲击，如同一幅画卷，在何江笔下展开。随着中国现代化，传统的乡居生活在逐渐消失，都市人对乡村有着好奇感和疏离感，同时又有着一层不可磨灭的乡愁。何江告诉我，自己一直很喜欢《江城》这本书，但这本书是从一个外国人的角度写中国普通人的生活；他希望自己的书能够从一个中国人的角度写一个关于自己父老乡亲的故事，告诉全世界一个真实的中国乡村、真实的中国人的生活。他说，这本书其实想回答的是一个简单的问题：乡下人是怎样过日子的，乡居生活究竟是怎样的？

读这本书的过程，其实也是走进中国 80 后、90 后年轻人的内心世界的过程。何江的与众不同，体现在中学和大学学习期间，他就大量地阅读人文社会科学著作，读小说，读诗词，知识面非常宽。他没有像许多理工男一样，两耳不闻窗外事，而是在扎扎实实研究专业的同时，深切地关注农村，关注社会，关注中国的未来。

何江不仅是一个有故事的人，也是一个会讲故事的人。何江在哈佛大学的演讲中的故事，由于时间的限制无法展开，但在这本书中，讲述得更为详尽，更为生动，更为精彩。

我想，哈佛大学选择何江作为毕业典礼的演讲者，不仅因为他的故事精彩、学业优秀，更因为他的情怀契合哈佛大学的精神。那个小时候被毒蜘蛛咬了一口的孩子，那个被母亲用传统的火疗医治的孩子，发誓用他的知识、智慧和坚韧，帮助更多的乡村的孩子，帮助更多需要帮助的人们。正如他说的那样："我经历过巨大的城乡差距，也见到了知识和技术如此分配不均。其实，我们可以很容易地帮助那些落后地区的人，只要把现代社会里的知识分享传递给他们。"因为如此深刻的乡愁，怀着如此质朴的初心，写出这本书的他不仅实现了自己对尼尔·弗格森教授的承诺，也初步实现了对故国家园的承诺。

非常巧合的是，今天早晨，我在电脑前敲击这篇小序的最后一段文字时候，何江的同窗给我发来短信，何江又有大新闻——刚刚被福布斯杂志评为30位30岁以下医疗健康领域青年俊杰。

我想起书中的一个细节：一位算命先生曾经预言，何家要出大人物。成绩的取得，究竟是算命先生的预言灵验，还是这样的预言本身就是激发潜力的灵丹，或是懂事的农村孩子顽强挑战命运的努力，抑或是家庭、学校、社会、时代的合力？

这些就留待读者自己去解读吧。相信怀着乡愁、不忘初心的何江，能够从故土中汲取更多力量，能够在异乡中汇聚更多力量，浩浩荡荡，勇往直前。

（朱永新，著名教育家，中国民主促进会中央委员会常务副主席，新教育实验发起人，中国教育学会副会长，苏州大学教授）

走出自己的天空

时光回到五年前，那时的我还是刚入学不久的懵懂博士生，对哈佛周围的一切都有着一种近乎痴迷的好奇。有一天，在哈佛校园闲逛的时候，我偶然发现历史系的尼尔·弗格森教授将在校园里做一场关于经济全球化的讲座。我虽从事的是生物科学研究，但尼尔·弗格森教授的大名却是有所听闻的。早在上大学的时候，我便读过他所撰写的《帝国》，再后来到了美国，我也翻阅过他写的《货币崛起》。他是那种极少数能够横跨学术界、金融界和媒体界的专家之一，在西方历史学界极负盛名，甚至曾被《时代》杂志评为2004年影响世界的百人之一。2011年，弗格森教授撰写了《文明》一书，该书深刻分析了东西方文明的碰撞，也指出今天的西方文明似乎正在失去活力，而其他文明正在蓬勃地崛起。那天的讲座便是以该书为主题，同听众分享书中所提到的文明崛起的几个关键要素，以及自 2008 年全球经济危机后世界各地区的经济走势。

我抱着了解不同领域信息的心态进入讲座现场，可不曾想到，弗格森教授的讲座中多次提到了中国近几十年来在经济上的崛起，他所列举的不少例子更是让我好奇。讲座后，我便鼓起勇气，班门弄斧地在他面前聊起了中国，特别提到中国农村在近三十年来各方面的发展和变化。

我原本以为弗格森教授只会出于礼貌，随口和我聊上几句，可没料到的是，我所聊到的事情中有一件引起了他的注意：大概在 2008 年左右，中国为了刺激经济发展，有不少民办企业下农村，把简单的机械组装工作分派给村庄里的无职农民，好让农民可以通过在家工作赚钱，而我母亲便是其中之一。我对这个细节并不怎么在意，可弗格森教授专攻经济历史学，在这个细节里隐约看到了欧洲工业革命时期传统农业社会转型的故事在中国重演，一下子就来了兴趣。他问我几天后有没有时间去他的办公室细聊。这突如其来的邀请令我意外，我无法拒绝，于是做足了准备，三天后如约和他讨论我所见证的中国的发展。

我们的聊天很是随意，我们从世界经济的宏观发展趋势，聊到了中国的发展，再后来便是中国农村的状况。或许是由于弗格森教授的研究经常从大的层面入手，对中国乡村的个体故事并不是很熟悉，于是，当他听说我在中国农村长大的时候，他更加好奇我在农村的成长历程。所以，我们从中国经济聊到了中国农村，聊到了我的出生，聊到了生我养我的村庄，还聊到后来我一步步走出乡村，进入城市，再到哈佛求学的历程。每聊到一处他未曾了解的，他便会打断我说很有意思，然后又示意我继续讲下去。待我讲完，他笑着对我说，我从一个传统的村落出生，进入城镇，接着进入中国的城市，再后来来到西方高科技的中心，这一路，好像完成了一次快进版的工业革命。

"这段经历很独特，可能没有多少人能够拥有，你就不想把它写成一本书吗？"弗格森教授问。

"写书？"我从来没有想过自己成长过程中那些普普通通的故事能写进一本书，"能写些什么呢？我刚刚讲的不过是我成长过程中的一些片段，支离破碎，没有多少人会感兴趣的。"

"不，不，就是这些简简单单的小事情。你应该把它们记下来，像那些口述历史的人一般。不少人都想从这些故事里了解中国乡村的真实状况呢，你真该考虑写写，会有很多人愿意读的。"

这便是我动笔写这本书的起因了。在弗格森教授的鼓励下，我开始从我自己、我家人的记忆里搜集那些关于我成长的故事，关于我所出生的村庄的故事，以及在这二十多年里我所走过的地方的故事。我希望将来有一天，我记忆中的中国乡村能够唤起那些久居都市的人的乡愁。

这一来一回，五年很快便过去了。五年里，发生了很多事情，家、村庄、城镇，都在以一种前所未有的速度往前发展。每次从美国回国，我都会对曾经熟悉的地方产生一种莫名的陌生感。

五年里，出现在我书里的不少人物也有了改变，有的已经进入社会开始工作，有的成家立业，有的已经离世……就连一直待在哈佛校园里的我，也从一个懵懂的刚入学的学生，变成了生物物理和生物化学的博士、麻省理工学院的博士后。再后来，因为在哈佛大学毕业典礼上做了演讲，还入选《福布斯》杂志所评选的"30位30岁以下医疗健康领域的青年俊杰"，我的故事被不少人所熟知。

很多熟悉我故事的人听到我有意愿写书的时候，都曾建议我把书写成自传，以我的经历为蓝本，讲述我从中国农村走进哈佛的心路历程。可是，在开始构思写作后，我总感觉这样一个励志故事或许太过单薄，甚至不能反映我的个人经历背后那更大的社会背景。要真正了解一个人的成长，了解一个人如何在逆境中坚持自己的信念，走出属于自己的天空，需要更细致入微地探寻他成长背后的故事，他所在的家庭、社会给他带来的潜移默化的影响——这便要求当事人更加敞开心扉，来分享那些在一般的成长故事里不常出现的细节。

这本书，于我而言，承载了更多的意义。

这不仅仅是一本关于我自己的书，更是关于我的家庭、我所成长的村落的一本传记。我生于农村，长于农村，直到高中才进入县城，见识了城与乡的区别。在城市长大的80后、90后，对乡村或多或少有点陌生。我想用这本书回答两个简单的问题：乡下人怎么过日子的？乡居生活究竟是怎样的？随着中国一步步实现现代化，传统的乡居生活正在逐渐消失，都市人对乡村有着好奇感，疏离感，同时又有一份不可磨灭的乡愁。这本书共有十一个章节，每个章节都记录了农村生活的不同侧面，它们拼接在一起，则又组合成了农村生活的一个全景。我们的生活不停地变化，乡下的环境和生活也在不停地变化，这些我身边的人和我生活过的村庄的故事，或许恰恰能够把那个正在逝去的时代记录下来。

又或者，通过这些文字，那些细心的读者能够感受到一个更加立体的、具象的乡村孩子的内心世界。

2016 年岁末于麻省理工学院

目 录

- 1 -

一往无前 / 1

- 2 -

假如春天能够留住 / 25

- 3 -

一万个渔网结 / 59

- 4 -

打鱼人 / 93

- 5 -

盛开生命的房子 / 125

- 6 -

糟老头 / 161

- 7 -

沟伢子 / 205

- 8 -

古钟停落的村庄 / 243

- 9 -

秋天的访客 / 279

- 10 -

捕蛇者 / 303

- 11 -

乌江边的故事 / 331

- **附录** -

哈佛毕业演讲 / 353

- 1 -

一往无前

缘分：老丁和我的生命

每天清晨，当鸡鸣声打破村庄黑夜的沉寂，巫医老丁准会离开他的房子，像村里所有人一般，开始他一天的工作。

不过，他首先得找到工作。

找工作对老丁来说，并不是件难事——他只需要在村里的大路上多走几个来回，看看能否碰到那些来找他解决麻烦的村民。村里人的麻烦事都挺多，老丁总能碰到他的一两个客户。

有时候，来找老丁的只是单独一人；更多时候，一群心急火燎的村民从各个角落赶来，推搡着让他赶紧帮忙。他们个个面带难色，都想快点从老丁这儿讨个计谋或求个平安，有的甚至在老丁没出门前就等在了老丁的家门口。

老丁并不喜欢客人擅自敲他的家门，他只会接那些在路上碰到的求他办事的客户。这一度让村里人不解：为什么老丁不像其他人一般，约个固定的开业时间，让人在既定的时间段里来咨询呢？村里人闲话时常这般嘀咕。

老丁丝毫不在意他们的嘀咕，他只知道，在路上见面能让自己保持碰巧遇到客户的错觉，而这偶遇的错觉，让人倍感神秘。

有时候，有那么一两个特别着急的村民，冒失地敲响了老丁家的门，老丁会在房子里慢悠悠地吱声道："明天我才会有空，您先等等，那个时候我才有空见您。"

　　这是老丁平日里特意想出的客套话。他不想在客人的面前显得无礼，可又不想丧失偶遇的错觉给他带来的神秘感。这些客套话正好给了他逃避的空间。

　　不过，那些人不容易死心，抱怨老丁模棱两可的回复。他们追问老丁："明天，明天，那明天究竟什么时候你才有空呢？"

　　"您没注意到吗？我没手表呢？"老丁示意地扬了扬手，告诉面前的客人。

　　在村里，生活似乎总会不停地上演窘迫和无奈。也不知怎的，每天总会有那么一两个人丢掉了物什，希望老丁帮忙施法找回。这其中包括走失的母鸡和猪仔，丢失的钱，或者农具等等。当然也包括丢了没法找回来的东西，比如爱情，青春，希望。

　　老丁并不宣称他有能力找到这些东西，可是，他喜欢被人求助的感觉，这让他觉得自己在村里是别人无法替代的，于是他对每个诉求都尽心尽力。施法的次数多了，总有应验的机会，于是，人们便愈发相信老丁的神力了。

　　这样说来，老丁算是村里的一个自由职业者吧：他擅长占卜，预言，驱鬼和召灵。他从不觉得自己的这套是骗人的把戏，毕竟他总能在某些时候帮到村里一些绝望的人，而帮了这些人，老丁便觉得自己做了善事，他也可以心安理得地收取点香油钱。

我与老丁的缘分早于我的出生。当我还在娘胎时，老丁曾给母亲算过一卦。他看着母亲的手相，说她命里是个有福之人，会在得子后飞黄腾达。

乡村多有迷信，越是闭塞的地区，人们对宿命就越执着。在村里，几乎人人认同，生辰八字预示着一个人的命数。一生的贵贱，似乎都由出生时的这个随机时间点来决定。按老丁算的卦，母亲怀着的孩子是个有福之人，生辰八字应该很不寻常。

老丁是否有未卜先知的能力，我无从知晓。然而，在我的生辰这件事上，他的预判确乎应验了。

我出生在一九八八年的正月初一。这比医生告知的预产期要早两周，那年的除夕，母亲没有准备去医院迎接孩子的降生，照旧选择在家吃团圆饭。

为了庆祝新年，父亲在镇上采了不少年货。他把看家厨艺拿了出来：红烧肉、炖猪蹄、清蒸全鱼、炒肝儿、花生粒，再配上两瓶米酒，摆在家里的四方桌上，每道菜看着都令人眼馋。

或许是因为荤腥酒水在八十年代的农村饭桌不常见到，看着家人们吃喝得都很尽兴，母亲也变得嘴馋起来。她夹着炒肝儿，嚼了嚼，总觉得嘴里少了点什么味道，于是问父亲，能不能分她一口米酒。

　　"你大着肚子，要酒喝干什么？"父亲听了，先是一怔，告诉母亲，继续吃菜吃饭就好。

　　可母亲似乎下了决心想尝尝米酒的味道，毕竟酒香诱人，配着饭菜，吃起来更有味道。她用筷子在酒碗里点了点酒，滴进了四岁的侄子嘴里。小侄子抿了抿嘴，笑了起来。

　　"你看，侄伢子也吃酒呢。"母亲笑了笑，"小娃娃都能喝，何况我这么个大人。我来喝一小口吧，试试味道，保证不多喝。"

　　父亲拗不过，将酒碗移到了母亲面前。

　　米酒从母亲的喉咙滑下，母亲打了个嗝，酒气从鼻子喷出。她擦了擦鼻子，仔细回味了一把。其他家人看了，都笑得合不拢嘴。

　　也不知是否因为母亲不常喝酒，团圆饭后，母亲觉得有点点倦意，她强撑着聊了一会儿天，还未等家人全散了，母亲就去休息了。

　　家人都认为母亲在年夜饭抿的那一口小酒不会带来任何问题，可第二天早上，母亲起床时突然感到一阵头晕。她摸了摸额头，似乎有点发烧。

前天晚上，村里下了一场大雪，气温骤降，莫不是感冒了？

母亲不太确定，她告诉父亲，自己要在床上多休息会，等养足精神了，没准头就不疼了。按村里习俗，大年初一晚辈们都得给家族里的长辈拜年，母亲还得穿戴好，挨家挨户去亲戚家串门呢。再说，在大年初一就找医生看病，可不是个好兆头，能勉强撑过最好。

可是，事情并没有按母亲期待的方向发展。

醒来后，母亲的头就一直疼着，而且越来越剧烈。她觉得身子虚弱，想吃点早餐，可看着眼前的食物，怎么也提不起胃口。一口吃下去，食物很快又吐了出来。

"哇！"

又是一阵干呕，母亲捂着肚子，觉得一阵疼痛。突然间，她身子一软，瘫坐在椅子上。母亲这才发现，因为干呕，羊水已经破了。

"赶紧去叫医生和接生婆！"母亲叫唤着。在一头忙乱的父亲，已经被眼前的状况吓傻了。回过神后，父亲当机立断，让奶奶在家照看母亲，爷爷出去叫接生婆，而自己则飞奔去找村里的大夫。

村里的大夫多是赤脚医生，治的多是风寒感冒，跌打损伤，并不擅长给妇人接生，接生婆才最懂行。可接生婆到的时候，母亲几乎晕厥了，她的手脚冰凉，肤色也暗沉，没有血色，根本没有力气生娃。接生婆告诉医生，产妇要有意识，才能生下孩子。不论怎样，医生都得想办法把母亲从昏迷状态弄醒。

医生慌了，他的医药箱里并没有多少特效药，产妇昏迷更是他不常见到的症状。该怎么办呢？他试着掐了掐母亲的人中，没有多少动静。

"针灸试试？"接生婆催促着，"有什么穴位能让人赶紧醒来？"

医生这才意识到自己带了针灸盒子，他抽出细长的银针，在火上烤了烤，按着穴位，在母亲的头、脚和手上，分别插上了银针。

母亲动弹了一下，睁开眼睛望了望身边的人。可不知是不是太虚弱了，很快又闭上了眼睛。不管医生再怎么插针，她都没什么动静。

"不能再这么等下去了，"医生建议道，"再等下去会出人命的，得赶紧送县城医院去剖宫产。"

县城离村子有二十多公里的路，春节期间，公交车已经停止运营了，怎么才能去县城呢？

"老丁的堂弟有辆拖拉机，去，赶紧去找老丁和他弟，让他们开拖拉机送去医院。"

父亲这才冷静过来。他沉了口气，告诉老爷子赶紧去村里找年轻力壮的人来帮忙。他把家里的竹床搬了出来，竹床的两边，分别绑上一根长竹竿，做成了个简易的轿子。竹床上铺好了一层薄毯子后，父亲小心地把母亲挪了上去。然后，他把被子盖在了母亲身上，和老爷子叫过来的那些年轻人一起抬着母亲，快步走向老丁家。

风雪交加，原本狭窄的乡间小路，变得更加难走。为了防止跌倒，抬轿子的四个人每一步都走得小心翼翼。看着在竹床上痛苦呻吟的母亲，父亲心急如焚，不停地催着大家快步走。一行人在茫茫白雪中和时间赛跑，每一步都性命攸关。

可到了老丁堂弟家后，堂弟却有点不情愿开车去送。他看着躺在竹床上的病人，觉得十有八九撑不过这一个多小时的车程。万一在路上，人出了问题，会不会怪他呢？大年初一搭上这样的晦气事，他可不乐意。

"求求你了，救人要紧。"父亲恳求道，可对方还是有点犹豫。

老丁看不下去了："弟，你这就不通人情了，哥在这里当着所有人的面担保，要是真出了问题，和你没关系。"

拖拉机车主这才松了口气："把她抬到车上吧。"

一众人小心翼翼地把产妇挪上了车。他们各自搬了条板凳，爬上车坐着。接生婆和医生也跟了上去，就等拖拉机车主发车。可许是天气寒冷，拖拉机的油被冻住了，任凭拖拉机主摇把手，车都只是轰隆几下就熄火了。

"该怎么办呢？"父亲在一旁急了。

"车油被冻住了，要有油才能发车。"

"那怎样才能让油进到发动机呢？"

"没准你可以去用嘴吸下油管，把那些浮在表面的油吸过来。"老丁再次给了个建议。

父亲想都没想，便跳下了拖拉机。他把油管拔下来，放在嘴里，猛吸了几口。柴油顺着油管流了出来，父亲把油管插好，示意拖拉机车主再次发动机器。他猛地摇了几圈把手，"轰隆隆"，柴油机总算响了起来。

就这样，一行人手忙脚乱地跟着拖拉机，在大雪里开向了县城的医院。直到中午，队伍才进了医院的妇产科。妇产科医生接手后，母亲立马被推向了手术室，而其他人，则留在了手术室门外，继续惊魂不定地等着医生手术的结果。

几个小时后，医生出来了，告诉父亲，手术很成功，母子也都平安。只是因为母亲失血过多，目前还在昏迷状态。等过几天，人应该可以慢慢恢复。

就这样，我在一家人手忙脚乱的情况下降生了。

听到医生报的平安信，老丁笑着告诉在一旁高兴得流泪的父亲："这娃是个磨人精，以后得多调教，你们一家人受的罪才值。"

父亲朝老丁点了点头，早把老丁当成了孩子的救命福星。

抉择：乡村与县城教育

我出生在湖南宁乡的停钟村。像所有名不见经传的村子，停钟并没有多少文字记录。我们何家原本不住在停钟，而是十几里开外的横田村。二十世纪六十年代，太爷爷带着一家搬迁来到停钟，到一九八八年，我们家在停钟几近生活了三十年，家人知晓的关于这个村子的历史也就如此。不过，如果硬要和中国历史扯上些许关系，那么停钟村倒是和毛主席故居韶山冲很近，只隔着一座山头，大约两小时车程。村里老人每每说起村子的地理位置，总有溢于言表的自豪。

在停钟，若是往外眺望，映入眼帘的，是绵延不断的群山丘壑。山丘把平地分成了一块一块的，勤劳的村民用锄头修整田埂，筑出狭长的水田，从山腰，直至山底。纵横阡陌，还有零星分散的掩映在树荫下的农舍，以及一条盘过村子的乌江河，构成了停钟的所有景致。山间新凿的小路连接着外头的乡镇，这是村子与外界的主要连接。

村里人文化水平普遍不高，八九十年代，半数的村民都没上过初中。我们的祖祖辈辈都生活在这个多山的村庄，年复一年，好像从一开始，我们的世界便与外面没有多少关系。有人出生了，有人死去了，循环往复，像活在与世隔绝的梦境一般。

在梦境里的人是幸福的，因为他们不需要思考现实的窘迫。那个时候，村民们都忙着打理家中的水稻田，还有猪圈里的几对猪仔。每个人似乎都过得心安理得，丝毫不觉得自己的生活清苦。村里人当然知道自家穷，可放眼望去，附近村庄的所有人也都穷苦，他们便不觉得自己的生活有多么无助了。村里人甚至学会了自嘲，好像能和这种清苦的生活作斗争，本就是一件乐事。

不过，和处在这个时代洪流的大多数人一样，村里人没能料到，在往后不久的岁月里，村外的世界会以令人震惊的速度变化。这些变革，终有一天，也会触及这个在地图上压根就没有注脚的小村落。

在我童年的记忆里，村里人总在闲话聊着南方广州、深圳的故事。故事里，那些城市满大街都扬着金钱，只要愿意去闯，不出三年，穷汉子也能成为"万元户"。

有敢闯的村民吃了第一口螃蟹，辗转南下打工。果不其然，他们给停钟带来了人们从未见过的财富。电视机、收音机、摩托车，这些从未出现在停钟的新奇物件，一次又一次给村子带来了轰动。为了收看电视，村里人愿意搬着凳子走几里山路，到有电视的主人家，等上好几个小时。

一瞬间，世界像被撕开了一个口子，过去和未来，在这个剧变的年代，充满了对立和不确定。那些指引着过去的原则，还有关乎未来的预言，逐渐模糊起来。譬如说户口吧：在我出生前，生在农村，便是农民，一辈子只会和眼前的一亩三分地打交道。可眼下时局变了，农民也可以到城镇工作了，再过些年，甚至也能成为"城里人"了。再比如说职业，子承父业，在农村很常见，可如今，只要敢闯，孩子便可以过上与父母完全不一样的生活。

未来的无限可能带给人兴奋感。可兴奋过后，人们便会疑惑，往后的日子会变得怎样呢？自己有没有可能把握住机遇？这无疑给老丁带来了前所未有的机遇——越是不确定的年代，人们越需要从老丁的神秘卦象里，看到未来的景象。

我的生活由此，再次与老丁联结在了一起。

这次契机，关乎我的教育。

我在乡下读小学与初中，从学业成绩来看，我是个读书的料，成绩一直名列前茅。我的父母想为我创造更好的学习环境，可乡下教育资源匮乏，他们一直都为此犯愁，不知该怎么办。

九十年代，民营教育在全国各地悄然生长。二〇〇〇年，宁乡县城先后成立了几所私立中学，它们背后有着雄厚的财力支撑，能够配备良好的师资及先进的教学设施。私立学校才成立的那几年，学校口碑并没有完全建立起来，学校拿不出更多的教学成果来说服家长放心地把孩子送到这些学校。为了在升学率上树立声望，这些学校便想着去乡下挖一些优质生源。被选中的家庭，可以免交学杂费。

初二那年的县级统考，我的成绩在全县学生里很拔尖。机缘巧合下，一所私立中学的招生办找到了我父母，劝说我从乡下转学。

父母拿着招生老师带来的宣传册，翻来覆去地看着。宣传册的扉页，是新中学的校园全貌。十多幢崭新的教学楼排排坐落在县城的郊区，错落有致。每间教室都高大宽敞，装着明亮的玻璃窗。扉页旁边，是多名特级教师的专栏介绍，各个学科都有一两位优秀教师。这些宣传图片很有说服力，县城的师资力量不论怎样都会比乡下要好，再加上上学免费，对家庭也是减负。我的父母没有多犹豫，便和新中学的招生老师签了合同。

然而，事情并没有像我父母期待的方向发展。初三学年开始后，乡下的初中发现我没有入学报到，一时间慌了。几经调查，他们打听到我转学的消息。好不容易培养出了个优异的学生，突然间，学生就被其他学校给挖走了，怎能不心疼呢？校长和班主任风风火火地跑到我家去质问我的父母，责怪他们为何擅作主张，把孩子转走。我的父母并不想退让，坚决地告诉老师们说这是为了孩子的将来做打算。

老师们还是不死心，总觉得该做点什么。几经讨论，他们闹到了镇上的教育局，请教育局的领导出面，一起到县城的中学去要人。

于是，在我来到新学校的一星期后，村里中学的一群老师，还有镇上教育局的领导，怒气冲冲地来到私立中学拿人。

"你们把我的学生交出来！"校长叫嚷着，"我们学校的学生丢了，难不成你还能藏着不让我见？这是什么道理？"

"学生入学在我们这儿都是走的正规程序，都有章可循，你们哪能强抢？"新中学的校长回复道。

"嘿，你们这种连正规资格都没有的冒牌中学，还变得有理了？！教育局的领导我叫来了，胡乱收学生，领导们看看，这个理怎么评？"

新中学的校长一时不知道如何回复，在一群人的推搡下，最终没能挡住办公室的门，只得把人放了进来。十多个人怒气冲冲地走了进来。

"为什么要转校?!"一看到我,校长的嗓门提高了好几个分贝,"哪有这么不听话的学生,你看,搞得我们学校鸡飞狗跳的,不知道的还以为我们学校弄丢了学生。"

"这所学校条件更好,我能够更好地备考。"

"你信他们的鬼话,啊?!告诉你,这是个私立学校,一届考生都没送出去过,到时候教育局接不接受他们的考生资格都说不准呢。完全没有升学率的记录,你也敢来这里学习?"

"但这里教学设备更先进,师资力量也很强,比咱们乡下学校条件好多了。"

"你是说我们这群教了你两年的老师不行吗?"我的话大概伤到了他的自尊心,校长大吼道:"乡下条件自然比不上城里的。可你也不想想那句老话,金窝银窝,比不上家里的狗窝。这两年我们学校在你身上花了多少心思,个个老师都尽心培养你。你倒好,这山望着那山高,翅膀硬了,就立马想拣高枝飞了,你对得起你面前这么多老师吗?"

校长的这些话让我如鲠在喉,仿佛自己成了叛徒。

看到我面带愧疚,校长的语气缓和下来,他继续说:"你不要被私立学校优越的条件蒙骗了。听我说,我当校长这么多年了,知道什么才是最适合学生的。就读书来说,分心的东西越少越好。你看看这所学校，每个教室里都装了电视，这是让学生来学习，还是来玩的呢？

"你本来在农村念书，家里也不富裕，已经习惯了农村的那一套学习生活方式。现在突然进城了，满眼都是新奇玩意儿。先不说学习，单说生活，你怎么适应？要是适应不了，你根本竞争不过城里的学生。

"你在咱学校成绩一直很好，只要继续保持下去，肯定可以考上县城最好的高中。按你的底子，在哪里不是学习？听我的话，跟我们回去。要是你担心经济问题，我们学校照样可以给你免除学杂费。"

在回与不回之间，我和父母有着同样的纠结。校长的话虽掺杂着个人情绪，可总还是有点道理。万一真如他所说，在初升高最后一年，我一个乡下娃，贸然换了学习环境，无法适应，反而成绩下滑了，该怎么办？可乡下的教育真的能与县城媲美吗？在乡下备考，能竞争过城里的小孩吗？

犹豫之下，父母找到了老丁，想请他给我的未来占卜。

出乎意料，老丁这次拒绝给我打卦。

"村里其他事你找我打卦可以，伢子的教育，可不兴来找我。"老丁连连摆手。

"您老这些年看的事多，见多识广，就当给咱家娃出个主意，不成吗？"父母追问道。

"老话说，十年树木，百年树人，咱这村子，将来的发达全靠娃娃们。我那点本事，自己清楚得很，远不能给娃娃们的教育做指点。万一算错了，那就是耽误后代的大事，我可担不起这个责任。"

"可眼下这情况，回也不是，不回也不是，究竟该怎么办呢？"

"我们人吧，在这世上走一遭，总会遇到很多关卡需要做选择。你可以选择找我这样的占卜算卦之人找点心理安慰。可也有人，不希望依赖怪力乱神做人生的重要抉择。这件事，你应该问你娃，他怎么想的呢？是靠别人，还是自己？"

老丁和父母的目光落到了我的身上，这是记忆里，我头一次为自己的人生做重大抉择。我沉下心来，梳理起了我的学业成绩。我想，虽说我未曾在县城读书，但就学业而言，我并不比县城的学生差，甚至还算是拔尖的。在县城学习的这一周，我接触了很多新事物，全新的生活环境，全新的校园，同学，老师，每天对我都是一个新挑战。作为从未出过远门的乡下孩子，我对陌生的环境准备好了吗？我没有底。思量再三，我告诉父母，我还是选择回乡下。

"伢子，这就对了，选择没有所谓的对和错，但一定要学会为自己的人生做主，往后你才能一往无前。"老丁笑了。

人生：学会自己做主

"不确定性"是我这一代人成长的社会主题，而学会为自己的人生做主，成了我的人生座右铭。

中国在飞速发展，交通、通信、教育、医疗，各行各业，都在翻天覆地地变化着。几十年间，乡村已经悄然改貌：从前四散的土砖房子都被拆了，换成了新式两层楼房；乡间小路铺上了水泥，水牛和羊群不见了，换来的是三三两两的摩托车或小汽车；农田的面积变大了，由曾经每家每户的精耕细作，变成了现在的大规模机械耕作。劳动力的解放使得更多的村民进城，农村与城市的界限也更加模糊。

农村的发展同样也带来了问题。大批的农民工进城，乡村成了"空心村"，乡村医疗、养老等都成了眼下头疼的社会问题。农村生活水平的提高，使得农民工组成的劳动力不再廉价。比起印尼、越南或者孟加拉国，中国劳工在国际市场逐渐丢失价格优势。这些年，逐渐有外贸企业开始把制造工厂搬出中国，而美国商店里"越南制造"、"印尼制造"的产品也越来越多。广州、深圳这些农民工曾经向往的打工胜地，很少能再为民工提供机遇。那些曾经辉煌的流水线工厂、手工作坊，有的已经悄然倒闭。

这些年来，我从乡下走出，进入县城，而后升入大学，出国在哈佛攻读博士，于麻省理工完成博士后。再后来，我在生物技术行业创业，在全球引领了新一代空间基因组学的产业化浪潮，短短三年，公司完成超过一亿美金的融资，并荣登全球最具创新性的公司。我见证了不同阶层，不同职业，不同文化，不同经济体下的人们为了生活奔忙。这也更让我切身感受到，大时代的洪流下，个人是多么的渺小。

以我所学的专业为例。二〇〇五年，高考填报志愿，我在专业选择上迟迟做不了决定。家族里，我是第一个考上大学的孩子，家人和朋友都给不了我有用的建议。没有先行经验，怎么做最好的选择？我看到大学招生手册，宣传语"二十一世纪是生物科学的世纪"格外醒目。我想，新专业方向未来潜力应该很大，于是自信满满地在生物科学专业画上了钩。

二〇〇五年，生物专业果真成了最火爆的高考专业，分数最好的考生，大多都进入了这个专业学习。

生物专业的火爆持续了六七年，可之后，问题出现了。二〇一〇年左右，生物科技产业化还相当局限，生物专业学生就业，成了高校头疼的问题。大批学生毕业后找不到工作，只能转行。留在该领域的学生，多数选择读研读博。可生物学研究充满了不确定性，五到七年，也不一定能做出原创性成果，博士毕业，找工作仍是头疼的问题。生物很快成了冷门专业。

几乎在同时，社会也在发生巨大的变革。移动互联网的兴起带来了新的造富神话，草根选秀、网红主播，社会在朝更多元化的方向发展，使得底层民众有了新的方式积累财富。许多大学生毕业后的工资完全无法与这些网红主播媲美，"读书无用论"的论调开始流传。身处冷门的生物学专业，那些年，我听到过很多劝退的声音，以至一度怀疑自己当年是否选错了专业。

可生活总会出其不意。二〇一九年底，新冠病毒首次出现在大众的视野，并在短短几个月里席卷全球，给人类带来了难以估量的损失。为了检测、预防和治疗新冠，生物科学家和医生们奋战在了前线，以前所未有的速度开发出检测试剂盒、疫苗以及药物。生物科技对人类健康的影响从未有过如此直接的例证，生物医学领域在短时间内成了几乎所有大国的战略方向。沉寂多年的生物专业又一次火了起来。

时代的浪潮起起伏伏，机遇与挑战变化不定，激荡年代，究竟做怎样的选择，才能驶向更好的未来？我没有确定的答案。但我始终相信老丁说过的，一旦做了选择，我们就要全力以赴，这样才能问心无愧。

二〇二三年，我从美国回乡探亲。因为新冠疫情，我已经多年没回中国了。借着探亲的机会，我访问了上海几个新生物科学技术公司，和他们分享我在美国的一些进展。

我住在他们安排的上海外滩附近的一家五星级酒店，这个待遇让我有点受宠若惊。站在酒店的落地窗旁，我不由自主地拍了一些上海的都市景色。那天下着小雨，晚上雨停了，月亮躲在氤氲的云层里，洒下淡淡的银色的月光，把上海衬得更加漂亮。

晚上，我随着公司接待我的几位领导到了附近的一家餐馆，点上了一些我平常不太点的中西餐（鹅肝、烤鹌鹑蛋、法式点心）。红酒在高脚的玻璃杯中流淌，我端起酒杯，礼节性地向公司领导问好，然后开始和他们谈论那些在美国最前沿的科技发展。晚餐结束，站在酒店的门口往外张望，我才注意到这里在 1849 至 1943 年，曾是法国的租界。那些法式的老建筑有些还矗立着，一瞬间，我回想起百年前中国所受的磨难。看着眼下中国的蓬勃发展，不得不感叹近几十年来令世界震惊的中国速度。

三天后，我从上海启程，乘坐高铁奔向我的老家。火车在华东的平原以二百公里每小时的速度疾驰，车窗外白杨还没来得及被我看清全貌，便已消失在视线之外。

老家的样貌变化似乎不多，无非是多盖了几栋高楼，多修了几条大道。中国城市规划在每个地方似乎都有种莫名的默契，不论在上海，还是中西部的小城镇，你总能看到相似的熙熙攘攘的街道，红黄色醒目的店面招牌，叫嚷着"甩卖清仓"的商贩喇叭。在老家小镇的街道穿梭，有着一种久违的亲切感。不过，这趟回家，有件事情却不在我的计划之内——我被村里的中学邀请，给学生们做报告。

学校的要求很简单：由于学生很少有机会听到国外的情况，他们希望我做个讲座，好让学生了解外面的世界。"要是你能分享自己的成长经历，讲讲自己如何走到国外，"校长恳切地说，"对这些孩子一定是很好的鼓励。"

分享国外的见闻对我来说倒不是难事，可是，面对这群二〇〇〇年后出生的孩子，该如何和他们讲述二十世纪八九十年代的事情，才能让他们觉得我的这段经历和他们仍然是相关的呢？中国近四十年来的变化如此之快，我小时候的经历，在这群初中生的认知里，是不是都已经成了陈年旧事？我不知道。不过，我确乎想和老家的孩子们讲讲过去的生活，讲讲并不遥远的年代里我们这一代在乡下如何奋力拼搏，最终走向远方。

讲座末尾，一个小女孩问我，她的梦想是成为一名画家，可父母却希望她把精力放在学习上，不要浪费时间在这些不切实际的梦想上头。她想知道她该怎么办。

我想告诉这个女孩，勇敢地放手去追寻自己的梦想，可话还未出口，我突然意识到，在停钟，这里的每个孩子都像曾经的我一般，没有多少资源和引导，即便想学画画，也未必能一路学下去。他们追梦的捷径仍是高等教育，我这样的建议合适吗？再者，人工智能的发展正在颠覆无数行业，通过程序，人工智能便能生成知名画家级别的图像，倘若我建议这个女孩走绘画这条路，以后行业被人工智能压缩，她又该怎么办？

剧变的时代，一切都充满了不确定性，而处在剧变时代里的人们，终将放弃过去的生活，拥抱不确定的未来。

我不知道如何给小女孩作答，也不清楚在十多岁孩子的认知里，人工智能、信息化时代，这些词汇会掀起多大的波澜。于是，我选择了放弃这些论述，而给她讲起已经过世的老丁的故事。我告诉她说，村里曾经有个非常传奇的巫医，能够占卜未来，为人点化难关。有的人经过指点，人生越走越顺；有的人却始终困在时间里，走不出他们自己的世界。究竟是老丁厉害呢，还是找他占卜的人有了自己的领悟呢？没有人知晓。我唯一知晓的是，要学会在不确定的生活中认清自己，才能奔赴更远的星辰大海。

- 2 -

假如春天能够留住

春天的故事

每到春天，若是我不在老家停钟村，我总会想起老家前面的一片毛竹林。

那里生长着上千根笔直的翠竹，大都有六七米高，有胳膊粗，它们的竹根盘错在一起，占据了竹林所有的空间，以至除了冬青，几乎没有其他植物能够在竹林里生长。

每年，在竹林四周，又会有数百根竹笋破土而出。新竹推掉压在竹根上的石头，挤开成年的香樟树，一根根，奋力地从灌木丛钻出来，争夺竹林宝贵的生长空间。要是再来一场春雨，竹笋会竭尽全力吸足水分，在未来的一两天里，以每天几近一米的速度生长，很快，这些竹子便会成为竹林的新主人，尽情享受阳光和雨露。

当新竹由芽黄变得翠绿时，竹竿已然变得十分坚韧。我和伙伴们经常在毛竹林里玩耍，或是爬竹竿，或是在竹竿间翻跟头。有时，我们也会爬到竹竿顶端，用身体的重量把竹子压弯，在竹尖上绑一块石头，然后松开压弯的竹子，像操作投石机一般把石头飞掷出去。石头"嗖嗖"穿过竹林，落在远处的灌木丛里，时不时还会惊飞一些在林间筑巢捕食的山鸡。每当这时，我们便奔回家，取出藏在箱底的弹弓，追着那些惊慌失措的山鸡，在竹林里没完没了地奔跑。

毛竹林和旁边的灌木丛，经常会藏着一些我们意想不到的东西：成簇的映山红、乌泡子和新生的荆棘尖。乌泡子是乡下孩子钟爱的野食，但果子要到初夏才会成熟；而映山红花和荆棘尖儿在春末便已适合采摘。

每每发现美味，孩子们是最兴奋的。大家会迫不及待地摘几簇花，或折几枝荆棘尖塞进嘴里，边吃边继续追惊飞的山鸡。

有时候，我们也会碰到蜜蜂。有些胆大的会跟着蜜蜂跑，要是发现了蜂巢，便会折一根竹枝，用衣服捂着脸，把蜜蜂赶走，再小心地把蜂巢打落到地上，这时候，孩子们就一窝蜂地拥上去，抢蜂巢里溢出的蜂蜜。那些被赶跑的蜜蜂不甘心家园被毁，又飞回来攻击我们，追着我们蜇咬。我们一边叫喊着"救命"，摸着额头上被叮咬后的伤口，一边还满足地舔着挂在嘴边的蜂蜜。

在孩子的世界里，快乐和悲伤总显得非常短暂。

竹林里玩腻了，大家约定去山里寻找山洞，但山路中间突然出现的花蛇会打乱我们的计划。

我们都怕蛇，但又特别想捕蛇。我们一个个把弹弓拉满，纷纷朝着花蛇发射石头。石头在地上弹得"砰砰"作响，吓得小花蛇不知道往哪儿逃命，只好跳起来回击，把我们吓得直往后退。我们当然不会轻易放弃。等花蛇停止进攻之后，我们又重新拉满弹弓，继续弹射石子。石头不断地落到花蛇身上，很快，花蛇便被我们打得遍体鳞伤，痛苦地在地上挣扎，没有回击的力量了。胆大的孩子会走上前，兴冲冲地抓起地上奄奄一息的花蛇，得意地展示我们的"战利品"。

在毛竹林边界不远的地方有口水塘。

那是一口人工开凿的池塘，主要用来在旱季蓄水。村里的农妇们每天都会在池塘边洗衣服，这其中也包括我的母亲。

她经常用扁担挑着两个大木桶到水塘边。她先把要洗的衣服放在桶里，装满水浸泡一会儿，然后取出来放在水塘边的石板上，接着用木棒捶打着衣服，挤压衣服里的污渍。木棒捶打湿漉漉的衣物时发出的厚重声响，回荡在山间，伴着水塘里几声野鸭的鸣叫，甚是好听。母亲也会时不时地跟着哼上几支小曲，这一情景，让我一度觉得水塘是个温柔而又美好的存在。

乡里人过日子，每季都要更换一次或几次被褥。那时候，村里还不流行海绵床垫，家家户户的床板上，铺的都是晒干的水稻秸秆。时间一长，秸秆便会被压扁，需要换上新的才能睡得舒服。

开春时，母亲会从房檐上取下过冬前存好的秸秆，一层层铺到我们床上，换掉历经漫长冬季，已被压得干瘪的旧秸秆。然后，她会带着我和弟弟在屋前把换下的秸秆烧掉，好驱走初春的寒气。焚烧秸秆的时候，母亲喜欢往火里扔几把谷粒，随着"啪啦啪啦"的响声，谷粒变成了爆米花。我们看着攒动的火苗，吃着满是草灰的爆米花，闻着加了樟脑球的新秸秆的味道，又是蹦又是跳，好像沉醉在一场美梦里，不愿醒来。

农事一般是在春末开始的，因此春天并不算村子里最忙的季节。不过，乡里人总会有办法，把自己的日子用各种琐碎的事情填满。

譬如清明时候新茶出芽，村里人便会成群结队地背着竹篓进山采茶，采摘完茶叶，他们又得忙着将新鲜茶叶晒干，然后，用松木屑的烟尘烘焙茶叶，制作我们那一带极富特色的烟茶。

野菜在春天里长得格外快。像榆钱、野蕨之类的乡里人喜欢的佳肴，在多雨的春天最是鲜嫩多汁。野菜的鲜美期不长，大家都赶在野菜变老之前开始采摘，再晒干、腌制，好在往后的日子里慢慢享用。

男人们很少会去摘茶采野菜，不过他们手头也有忙不完的工作。

譬如修整水稻田，把家里牲畜栏中堆满的牛粪、猪粪，用木板车一车车运到水田里，让这些天然的有机肥，在稻田里降解。几周之后，是犁田的最佳时期。犁田之后便是种秧、插秧。这些是乡下人一年中最重要的活计，关乎一家人的温饱，容不得任何闪失，男人们自然格外用心。

有一年父亲从养鱼户那里买了鱼苗，放养在我们家的水稻田里。南方的水稻田常年蓄水，藻类和水生昆虫也多，小鱼长得又快又肥。父亲时不时地从水田里用鱼叉叉一两尾鱼回家，母亲将它们红烧或是清蒸，然后端上饭桌——南方"鱼米之乡"的称谓大概就是这么来的吧。

停钟并不算真正的水乡，旱灾时有发生。有一年春天，该来的雨季并没有到来。到了春末，仍然滴雨未下，连耐旱的竹子也蔫了。有一天，父亲在菜园子里翻土。因为天热，好些条蜈蚣从土里爬了出来。父亲不小心踩到了一条，被咬了一口。毒素在父亲的脚上迅速蔓延，完全等不及送医院。父亲果断地将上衣撕成条状，在伤口上进行包扎，阻止毒素向心脏蔓延，然后安排我和弟弟，到附近的山里，去捉一些无毒的蜘蛛。我们在山里找了好一会儿，终于捉到了几只无毒的蜘蛛，我们来不及歇口气，立即跑回家。

按照父亲的吩咐，我俩把这些蜘蛛放在他的伤口上。蜘蛛似乎喜欢人血的腥味，它们停在伤口处，开始吮吸毒血。那时的我，并不知道蜘蛛可以化解蜈蚣之毒，看着喝饱了毒血的蜘蛛，我目睹了有生以来最为神奇的一幕。

当南回的燕子在老屋屋檐下筑巢的时候，竹笋外面包裹的那层笋皮已然脱落。这层厚皮有着尼龙绳般的坚韧，却又极其轻薄。乡里人把笋皮撕成小条，或是拧成绳子，或是做成提钩挂晒冬天的腊肉。我和弟弟则把笋皮做成小船，并在船中间放几粒米，然后放到村里的水塘中。春风把小船吹到水塘中央时，会引来水鸟啄食。望着水鸟一点点地把小船啄开，我们欢呼雀跃，真希望春天停留的时间更久一些。

我与我的家庭

一九八八年的大年初一，我出生在湖南省长沙市宁乡县停钟村。我爷爷觉得龙年正月初一出生是个好兆头，预示着我今后将像龙一样一飞冲天。在当时的乡村，人们普遍认为，名字将会左右一个人的命运。为了让我一生都有好运，爷爷决定给他的大孙子取个大气的名字。

我们何家到我这辈，五行都缺水，因此孩子取名或多或少和水相关。比我大几岁的两个堂哥分别取名为"海""勇"（取"涌"音），我的堂弟取名为"水"，爷爷给我取名为"江"。

大概在我出生那年，附近的村子才开始通电，所有和电相关的物件都是奢侈品。尽管家里条件艰苦，但给我做满月酒的时候，爷爷还是请了皮影戏艺人，让他们在一排白炽灯下，演了一出大戏——《杨家将》。那算是我们何家做得非常热闹的一次酒席，直到现在，当年参加满月酒席的亲戚仍然记忆犹新，津津乐道。

我的父母都是农民。

父亲出生在停钟村，母亲则出生在与停钟村北面相邻的兴无村。两村之着隔着一条叫乌江的河，作为两个村子的分界线。

父亲虽是农民，年轻时却曾在县城饭店当过厨师。不过，在我出生的时候，他已经辞工了，一心待在村里侍弄家中的几亩田地。他上过学，但是我不知道他到底读了多少年。他自己说他读完了高中，但乡亲们说他吹牛，因为村庄里他那一辈的人，没几个读过高中的。父亲的脑瓜特别灵活，脑筋转得很快，尤其是在和钱相关的事情上。尽管几十年来，他一直没赚到大钱。

和父亲不同，我的母亲没有多少机会上学。她在读四年级的时候，便在外公外婆的要求下退学了。那个年代，乡下重男轻女的思想比较严重。作为长女，母亲自小便要帮忙打理家务，好让她的哥哥——我的舅舅能够安心上学。她爱读书，四年的学习生涯中，她的成绩一直很好，这更让她觉得遗憾，到现在，她还会念叨，如果不辍学的话，没准她会嫁到一户富贵人家。

世事难料，母亲倒也没过多抱怨。退学后，她从外婆那里学会了织渔网，并成了村里织网的能手。她的这项手艺，在往后的日子里，将给家里带来不少收入。

我的弟弟也是在正月里出生的——正月初二，比我小了两岁。弟弟的小名叫"沟伢子"，因为他出生时，老家旁边有一条水沟。

我们兄弟俩出生的年代，计划生育政策推行得非常严格，我们家因为违反政策被重罚了，这让本就贫困的家庭更是艰难。

弟弟出生那年，下了一场罕见的大雪。冰天雪地里，长辈们在村里四处求人借钱。这个艰难的开头，让迷信的爷爷觉得小孙子的命数需要贵人扶持，于是他找村里的算命先生卜了一卦。算命先生说，这个小孩，会从他哥哥那里得到扶助，并劝我爷爷给小孙子取名的时候，把这个命理考虑进去。因此爷爷给弟弟取名"蛟龙"，蛟龙生长于江河，也算是依了算命先生的建议吧。

弟弟在何家年幼一辈的男丁里排行老五，我是老三。和我乖巧的性格不同，弟弟自小便很淘气。他常常倒腾家里的锅碗瓢盆，玩坏了便会招来父亲的一顿训斥或是责打。打疼了，哭几句，但就是长不了记性。

记得有一次，弟弟不知从哪里抓来了几条鱼，但又舍不得吃，他便偷偷将鱼扔进了家中的水井里。水井内氧气含量少，没过几天鱼便死了。鱼腥味和死鱼尸体腐烂的味道，从水井里扩散出来，闻起来恶心极了。父亲很快发现了井水异常，便开始审问我们兄弟俩。

弟弟坚持不认错，尽管父亲知道是他做的。看到弟弟不悔改，父亲怒上心头。为了让弟弟明白事态的严重性，父亲提着他把他悬在井口，狠狠地警告他，要是再不承认错误，就松开手，让他和那些死鱼一起待在井底。弟弟被吓傻了，不得不坦白了所有事情。

父亲常说，小孩子只有被打几顿后，才会知道什么事情是该做的，什么事情是不该做的。打得越多，记得越牢。那一年，因为弟弟的无心之举，我们家的那口老井需要消毒清理。父亲花了好大力气，用轱辘一桶一桶把井底的脏水提上来，清空后，他再在井里撒上石灰粉，等着地下水慢慢渗透，把细菌和腐烂的味道去除。

整个过程花了将近一个月，在这一个月里，父亲每天都要来来回回走好几里路，到村里其他人家的井里去挑水。每次挑水的时候，父亲都会恶狠狠地盯几眼弟弟，而弟弟则会内疚地躲在母亲身后，看着一桶桶水在缸里泛起涟漪。多年后，我们兄弟俩闲聊，我还会拿这件事调侃弟弟。

我和弟弟在很小的时候，就跟着父母干农活了。父母当时并不能预见他们的儿子将来是否有出息，他们有点隐隐担心，要是将来两个儿子找不到工作，要怎么过日子？乡里人常说，学会了种田，就一辈子不愁自己的饭碗。因为这个缘由，父母对教我们种水稻这件事，很是上心。

我们四五岁的时候，就被带到田里跟着大人干农活，这在当时的村里很常见，我们这一代农村长大的孩子都经历过。不过比我们晚出生几年的小孩，因为条件好了，不一定会被要求下地干活。

我们一家四口人，分了将近八亩水田。八亩水田约莫能产五六千斤稻谷，上缴农业税后，剩下的便是我们家一年的收成。进入二〇〇六年，国家决定给农民废除农业税，缴粮自此成了历史，不过这些都是后话。我们生产的谷子大部分是给人和牲畜吃的，偶尔有剩下，父亲便会把谷子卖掉，好换点钱补贴家用。再加上养猪挣上的一两千块钱，便是我们家在二十世纪九十年代主要的年收入。

那个时候，父亲最大的梦想是成为村里的"万元户"。那时银行还未在乡村流行，父亲说，如果他有一万块钱，他会把钱一张张地藏在箱子的夹层里。父亲这么一说，让我和弟弟对家里所有的木箱产生了兴趣。我们常幻想，趁父母不在家时，从木箱里偷点钱买糖吃——不过，幻想终归只是幻想。直到二〇〇〇年之后，父亲才实现"万元户"的梦想。

湖南以水稻为主要农作物，多是双季种植。我出生的年代，水稻种植全靠人工，因为没有机械进得了满是淤泥的水田。我们用水牛犁田，锄头除草，镰刀收割水稻，扮桶给稻穗脱粒。这些都是最为传统的农作方式，效率低下，也很耗精力。随着乡村的变革，它们都将被现代化的农业耕作方式取代。

传统农业效率低下，农民买不起化肥农药增进产量，因此水田产出的每一粒稻谷便显得尤为珍贵。二十世纪九十年代初，村庄里有时仍会有一些人家因稻谷产量过少而揭不开锅，他们会面带难色地请求其他人家，匀一点粮食出来，接济一下，好让他们过渡到下一个收获季节。父亲借此教育我和弟弟，既要体谅人家的难处，更要珍惜碗里的白饭。吃饭的时候，要是我们在饭桌上掉了饭粒，父亲便用筷子打我们的手，让我们捡起来吃掉。我自此对粮食有了敬畏之心，直到现在，尽管在城市里生活了很多年月，我对浪费粮食仍然有种近乎本能的内疚。

我五岁时，父亲在母亲的鼓励下成了渔民。

每年冬天，他会跟随村里其他渔民到湖北或是江西，开始长达三个月的捕鱼生活。那是父亲少有的出省工作的机会，也是他经常向人吹嘘的打工经历。打鱼生活让父亲开阔了眼界，也让他从停钟这个小山村走了出去，头一回领略到国家的广大。

每年年关将至的时候，他就会背着一袋子充满鱼腥味的衣服、棉被和一些淡水湖鱼，出现在村口。他也会给我们带一些小礼物回来，好让我们更多地了解外面的世界。

我六岁那年，父亲带回了一口高压锅，它在当时的村里是个稀罕物件。父亲回来的那天，好多人来我家，围看父亲组装高压锅：锅身、锅盖、密封胶圈……组装完后，乡亲们要求父亲用高压锅煮一锅水。父亲开心地应允。

父亲把水倒进高压锅，然后，把高压锅放在柴火灶上。烟火烘烤不锈钢锅底，很快就把锅底烧黑了，看得我很是心疼。水很快烧开了，排气口喷着粗气，好像快要爆炸的样子，一些邻居吓得直往后退。这口高压锅我们家用了十年，直到它的塑料手柄几乎融化了才被扔掉——这大概是我童年里头一回接触"高科技"物件。

大概在父亲带回高压锅的那年，我们家老房子的厨房和猪圈，在一场大雪中倒塌了。我当时并不懂事，只觉得砸死的那几头猪，在雪地上鲜血淋淋的场景，很是恶心。出事那天，我站在曾经的猪圈口，抓起地上的碎土块，朝附近想舔猪血的野狗掷了出去。野狗被打退，我便"咯咯咯"地笑，好像家中的变故，与我没有多少关系。

父母站在毁坏的房子前，忧心忡忡。房子倒塌后，他们在雪地里埋头苦干，把厨房里的东西挖出来，一点点挪到还未倒的另一半房间。然后他们在附近的山里砍了一些树，用来支撑住未倒的那面摇摇欲坠的土墙。那年的冬天在我印象中显得格外冷，也格外长。夜里，冷风吹进破墙，我便会问父亲，天气什么时候回暖，我的手脚什么时候不再冰凉。

开春后，父亲决定建新房。因为家里没多少积蓄，所以建房子的材料大都需要自己亲手准备。

父亲先在附近的山头挖红泥，和上水，放在木质模具里做成一块块泥砖。泥砖晾干了，父亲把它们一层层叠起来，放进临时搭建的砖窑。他在泥砖缝隙里填满碎煤，糊上泥巴，用炭火烧烤泥砖，足足花了二十天，泥砖才变成红砖。

红砖出窑后，父亲到附近山头，买回来好几车石灰。石灰并不能直接作为涂料，需要纯化后才可以用。所幸父亲对这个工艺也很是熟悉。

他先给石灰浇水，使它们受热膨胀炸开，作为"发石"。石头碎了后，他再把它们抛入挂在水池上的过滤铁丝网上，进行"滤石"。过滤后的粉末和水充分发生化学反应，才能成为用作涂料的氢氧化钙，是为"沉石"。当然，我对这些化学反应不熟悉，只觉得往石头上浇水，石头就发热膨胀，是一件很有趣的事情。一点一点，修建新家的材料逐渐准备齐全了，然后是盖房子，搬新家。在孩子的世界里，一切都发生得如此简单自然，就好像睡了一个长觉，睡觉之前，我们还住在冰冷的土砖房里，睡醒后，便搬进了宽敞的红砖屋。新房子刚盖好的那段日子，父母脸上总是堆满了笑容。

家里新房盖好后，父亲的弟弟，也就是我的叔叔，也开始翻修他家的房子。叔叔自小体弱，一直干不了太重的体力活，成年后便从事泥瓦匠这种相对轻松的职业。他的泥瓦活很好，在村子里帮很多人家盖过房子。不过，那个年代盖房子不挣钱，叔叔家也没有多少积蓄。看着父亲盖了房子，叔叔有点按捺不住，也想一个人盖一栋楼房。他很卖力，除了上梁请人帮忙，两层的楼房几乎都是由他一人一砖一瓦砌好的。

可惜的是，叔叔没来得及好好享用他亲手盖好的楼房。在房子将近完工的时候，他被诊断出癌症。不到半年，他便离世，只留下一栋还未封顶的房子，给我婶婶和他们不到五岁的儿子。

那一年是我童年记忆里灰暗的一年。当叔叔被诊断出癌症时，我的父亲仍在江西打鱼。因为没有电话，信件也不通畅，父亲对叔叔的病毫不知情。爷爷带着一家人，在村里四处筹钱。由于治疗癌症的费用太贵，乡里人家也没有多少积蓄，很快，叔叔便因为付不起医药费而离开了医院。我们只能用一些土方子减轻叔叔的病痛，但叔叔的病情越来越重，直到父亲年底从江西回来，我们才有钱再次把叔叔送进医院。

癌症在那个年代没有有效的治疗方法，尽管父亲打鱼的所有积蓄都花掉了，但叔叔的病还是没有任何好转。很快，医院那边便传来了叔叔的死讯，得知消息的家里人无不撕心裂肺地痛哭。

那是我生平第一次，看见父亲掉眼泪。

悲剧还在持续，丝毫没给我们家喘息的机会。

叔叔去世后的第二年，一场洪水席卷了中国的南方。在连续几周大雨后，村里不少靠近乌江河堤的人家都进了齐腰深的水。好在我们家靠近山脚，地势较高，水漫不过来。不过，因为村里水田大都靠近乌江，所以，家里的水稻田没逃过洪灾。几周后，洪水退去，秧苗几乎全被毁掉，家里上半年的收成便没了着落，父亲期望通过田地收成偿还叔叔治病所欠债务的想法，就此泡汤。

那一年，我恰好十岁，还从未看过洪水的我觉得好玩，经常一个人偷偷跑出去，站在村子高处看洪水，或是在浅水滩里捕鱼。一场洪水，在大人眼里是悲剧，在小孩眼里，却充满了乐子，多年以后，再想到这件事，我心里五味杂陈。

洪水退后，爷爷便一直咳嗽，体力也日渐虚弱。他一直是个健硕的老人，不觉得自己患了什么大病，总是安慰家里人说，咳一阵子就好了。因此，他拒绝花钱看医生。或许爷爷知道家里没什么钱给他看病吧，又或许他觉得，死并不是那么可怕的一件事，生死在天，富贵由命。

不到半年，爷爷的病加重到只能躺在床上。很快，爷爷离世了，离世之前，他没来得及和儿女们，说几句最后他想说的话。

爷爷去世那一年，我刚好小学六年级毕业。

我的教育之路：从农村到哈佛

我四岁起，便进了村里的小学——倒不是因为我天赋异禀，而是四岁那年，父亲觉得我妨碍他们做农活，便说服老师让我进了学前班。村里规定入学的年龄是六岁或七岁，我年龄太小，老师担心我跟不上班级进度，拒绝了我的入学请求。可父亲觉得只要我能在班里坐得住就行，并不要求我在课堂上学到什么东西。我倒也听父亲的话，进了学校，一直在角落里安安静静地坐着。这一坐，让老师觉得我比那些大孩子容易教，于是我就成了村里入学年龄最小的学生。

我在村里小学读书的时间很短，只有一年。一年后的暑假，一场大雨淋垮了好几间教室，学校从此就解散了。我于是不得不在升入一年级的时候，转学到邻村的学校——竹山小学。学校离家有好几里路，要穿过长长的田埂和好几个小山头。

孩子们无论年纪大小，都是自己走路上学，我每天要走近一个小时的路，才到得了学校，要是碰到雨雪天气，花的时间便更多。冬天里天黑得早，亮得晚。有时候早晨我还要摸黑上学，被山林里的虫鸟声吓坏，再联想听到的一些鬼怪故事，好几次，在上学路上，我被吓得大哭。

上学路上发生的也不一定都是心酸事，有些经历还挺好玩。山涧里，经常有一些小朋友抓鱼或抓螃蟹。或者，在水稻田里，有小孩因为在学校里踩了其他小孩一脚，而在路上约架。又或者，几个要好的伙伴，跑到山里抓鸟雀。

那个时候生态没被破坏，村子附近有许多野生动物，比如兔子、麻雀、黄鼠狼和鼹鼠等等。手快的孩子经常能在上学路上抓到一两只，带到学校里炫耀，弄得其他同学的心里直痒痒。

我弟弟那个时候痴迷养蚕，多的时候养过几千条，养肥了，他便把蚕带到学校，兜售给那些不会养蚕但又想养小宠物的同学。直到现在，我仍记得弟弟养在卧室的那些白蚕啃食桑叶的"窸窣"声。

农村小学的课程设置并不丰富，无非是语文、数学、自然和思想品德之类，语文、数学是重中之重。大家一般都讲方言，语文老师也是用方言教学，只有在朗诵课文时，才会偶尔秀几句湖南地区独有的"塑料普通话"。

小学时，我有过好几个数学老师，但印象最深的一位，还在邻村做着屠夫。他家里经营一家杂货店，他每天早晨要早起到养猪人家杀一头猪，然后再把那些斩好的肉送回杂货店卖。他经常骑着一辆自行车来学校，自行车的后座沾满了猪油和猪血，有时候早上没来得及回家，便把杀猪的屠刀也带到学校。我们由此很怕这位数学老师，老觉得那些被他叫进办公室的学生会被屠刀千刀万剐。

进学校的头几年，我的成绩并不算太好，可能是因为年龄太小，跟不上进度。不过，我那时也不知道读书有什么用，因为村里没多少人念过高中，很少有人能用切身经历告诉我们，读书如何改变命运。村里人文化水平普遍不高，有个高中文凭便显得高人一等，我那时的梦想就是拿一个高中文凭。

因为乡村教育资源有限，我那时能读到的课外书有限。除了学校发的课本，我几乎没有其他课外书可读。家里经济困难，父母有时都舍不得给我买文具，课外读物对我而言就更是奢望了。

父母对我和弟弟的教育虽然支持，可他们也并不确定，我们兄弟俩能否通过读书翻身。放学或者放假在家，他们仍会要求我们干好农活，以便将来找不到出路时能把家里的田地耕种好。我们会跟随父母在田里干点碎活，或是到野外去放牛，或是切猪草。

要是哪天我们干的家务活多，父亲便会带着我们到附近的水田抓黄鳝或是青蛙。我提着手电筒走在田埂上，弟弟背着竹篓跟在最后面，一晚上，我们很容易便能抓到几十条黄鳝或一袋子青蛙。

小学毕业后，我们又要转学到另一个村子去读初中，当然离家也更远了，有十几里的路程，走路要花两三个小时。为了缩短上学时间，我不得不学会骑自行车。家里那时没有钱给我买适合我骑的自行车，我只能骑父亲当年结婚时买的二八式自行车。我个头小，站着才比自行车高一个脑袋，于是只能用脚跨进自行车的三角区域侧着骑，行的又是崎岖的山路，其难度可想而知。

要是冬天路被冻住了，一不小心，我便会滑倒在路上。我曾无数次咒骂这该死的天气，该死的学校，该死的路，可就是舍不得咒骂我那不合适的自行车。

不过，在山里骑自行车也会有好玩的事情。我记得有一个清晨，骑过某个山头的时候，一只野兔从路边的草丛窜了出来，正好冲到了自行车的轮子下，被撞晕了。我却乐了，因为家里的餐桌上又会出现一道美妙的野味了。

以后的日子里，在同一个山头，我常会有意识地放慢骑自行车的速度，盼着另一只兔子撞到轮子上。可我至今也没能再次碰到那天的好运气。

读初中的时候，家里的一个亲人出了点事故：我的舅舅被一条毒蛇咬伤，不得不放弃做了多年的捕蛇业务。

舅舅是个职业捕蛇人，曾受过村里一个老中医训练。老中医教他捕蛇，本是想用来制中药，可不曾想到，学成之后，城里愿意吃蛇的人越来越多，于是舅舅便专门捕蛇卖给城里的餐馆。他是我们那一带小有名气的捕蛇者，连我母亲也曾从他那儿学过捕蛇的技巧。不过，捕蛇风险很大，在我读初二的时候，舅舅在捕一条银环蛇时被蛇咬伤，差点丧命。他也因此转行，与父亲一起做了好些年的打井工。

父亲和舅舅在往后的好几年里经常一起共事。要是没有人家需要打井，他们便会在家喂养猪、鸡等家畜家禽。可惜，干这些活都赚不了多少钱，鸡瘟猪瘟还经常来袭，最后舅舅被逼无奈，决定外出打工。

父亲在几年后也加入了农民工的队伍。他们去过广东、宁夏、江西、湖北、浙江等等地方，在很多城市建起了高楼大厦，只可惜他们自己一直都没能在这些建起的房子里住过。

初三结束，我考上了县城最好的高中，学校离家有将近四十里路，我不得不寄宿在学校。

我也是第一次走出乡村，第一次真正感受到城乡的差距。县城的一切，在我眼里都是新奇的，水泥路、红绿灯、小轿车、自来水、霓虹灯……我只要在县城看到新奇东西，都会跑到电话亭打电话回家，与母亲分享。电话那头的母亲每次都会勉励我，好好读书，将来才能住在城里——我这才真正意识到"城里人"这个词，在乡里人眼里，代表着一种向往。

对类似我这种背景的农村学生来说，进城读高中遇到的最大的问题不是学习，而是生活上的不适应，因为我们对城镇生活没什么具体概念。比如，冲水厕所该怎么用，一开始很多农村学生就不清楚。农家子弟想要融入城市子弟的圈子，也比较困难，因为大家的成长环境相差太大。

举个例子，乡下孩子不太会追星，大家听过的歌星磁带，看过的电视剧也少，更别说电影了。还有个人的打扮——乡下孩子的衣服破了，补一补还可以穿，也没觉得有什么；但到县城里，城里的同学穿着各种时髦衣服，农村的同学很容易产生自卑感。语言也能分隔乡下和城里的学生。虽说宁乡地区的方言大体一致，但口音仍有差别，乡里人说话似乎带了一层土气，要是不小心说了几句乡下的脏话，更会被人笑掉大牙。

我那时在同学中间，总表现得小心翼翼，生怕说错了什么话，或是做错了什么事，被人暗地里嘲笑。

经过了将近一年的适应，我慢慢地改变了自己的习惯，我观察同学们怎么穿戴，怎么讲话，我努力学习标准普通话的发音，好改掉自己土气的口音。所幸，一切都在慢慢改观。

或许是因为乡下课外书少，到了县城，我对所有和文字相关的东西都很敏感，一有时间我便会钻进书堆里。高一的时候，为了提高英语成绩，我买了一本《乱世佳人》的英文版。我懂的单词并不太多，但这并不妨碍我读英文原著的决心。碰到不懂的词，我会查词典注音释义，写在书的边角。到最后，整本书的空白处几乎写满了标注。

老师经常会以我为例，跟其他同学讲"笨鸟先飞"的道理。要是有同学问我英语怎么学的，我也会告诉他，我是只笨鸟，花了些笨办法学会飞罢了。我高中成绩一直很好，经常考到全年级第一名，让很多和我背景不同的人很是惊讶。我在二〇〇五年参加高考，那一年，湖南有好几十万考生，我考到全省三百名左右，然后顺利被中国科学技术大学录取。高考前的日子，老师常会对我们说，高考是我们人生的分水岭，要想有个好前程，我们必须奋斗冲刺。我们也给自己定了目标，铆足了劲儿要为自己的未来努力。

我记得高考那两天，我睡得不是很好，迷迷糊糊地到凌晨才入睡。我平常不会这样，想来也是因为高考带来的压力吧。高考后，同学们便各奔东西，很多人至今都未再相见。我们读高中的那个年代，通信工具没有现在这么发达，很多人的联系方式一旦更改，便很难再找回，于是，大家都在自己的世界里，为前途奋斗着。我偶尔想起他们，也只能是惦记。

二〇〇五年秋天，我第一次真正意义上生活在一个省会城市。中国科学技术大学在安徽合肥，湖南长沙没有直达的火车。我从江西鹰潭转车，乘坐一辆绿皮火车花了十几个小时才到合肥。火车经过长江的时候，我激动不已。十几年来，我只在书上见识过长江的浩荡，第一次目睹长江的时候，我真正被那股奔流不尽的气势所震撼。

我想，人或许只有走出了原有的视野空间，才会真正意识到这个世界的广大，才会知道这个世界上还有多少东西未曾见过，未曾听过。我十分庆幸，我走出了我的小世界。

在大学里，我读的专业是生物。生物专业在当时非常热门，每个学校都宣传与生物相关的行业是"二十一世纪的朝阳产业"，非常值得攻读。我高中时分在理科班，我的文科也一直挺好，我当时想着生物介于文理之间，没准适合我，便在报考志愿时填了生物。

学生物还有个好处：要是我父母在乡下病了，我的一些生物医学知识没准可以帮助他们。乡村医疗条件虽说比我出生那会儿改善了很多，可很多农民还是看不起病，用乡村土办法治病的事情仍多有发生。比如，用蜘蛛来吮吸蜈蚣毒，用火疗治疗蜘蛛咬伤……这些在生物专业的人看来，显得格外落后。

我也是进了大学后，才逐渐地了解了很多西方医学知识。我有机会在显微镜下观察一个细胞怎么分裂，也学习了生物分子在细胞、机体内的相互作用，免疫系统如何对抗病原体入侵，不同的疾病如何在人体内发生发展……

我一直觉得，乡下的成长经历让我对一切事物都充满了好奇，而这好奇心在我成长的不同阶段，帮助我克服了很多困难，也让我在一个新环境里迅速成长。记得刚入大学的时候，我需要学习一门 C++ 的计算机编程语言，而在那时，我对电脑不了解，连"电脑界面"这个名词是什么意思都听不明白，学习的难度可想而知。为此，我从学习使用键盘开始攻克难关。

大一的寒假，我从同学那儿借来了键盘，通过玩打字游戏来学习如何打字。

大学四年里，我有了蜕变式的成长，变得比以前更有自信了，对未来也有了更多憧憬。小时候，我的梦想只是走出乡村，进入城市。我对城市没有一个具象的概念，也完全不知道自己要做什么。于是，"进城"对我而言，只是一个空泛的梦想。这个梦想猛然实现了，我却显得那样彷徨。也恰好是这份彷徨，在大学里给了我机会探索，让我寻找自己想做的事情。

我庆幸自己曾在成长阶段满怀好奇地学我想学的东西，为自己的兴趣播下了种子。

二〇〇九年，我大学毕业，并拿到了学校本科生最高的荣誉——郭沫若奖学金。同时，我也收到了哈佛大学生物系的录取通知书。不出意外，我成了村里知识水平最高的，也是第一个出国留学的小孩。乡下人对国外的印象并不明晰，哈佛是个什么学校也不一定弄得清楚。不过，大家听到何家有小孩要出国留学后，都感到特别新奇。我出国前的那一夜，父亲邀请了村里的皮影戏艺人又演了一出《杨家将》，那是我印象中我们何家又一个热闹的夜晚。

二〇一六年五月二十五日，哈佛园内，哈佛经典文学系的 Richard Tarrant 教授领着我、Joshuah Campbell 和 Anne Power 来到哈佛 Memorial Church 旁的演讲台。Joshuah 和 Anne 是哈佛二〇一六届的大四学生，我是那届毕业的博士生。我们三人将要在第二天的哈佛毕业典礼上，作为学生代表致辞，另外一位特邀演讲嘉宾是史蒂芬·斯皮尔伯格大导演。

演讲台下，成排的白色座椅已经一一排好，不少游客坐在椅子上，悠闲地四处拍着哈佛的校景。我拿着写好的演讲稿，在心里默念了一遍，心想，要是明天忘词了，在三万多听众面前，该有多么尴尬。Tarrant 教授笑着说，他已经指导了十多届毕业生做演讲致辞，到目前为止，还没出现过忘词的人。我笑了笑，跟他说："我要是忘词了，是否创造了哈佛的一个新纪录？"

我已经不是第一次在 Memorial Church 的演讲台上，进行毕业典礼演讲的排练了，在四月底得知消息后，我几乎每周都接受一两次演讲培训。临近毕业典礼，学校安排的培训更多，让我也倍感压力。

哈佛的毕业典礼演讲从十七世纪便开始了，建校初始阶段，学校多以培训牧师为主，演讲的学生经常以希腊语、希伯来语、拉丁语等古老的语种做演讲。随着时间推移，只有拉丁语演讲保留了下来，再加上英语演讲，它们成了毕业典礼的一道重要程序。

将近四百年的校史，使得哈佛对学校的传统有着近乎痴迷的坚持。校长在毕业典礼上坐的凳子会被摆到典礼现场的最高处，凳子是十七世纪的老古董，只有三条腿。校长席位以下是学校各学院的院长，以及杰出校友代表、荣誉学位代表的席位。再往外，入座的是毕业典礼演讲的学生代表，然后再是博士生群体、本科生群体、硕士生群体等等。

毕业典礼开始时，哈佛所属郡的治安官用权杖敲击地面，缓缓入场，宣告仪式开始。学校的乐队会奏乐，然后会有牧师祷告、美国国歌演奏，接下来便是拉丁语、本科生代表、硕士和博士生代表的三场演讲。

毕业典礼上演讲代表的筛选也是颇为严格的。三月份提交演讲初稿后，学校的十多名评委，会在上百份申请文书里面筛选出他们认为的当届最好的演讲稿，进行初赛。初赛的学生拿着自己的演讲稿在评委老师面前宣读，让评委听评文稿转化为声音的效果。只有三至四个学生能最终入选复赛，然后是终极演讲比拼，直到评委老师选出心目中最合适的演讲者。

整个流程的时间跨度超过一个月，学校希望能够在这些有意竞选的学生里，挑选出能够代表学校文化理念的演讲人选，作为当届的代表致辞。成功选上后，学校会安排专门的演讲培训老师进行训练，文学系的老师也会为演讲稿把关，好让每一处词句的运用恰到好处。

四月二十六日，我知道自己被选上，作为硕士和博士生群体的发言代表。在往年的毕业典礼演讲中，并没有出现过中国人的面孔，因此我在得知消息的那一刻，既兴奋又惊讶。

很快，我被选上的消息在校友圈里传开，中国科大的新闻部联系上了我，并发布了新闻。很快，《中国教育报》刊登了我将要演讲的消息，新闻里提及了我在农村成长的经历。"农村学子"和"哈佛毕业演讲"这两个名词碰撞在一起，点燃了读者的热情，于是，各种角度的新闻报道开始出现，到五月二十六日演讲当日，我刚从毕业演讲台上下来，演讲的照片和视频便已在各个媒体平台传播。

我是带着惶恐的心，接受媒体采访的。在毕业典礼之前，我想到了自己的演讲可能会被国内的媒体报道，可我从未想过报道的面会如此之广。我也未曾料到，农村学子读哈佛这样一件事情，会在国内产生如此大的反响。

在报道完我的演讲消息后，媒体开始挖掘我的成长背景，然后是学习经历，再后来，我的家人、亲友和老师一一被采访。好像所有人都希望，从我的成长背景里面找出一些不平常的东西，好用来解释"农村娃"和"哈佛"这两个名词之间的关联。

面对这样的问题，我有时会感到疑惑，因为我并未觉得自己与常人比有任何独特之处，硬是要搜寻出一点可说的，我想或许是曾经那些苦难的经历，让我很早便明白了"要把握自己命运"这样一个简单的道理吧。

在哈佛读博士的时候，我做科研报告的机会很多，但很少会在公共场合演讲。这样偶然的一次机会，倒也让我真真正正开始思考自己这些年在哈佛学到的东西、经历的事情。

这些思考里关于乡村生活的尤其多，因为那段看似平凡的经历在无形中塑造了我。但是，要厘清这段经历却很难，因为那个时候，我大多是处在一个半懵懂的状态，对于身边发生了什么，村庄经历了怎样的变化，我都难以用只言片语勾勒出来。

不过，正像鼓励我将这些经历写出来的哈佛历史系尼尔·弗格森教授所提到的，我这二十几年的生活经历——从湖南的一个小山村，到县城，到省城，再到美国波士顿，涵盖了社会发展的不同层面。这不算复杂的经历，要以历史学家的角度看来，或许可算作是前工业时代到现代社会的大踏步。二十几载，其实也可以说是恍如隔世。

在外生活久了，童年、少年的经历反而愈加清晰。在野地里放牛，在稻田里捕鱼，在夏天的夜晚捉萤火虫……我现在想来觉得格外珍贵。

社会在飞速发展，现代化的变革，已经让我童年时代的生活场景，发生了翻天覆地的变化。水泥路铺开了，摩托车、小汽车进村了，家家户户装电视、冰箱了，村里的老人也开始学用手机了。这些事情，在我小时候是想都不敢想的，现在一一都变成了现实。物质条件的改善对于乡村是件好事，可我回过头来想想，总觉得生活中好像丢失了一些什么。乡下的村民仍像我小时候一样，觉得进城是这辈子最大的梦想。可真正在城里购置房产了，却又住不习惯，老是想着回乡下的老家住住。就这样，我们这一代处在城市和农村中间的人，慢慢地忘记了过去的生活，却又未曾真正融入当下。

我的父亲常会叹着气告诉我说，我和弟弟这一辈，可能是村里最后一代经历过传统农业生活的人了，现在村里的小孩连秧苗是怎么插的都已经忘了。我笑着反问父亲："您难道还希望我们的后代继续过那种穷苦生活吗？"

在这传统的乡村生活即将消失的时代，我常会不知所措，心里想把它留住，可细细一想，又会告诉自己它是该消逝的。于是，我唯一能做的，便是用文字把曾经的那些记忆记录下来。

我曾想过用很多的方式来写下我经历的那些事，写下我从农村一路到美国的不同经历和两种生活的对比。可是，到最后，我觉得最能够还原乡村生活状态的故事，是把我身边的人、身边的事，用素描、白描的方式勾勒出来，通过朴实的文字还原出最原汁原味的乡村生活。

因此，这本书不单是我的自传，它更是一部乡村的自传，一本讲述农民、织网工、农民工、渔民、捕蛇者、铁匠、养鸭户、小贩、木匠、泥瓦匠、巫医、村里的老人和小孩，那些看起来最平常不过，但又最不平常的乡下人家的简单生活的故事汇。

- 3 -

一万个渔网结

一万个渔网结

一

小时候，有一次，我在家里找东西，看见了母亲藏在衣橱角落的一个小木盒。小木盒上涂了一层淡淡的蓝漆，因为年岁久远，颜色已经掉了一大半。盒子没有上锁，只有一枚锈迹斑斑的半弯形铁钉卡在锁扣上，轻轻一推，铁钉便可推出。

木盒中装着好些证件，一叠一叠用红丝带系着，大都是家里的重要文件，譬如猩红封皮的册子是户口本，里头有好几张蓝色纸片，登记着家里每个人的信息：何必成，户主，农村户口，宁乡县南田坪乡停钟村三组；曾献华，农村户口，宁乡县南田坪乡停钟村三组。户口本下有一册土地使用证，上面记录了分配给我家的农田位置、亩数和使用年限。再下面便是林权证，罗列了我家在村子里管理的十多亩山林。还有我当时看不太明白的计划生育宣传手册。不过，这些证件对我来说没有多大吸引力，唯一让我感兴趣的是一本通红的小册子——父母的结婚证。

结婚证很薄，只有两页。在证书的第一页，简单地写着父亲和母亲"某年某月某日申请结婚，经过审核，两人符合中国婚姻法要求，给予批准"。第二页上，贴着一张盖有钢印的黑白照片，下面写着父母领取结婚证的时间：一九八七年三月五日。

照片里的父亲穿着一件深色外套，梳着三七分发型，头发有点长，盖住了大半的额头。他抿着嘴，像是望着镜头微笑。若是细看，照片里的他似乎有点紧张，眼睛想看镜头，却又显得有点不好意思。或许父亲并不习惯面对镜头，于是眼神有意无意地撇开了。又或许，父亲在那一刻想看看坐在他旁边的母亲。

母亲在照片里的神态比父亲自然多了，不过她的模样和我平常看到的很不同，以至我第一次看照片时竟没有认出来。她那年刚满二十，即便是黑白照片，也看得出她当时略显稚嫩的神态。拍照那天，母亲特地披了一件红色外套，剪短了头发，还烫了当时村里年轻妇女最流行的卷发。她在照片中大方地笑着，酒窝微陷，人显得很白，眉毛很细，好像有人专门给她化过妆似的。乍一看，我很难将照片中的她和她不化妆时的样貌联系起来。

看到照片，我自然好奇母亲小时候是怎么过的。可是，母亲似乎不太愿意细聊过去的经历，即便说起，也只有简单几句话，然后便会不耐烦地说："过去没什么好说的，每个人都像我们一样过日子，没什么值得提的。"有时候，她会支支吾吾地回答："事已经过去那么久了，根本记不起来了。"她越是搪塞，越让我觉得背后有故事，我于是经常拐弯抹角地问起她的童年，问起她在出嫁之前的生活。

二

母亲是一九六八年出生的，不过她在登记身份证信息时，外婆报错了年份，报得比实际出生年份要早一年。那时，田地的收成不高，乡下的生活非常清苦。母亲出生的村子叫兴无村，在停钟以北，两村之间隔着一条乌江河。兴无村地势比停钟平坦很多，村民多是沿河而住，不像停钟，几乎所有人家都住在山脚。村里人多是按姓氏划分居住区域，外公家在乌江河边的曾家坝，附近全是曾姓住户。母亲在三兄妹中排行第二，舅舅比母亲大两岁，小姨比母亲小三岁。那个时候，"包产到户"的政策还没有实行，每户人家出集体工收了粮食之后，再按户口和工分数分粮给每家每户。外公外婆每天在村里挣工分，家务便落到了家里的三个孩子身上。

在母亲提及童年生活的寥寥数语中，她常常会感叹，那时的日子很简单，也很漫长。除了家务，她记不起当时自己还做过哪些有意思的事。她要做的家务很多，现在看来，完全不像一个七八岁的孩子能在一天内完成的活计：挑水、捡柴、洗衣、择菜……

乌江的河堤上那时多是新栽的樟树，没有多少枯枝落叶。每天一大早，母亲都会带着镰刀和捆草绳，到村外的草丛，一丛丛地割下高过腰身的野草，再捆起来，然后背回家摊在家门前的土坪上，晒干了当柴火。她手脚麻利，一两个小时便能割好一天要烧的野草。割完野草，母亲便要到乌江边挑水。家中的水缸要满足家里人和牲畜一天的用水，容量很大，盛得下七八担水。她那时还没力气挑起大木桶，只能用小桶，要多走几个来回。扁担很早便压弯了母亲的脊背，她有时甚至会开玩笑说，这就是她个子不高的原因。

早晨的活计干完后，母亲会帮着舅舅给家里的猪仔喂食，然后挑上家里人前一天换下的脏衣服，到乌江边清洗。农村那时候不兴用洗衣粉，肥皂也算是奢侈品。大家洗衣服有时用皂荚，但更多情况下用木棒在石板上反复锤打，或者靠手反复搓洗，以此来清除污渍。母亲常说，她的手一定是在那个时候搓衣服搓多了才变得粗糙的。她喜欢把手摊开，给我和弟弟看上面的皱纹，然后向我们感慨当年的苦日子。

洗完一天的衣服后，母亲如果感到累了，就会躺在乌江边的青石板上睡上一觉。青石板旁的柳树在风中摇摆，柳枝拂过母亲的手，她会折一截柳枝，放在鼻尖轻嗅柳枝的气味。野鸭在河面飞起飞落，看着它们，母亲希望苦日子快快到头。但在那个年代，苦日子好像永远没有尽头，能吃上一顿饱饭便是村里人最大的满足。孩子们坐等饭菜上桌时，最盼望的便是碗里能比平日多一勺白饭，沾油腥的菜想都不敢想。每个月底，公社会按工分分给农户粮食，再到后来，演变成了粮卡。形式虽在变，但碗里的白饭却未曾增加。

乡里人家都养家畜。但那个时候，因为粮食供给少，外公家养不起太多的牲畜。每年开春，外公都会从其他农户家买进一两只小猪仔，养肥后，年底时宰掉卖钱来补贴家用。家里还养了一两只母鸡，用来下蛋，等它们老了下不了鸡蛋了才会被宰杀。不过，偶尔母鸡生病不得不杀时，母亲便有机会尝到一口鸡肉。她常说乡下放养的土鸡，味道最鲜美，我则怀疑是因为母亲没有多少机会吃到鸡肉，才觉得好吃。

当春天山上的茶树在雨后吐出新芽时，母亲便会和外婆、小姨一起去采当季的新茶，再拿到镇上去卖。当时一公斤新鲜茶叶大概能卖八分钱。母女三人一天忙活下来挣到的钱，都换了家里必不可少的物件：火柴、酱油、菜刀以及春天要播种的种子等等。有时候，母亲也会抱怨自己的劳动不值钱，两三天摘茶叶赚的钱换不了什么东西。可是，她又不得不干这些不挣钱的活儿，因为这些是她少有的可以为家里挣钱的机会。

她说，有一年，雨水很充足，山里的茶叶长得很好，她们三人在山里摘了将近半个月的茶叶，最后换回了一只小羊羔，让她高兴得好几天都睡不着觉。

母亲十岁的时候，舅舅决定从学校退学，和村里的渔民一起到外省打鱼。他需要一张渔网。可他不知道怎么织网，家里又没钱买渔网，织网的重担便落到了外婆、母亲和小姨身上。母亲也退了学，专门在家学习织网。

她学得很快，不到一年，便成了村里的织网能手。见母亲学会了这门手艺，外婆索性建议母亲靠织网来给家里赚钱。

母亲往后的日子便与渔网连在了一起，直到嫁给我父亲之后，也仍是如此。当母亲回忆起自己的少女时代，她总会告诉我说，她最开心的时候是村里下暴雨的日子。

因为一下暴雨，外公外婆便要出去清理房子周围的水沟，而村里其他大人也都因为下雨躲在家里，没有人会在外头走动。这个时候，母亲便能从织网的工作中抽身，冒着大雨和舅舅在村上的果园里等雨水打落的果实。村里的水果是公家的，平常不允许私人采摘，但被风雨打落的果子可以拾捡。母亲守在树底，等着枝丫上那些摇摇欲坠的果子掉落。果子落下的那一刻，母亲觉得她是世界上最快乐的人。

但她最难过的一次经历也是拾果子。有一回，母亲背着我的小姨在乌江边割猪草。在河边，母亲看到了一簇紫得发亮的桑葚。她很是嘴馋，伸手便去抓垂在水面的桑葚。那天下过一场大雨，河边泥土出奇地滑。一个不小心，母亲的脚踩滑了，她身体猛地往前一倾，把竹箩里的妹妹倒进了河里。母亲慌了，她不会游泳，只能大声地哭喊"救命"。我的小姨在那湍急的河面上飘着，直到附近打鱼的村民赶过来，小姨才被救起。

那一年，母亲六岁，她自此不再采桑葚了。

几乎在乌江边的同一处地方，母亲第一次碰到了我的父亲。那天，父亲和他的几个朋友在乌江里捕鱼，母亲则在附近洗衣服。几个汉子光着膀子游在河里，母亲虽然害羞，但也忍不住不时偷看。不过，那次她并没有看清楚父亲的模样，而父亲也因为忙着捕鱼，没有留意到河边柳树下的姑娘。或许是父亲捕鱼时的专注打动了母亲的芳心，所以后来媒婆提亲时，母亲爽快地答应了这门亲事。

"为什么你当时决定嫁给爸爸，而不是河里其他打鱼的人呢？"有一次，我忍不住问。

"你父亲家那时有六亩水田，那几乎是我家的两倍多。"母亲充满现实的考量让我忍不住笑了起来。二十世纪八十年代农村家庭联产承包责任制在全国推行后，各个村落都按户口和村里农田的数额重新分配了农田使用权。停钟的水田比兴无要多，父亲家自然多分了很多。

母亲说完后，似乎又觉得这不是最主要的原因，补充说道："你爸爸那个时候干农活很厉害，看起来靠得住。"

"什么叫靠得住？"

"他那时候力气很大，挑一两百斤的担子在田埂上能跑起来，村里没几个小伙子有他那么大的力气。他有这么大力气，往后种田过日子，自然就靠得住了。"我忍不住想，乡下那个时候挑对象的标准真是实在。难怪村里媒婆说媒时，不强调人的长相，只夸人会不会干活，有没有力气。

"而且你爸那时还在镇里饭店当帮厨，村里没几个男的可以在镇上找到工作的。我当时想着你爸一定很有能力，才答应嫁给他的。"

"我好像没怎么听爸说过他做帮厨的事啊？"

"我们结婚第一年他就没干了，你爸只知道回家种田，也不想想镇上赚钱机会多，待久了自然能找到好工作。"

三

母亲出嫁那天，嫁妆里有一床红棉被、一张木桌、一个床头柜、一个红皮箱，还有一套织网工具。接亲的队伍锣鼓喧天地进了她家的门，把嫁妆用扁担抬了起来，然后簇拥着她出嫁。母亲给自己换上一件红外套，画了画眉，在头发上别了一朵花，然后就随着接亲队伍蹚过乌江走向停钟。

进村的时候，爷爷一家在村口点燃了炮仗。爆竹噼里啪啦响个不停，直到把母亲迎进新家才渐渐停息。

出嫁了，成家了，可这新家究竟是什么模样呢？母亲环视着她的新家，像所有刚进门的媳妇一样，开始清点家里的东西，好知道往后的日子怎么操持这个家。她数了数家里猪圈、鸡圈里的猪和鸡，看了看谷仓里的粮食；她打量着土砖砌成的房子，用手拂去墙角丛生的苔藓；她清理好锄头、铁耙、扁担、木桶、风车，好弄明白家里究竟有多少能用的农具。

这一查看，让母亲心里凉了半截，因为父亲家的实际状况比媒婆提亲时说的要差了很多。

母亲有点担心，可又不知如何说出口。她想着以后要是有了孩子，家徒四壁，她和父亲养得起吗？

想那么多干吗？母亲不是那种轻易向困难低头的人。有能力的媳妇能够把穷家操持得过上好日子，她也要做点事让公婆知道他们的媳妇能干。像她小时候在家一样，母亲开始在新家织渔网。

她摆好织网的木架，把线缠在网针上。线打好结后，母亲用竹尺丈量好网眼的尺寸，然后拉动网梭开始织网。鱼梭打在竹尺上，绕竹尺一周，在收尾时穿过竹尺的线一次，再绕回来，用力一拉，一个渔网结便打出来了。母亲织得很快，不到一周，便做好了一张渔网。

父亲很爱捕鱼，但家里一直没钱买渔网。有了这张渔网，父亲经常在黄昏后，带着母亲到村里的水塘边下网。他之所以选在黄昏，是为了让村里其他人发现不了渔网的位置。等过了一夜拉上渔网时，上面缠住的几百条小鱼在清晨的光线下闪闪发亮。母亲把渔网收上来，小心翼翼地取下小鱼，去掉内脏，撒上盐再烤成干鱼，让家人能够长久尝到荤腥。

母亲还四处搜罗野菜：野山菜、茶花、栀子花、蕨菜等等。蕨菜是春天的绝佳美食，但蕨尖带毛的地方有微毒。做蕨菜时，母亲会用开水焯一遍，将有毒的部分掐掉，再把蕨菜切成两截，扎成小捆，放进坛子里腌制。腌制的野蕨菜是我小时候最爱的食物，如果再搭配几片猪肉，那真是一种难以描述的美味。雨季里，要是水田的田螺长肥了，母亲便会提个桶子，去田里捡田螺，回家后放在清水里养几天。等田螺吐掉泥巴后，母亲会用开水烫煮，拿竹签挑开田螺的屁，去掉肠子，做成一道青椒炒田螺。

除此之外，桃树分泌的桃胶、荷塘的莲藕……但凡乡下能够做成美食的原料，经过母亲的搜罗，都会出现在我家的餐桌上。

母亲常说，她当时做那些食物是为了喂饱我和弟弟。父亲在农活上管得较多，不太会在意一日三餐这些小事情。我和弟弟出生之前，家里吃得简单，大人都能将就。可等我和弟弟出生后，母亲便会设法找些新鲜食材来给我们补充营养。因为母亲，家里的生活质量提高了不少。

乡里人，出生、长大、干活、结婚、生子、养家，像一个永无止境的循环，像一段注定的宿命。既然无法摆脱农民的命，那就只能努力一点，让自己的下一代过得更好，让他们的将来有个好起点。

有了孩子之后，母亲褪去了少女时代的稚嫩，多了一份坚强，像勇士一般成天想办法和苦日子斗法。在她眼里，任何有用的东西都是可以变成钱的，这其中就包括她的头发。母亲平常注意保养头发，碰上收头发的人进村，她便会散开发髻，明码开价。"只能按我说的价钱买这缕头发，一分不多，一分不少。"她的语气坚定，因为她知道要再长回那一头乌发得花多少时间。

在母亲过门的第三年，她作为织网工的名声在停钟传开了，邻近的村民都纷纷慕名找她定制渔网。那时，我们家的墙上挂满了渔网和线，或是竹山村某家想要一张丝线网，或是烟田村的农户想做个网笼，或是专业的打鱼户要织个长达几百米的拖网……生意好的时候，渔网堆满了我们家的空地，母亲不得不把那些织好的网堆到床上，她和父亲有时就直接睡在新织的渔网里。

母亲织网的时候有个小目标：不论她织的是什么网，她都希望每天能织出一万个网眼。不同类型的渔网，做工、耗时都不同，但全是以网眼数来算工钱的。织出一万个网眼大概能赚四块钱左右。母亲在心里盘算着，要是她每天能赚四块钱，一个月便是一百二十块，一年便是一千五百多块。

这个数字对于当时的母亲来说，几乎是一笔诱人的财富了，所以她多苦多累都感到有劲头。为了完成目标，母亲不得不专注于工作，有时连孩子都没太多心思照顾。

她把我和弟弟放在身边，任由我们在新织的渔网里打滚、睡觉、拽线球或是咬线团，只要我们不哭就好。阳光从东边的窗口照进，又在西边的门缝里拖着余晖沉下山坡。她就一直坐在织网架旁，一天里除了吃饭，几乎不怎么起身活动。乡下那些年晚上经常停电，天黑了，她会点上蜡烛，直到蜡烛燃尽最后一滴油，她才会揉揉酸痛的眼睛，准备收工。

在最忙的日子里，她的动作变得机械化，以至能在黑暗中以同等的速度织网。父亲说，有时候半夜醒来，他仍会看到熟睡的母亲不停地晃动着手，好像在打结织网。

润物无声：母亲与我

一

我一定是从母亲那儿学会了"坚韧"这个词。当我向母亲抱怨学校里作业太多的时候，她会告诉我，她是怎样学会织渔网的。

"我学织网的时候差不多是小学四年级。那个时候我的成绩很好，好几次期末考试我都在学校里得了第一名。"母亲说，"我语文非常好，作文写得好，但那个时候家里没条件提供书和文具，让我练习写作。当我问你外婆要钱买铅笔时，她就哄我说，如果我能够帮她织一张渔网，她就给我买一支铅笔。"

"儿子啊，你是不是也想帮我织张渔网？或者去帮你爸把那些地坪里的谷子晒干？要是你不想做作业，就来帮我们，反正我们也缺人手。到时候，你就会知道，读书是多么轻松的事了。"

母亲总有办法说服两个儿子用心读书。

她喜欢读书，任何写有文字的东西，她都看得津津有味：村里杂货店里裹东西的报纸，药瓶上的说明书，老皇历……她都喜欢读。

母亲识字，但仅限于一些常用字。要是碰到复杂的，她要比画很久，分析部首，才能大致明白意思。她几乎已经忘记怎么写字，除了家里人的名字，其他的字，她要想很久才知道怎么起笔。

要是母亲多上几年学，她肯定能识得更多的字。只可惜，外婆那时觉得读书对女孩子没用处，因此在母亲四年级时就强迫她退学了。母亲哭过、闹过，甚至出逃、绝食过，希望外婆回心转意。

可是，一个小女孩怎么拗得过她的母亲呢？况且贫寒的家境也供不起她读书了。

"女孩子读那么多书有什么用？"外婆朝着母亲大吼，"你只要数得清鸡窝里那些母鸡下的蛋就够了，学那么多没用的字，写出来给谁看呢？"几十年过去了，母亲对外婆的斥责仍然记忆犹新，足以想见她的不甘。

或许是因为自己没有机会上学，母亲才会特别喜欢看两个儿子读书的模样。放学回家后，我和弟弟便会在母亲面前朗诵当天学的课文。她坐在我们旁边，手里一边织着渔网，一边静静地听我们朗诵，听得入神了，便朝我们这边看一看。等到我们读完了，她会倒上一杯茶水，递过来，对我们说："儿子啊，你们嗓子干了，喝点水，再读些课文给我听。"

或许是课文勾起了母亲的回忆，她忍不住问我们："你们读的故事真好听，是哪个老师教给你们的？我记得我读小学的时候，学的第一篇课文是《我爱北京天安门》，你们现在的课本上还有这篇课文吗？为什么你们课本里的故事跟我当时学的完全不一样呢？再读一些，再读一些，反正蜡烛还有很多，你们也不困。"

　　就这样，我和弟弟童年的许多个夜晚，都是在母亲这样的渴望和要求下度过的。我常常想，在那些漫长的夜晚里，母亲打了多少渔网结？又燃尽了多少根蜡烛呢？屋外夜空中的星星俨然换了位置，母亲抱起趴睡在桌子上的两个儿子，把他们轻轻放到床上。

　　母亲对书的喜爱，令我印象特别深刻。我小学毕业那年，父母发生了一次口角。那天，母亲少见地动怒了。

　　原来，父亲自作主张，把我的小学课本以两块钱一斤很便宜的价钱，卖给了收废品的。母亲知道了很是愤怒，她无法容忍父亲把书当废品的行为。

　　当时这件事情让我有点哭笑不得。不过，即便是到了今天，每每看到有人不珍惜图书的行为，我都会想起父母当年的口角。

　　在童年求学的那段日子里，我经常因为家里困窘，隔三差五地短缺文具。我不敢向父亲多提，只能问母亲。她总能变着法子给我找到新文具。要是我的本子写完了，她便会用橡皮擦掉我用铅笔写过的本子，让我重新再用。擦不掉的，她会让我当草稿本用。她偶尔到镇上去买东西，也会扛回来一叠旧报纸，让我在报纸边角的空白处练字或做算术。

母亲身上，似乎有着一种神奇的变废为宝的能力。

她能把一件简单物品的用处发挥到极致，让别人看不出家里的窘境。所有物品在她手上，都是多功能的：洗脸的脸盆可以用来腌制撒了盐的鲜鱼，收集杀猪时的猪血，存放要喝的井水，用作澡盆在夏天里冲澡，甚至盛放家里熬的猪油；在铁匠铺打的刀子，可以是切菜的菜刀、割猪草的镰刀、削笔刀、砍柴刀，甚至是钉钉子的锤头……

母亲开玩笑说："要是一张门不能拆下来做杀猪时用的门板，怎么好意思算作是一扇门呢？"

为了应对家里人生病，母亲从乡下郎中那里学会了很多实用的技巧。她懂得不少单方，也能识得多种草药。一有闲暇，她便会从野外采回一些草药，晒干存好以备不时之需——收集起来的茅草根能止血，鱼腥草能降火消炎，炉灶灰里的土鳖虫晒干研成粉末能祛瘀血……

有时候，我觉得母亲就是一位郎中，任何疑难杂症在她手中都不是问题。

有一次，我被蜘蛛咬了，手肿了起来，伤口处很是痛痒，像有蜘蛛丝在我皮下生长着。我跑去向母亲求救。她看了看伤口，让我从棉被中扯一些旧棉花，再取一些家里酿的米酒。她把棉花撕开，一层一层裹住我的手，然后把我的手浸到米酒里，让我咬住一根筷子，叮嘱我："儿子，我待会儿用火来给你烧一下伤口。别怕痛，火能解蜘蛛毒。"

"你不会是骗我的吧？我被烧伤了怎么办？"

"别担心，我会控制好火烧的时间。"她边说边点燃了火柴。我现在已经忘记火在手上燃烧了多久，只记得，火刚开始烧外层棉花的时候，我不觉得疼痛，当热度越来越高时，那种灼热感几乎让我难以忍受。我盯着燃烧的棉花，觉得时间很漫长。我想大叫，但嘴里咬着筷子，让我想叫也叫不出来。

有那么一刻，我试图甩动我的手，甩掉缠在手上正在燃烧的棉花，母亲阻止了我。当火熄灭后，我吐掉筷子，在房间里歇斯底里地又叫又跳。

我们一家人在冬天的长夜里坐在火炉旁唠嗑时，母亲总会笑着回忆起这则用火疗伤的故事。她告诉我和弟弟，乡下长大的孩子是要早早成为男子汉的。毕竟，乡下的小孩哪个不会被小毒虫叮咬呢？

成了男子汉，这些咬伤就变得不值一提——母亲不只是口头说说，她自己就很能承受疼痛。

当寒冷的冬季到来时，我经常看见母亲拿着燃烧的蜡烛，朝着她因患冻疮而开裂的手上倒融化的蜡水。她不确定蜡水能否封得住开裂的手掌，她只知道蜡水烫手的时候能够止痒，止住了痒，她就可以继续干活了。

不过，不论母亲多么精明能干，生活里也总会有让她手足无措的时候。在母亲出嫁的第五年，我的弟弟得了一场怪病。得病的时候，他没了食欲，对大人的叫喊也没太多反应，好像变成了傻子，经常毫无缘由地哭笑。母亲试过很多土方子，但都不奏效。

"我听说村里常有捉弄小孩的鬼怪，只有小孩才看得到。你们说，我的儿子是不是看到那些鬼怪，被吓得丢了魂魄？"当时的农民遇到难以解释的病，常会扯到鬼怪头上去。要是小孩被认定是受了惊吓，便只能找巫医来驱鬼。"畜生！捉弄谁不可以，非得捉弄我儿子。看我怎么收拾你！"

认定儿子是因为受了惊吓而得病之后，在一个没有月亮的晚上，母亲背着弟弟，去了附近住着的一位会驱鬼的巫医那里。她沿着田埂穿过许多丘田，翻过几座小山，到巫医家门口时，却因为心急而忽略了路边的水塘，一脚踩空，掉进了塘中。母亲慌了，在水中大喊"救命"，弟弟在她的背后哭得更是厉害。母亲一边急着安慰弟弟，一边急着叫喊求助。夜深了，那里没有人经过，任凭母亲如何喊叫也没人听见。她慌神了，可是她知道此刻要镇静，她强迫自己定了定神，这才发现自己离塘岸很近，水也不深。于是，她摸黑抓住了塘边的柳树根，一点一点地从水塘爬上了岸。

"害人精，是你在作怪吗？！是你要害我儿子吗？"上岸之后，母亲歇斯底里地哭喊着，"告诉你，我一点也不怕你，前面就有个能够收鬼的。我这就过去，要他把你烧成灰！"

二

高中的时候，我的家境有了很大改观：父亲在外已经打了将近十年鱼，我们家渐渐有了点存款；家中的老房子在雪中垮掉后，新楼房很快就建起来了；家里扩建了猪圈，多养了几头猪仔，还多承包了好几亩水田，每到收获季节，粮仓里就会多出好几千斤稻谷。

同时，我们家逐渐能够买得起一些在过去看起来是奢侈品的物件了：一九九九年，我们买回了家里的第一台黑白电视机；二〇〇二年，我们家安装了电话。

进入新世纪的头几年，村庄也在发生翻天覆地的变化。村里每个角落都写着"要致富，先修路"的标语，一条条新路劈开山涧，从村外通进村里，让出村进城方便了不少。不少年轻人那时开始闯荡广州、深圳，在那边新建的厂房里打工。

在外打工的经历打开了乡亲们的视野，而通过打工赚回的钱则用到了乡村建设上。等到我高中毕业，村里很多户人家已经买得起彩电和冰箱了。

那些年，母亲觉得生活是有奔头的。每每看到家里新添置了东西，她的脸上就会露出笑容。她喜欢在猪圈里踱步，看着猪仔拱地、吃潲、打架、睡觉……她会细细观察每头猪最近的生长情况。

母亲还会花时间整理新添的家具。她若有所思地看着家里的电视机，自言自语地嘀咕电视机是不是摆歪了。即便电视机摆得很端正，她也会小心翼翼地挪动一下，或是在电视机底下垫几张纸片，好让电视机摆放的位置看起来更顺眼。如果电视机上有一层灰尘，母亲会赶紧打湿抹布，轻轻拭去灰尘，然后想着是不是要在电视机上加个防尘套。她花好几天时间缝制了一个防尘套，可是，套上去没几天，她又担心防尘套会不会影响电视机散热……

她经常被这样一些琐碎的问题困扰，不知道该怎么才能把家里贵重的电器照看好。

于是，母亲只得拿起电话，问电话那头已经上大学的儿子。

每次我们通电话，一定是她先不停地絮叨一会儿，好像要把家里所有的新鲜事和困扰都讲完，才给儿子讲话的机会。

"儿子啊，前几天来了一群人推销洗衣机，比手洗衣服还是简单得多，我在考虑是不是要买一台。"

我没有特别在意母亲的话。我懂她的性格，她舍不得花钱买洗衣机。她去凑热闹，无非是图那几包赠送的洗衣粉。村里的妇女、老人很是爱贪这些便宜，母亲自然也不例外。

"我最近在学怎么缠电动机里面的线圈。儿子，你见过那些电动机吗？几个月前，几个做生意的有钱人来我们村了，他们要做电动机，想雇村里的闲人来帮着做。想学的人可以去听课，他们会教大家怎么编线圈。学成了，便可以把电线领回家，在家里进行加工。我去听了课，编线圈比我当时织渔网简单多了，我应该做得了这份活儿。儿子，你怎么看？"

母亲也就在几个月前才第一次看到电动机的内部构造，却有这样的信心，真是让我惊讶。不过，我感兴趣的倒不是母亲会不会接这个工作，而是工业化的滚滚浪潮让母亲的手艺有了新的用武之地。

"儿子，你知道灵芝吧？好多人说灵芝一斤要几千块钱，是不是真的呀？你堂外婆前一阵子在山里捡柴的时候，捡到了一株灵芝，卖了不少钱。山里应该还有，你能告诉我灵芝到底长什么样吗？一般长在什么地方呢？我也想进山里去看看，没准我一天也能捡回好几千块钱呢。"

母亲口中的很多事情都和钱脱不了关系。

"有几个老人最近跟我提起过一件事，讲的是天上的流星。据说那东西捡到了也很值钱，一小块能值好几十万。儿子，你想想，要是哪天流星从天上掉下来，掉到我家后院里，那该多好，我们就一辈子不愁吃穿了。"

母亲越说越像是在做白日梦，连我也惊叹于她的想象力。

母亲的絮叨虽然琐碎，我听着却觉得很有意思，因为这些平常得不能再平常的话，是我远在他乡求学时获悉家乡变化的主要渠道。

一说话便停不下来是母亲的一大特征，她也爱和我闲聊村里人的家常事：哪个小伙子结婚了，哪个姑娘出嫁了，邻居家的老奶奶办了气派的七十大寿寿宴，某家农户的水牛生病不能耕田了……各种大事小事，只要母亲能够想到，她都会在电话里和我说起。

在一次通电话时，我像往常一样询问母亲，村里发生了什么好玩的事情，母亲说她在学习使用燃气炉，随后她想起了一些其他的事。

"讲起燃气灶，儿子，你还记不记得竹山小学里教过你数学的黄老师？"

"黄老师？我记得呀。他是一个很有耐心的老先生，教了我一学期，那应该是在我读四年级的时候吧。我考上大学那年家里唱皮影戏，黄老师不还过来了吗？他看上去好老了，应该快退休了吧？你为什么提起他？"我有点没弄清楚母亲的逻辑。当然，母亲的絮叨很多时候是没有逻辑的。

"黄老师上个月过世了，是在睡觉的时候被煤气毒死的，好可惜。他几个月前刚刚中风，脑袋不好使，估计是睡觉前忘了关燃气灶。"

我有点不敢相信。黄老师是我在竹山小学读书时，印象比较深的一个老师。那个时候，他知道我家的经济状况，常会给我一些额外的关照，也会经常到我家，给我学习上的指导。突然听到黄老师过世的消息，我一时有些接受不了。

"你还记得他家那个小孙子吧？"说完，母亲停顿了一下，她不确定我是否见过黄老师的孙子，然后告诉我，那个小孩在读小学时成绩也很棒，黄老师一家人都盼着他能考个好大学，结果他高考考砸了。"他肯定是压力太大了，离重本线只差了几分，若是他重读一年再考，考个好大学还是有希望的。可这小孩性子倔，查出分数后，连家也没回，便从学校房顶跳下去摔死了。黄老师知道孙子没了，承受不住打击，就中了风。"母亲说出了事情的来龙去脉。

我听到这一连串消息，震惊得不知道该说什么。

"我不知道那个小孩为什么把考试看得那么重。他才刚过十七岁啊，还有那么多日子在后头，干吗想不开呢？儿子啊，你已经考过高考了，我好像不太记得你当时有抱怨过高考呀？也没听你跟我说过面对考试有多大压力呀！你那时是不是没有跟妈说实话？这些年，我听了好多类似的事情：有些学生因为高中学习压力太大，精神失常；有的太专注于学习，身体素质变差，在考场里晕倒了……儿子，你当时给我的感觉是，高考好像不难？"

"哪有的事？你不知道罢了。"为了不让母亲瞎担心，细想之后，我简单地答道。农村的孩子出路狭窄，高考就是命运的分水岭，迈过了这一坎，往后的日子会轻松很多。考砸了，很可能就只能回乡下种地或到城里打工。我在高中时自然也是被高考的压力驱赶着前进，只是我不太愿意告诉其他人罢了。

"不过那个时候我的成绩一直挺好的，压力大也没多少问题。"

"看来你当时是瞒着我和你爸了。你怎么不把当时学习的压力和我们讲讲呢？我们也好出点主意嘛。我帮不了你考试，但至少可以到庙里去求支好签，保佑你考个好成绩啊。"

"哈哈，妈，这些迷信的事情你也信？"

"干吗不信？心诚的话，神仙也会有感应的。你当时就该打电话讲讲，妈便多带些香火钱去拜神。哦，对了，你现在知道黄老师家发生的事情了，记住，千万不要去学那个小孩，压力大就去跳楼会害了全家的！"

"妈，我怎么会去干那样的傻事啊？你不要胡思乱想了，我现在已经考进大学了，大学里的课程比高中简单多了。"

"你又在跟我说胡话吧，儿子？我怎么听人说大学里的课业比高中要难很多，学生都不容易毕业呢？儿子，你现在不在乡下了，离家远，妈又照顾不到啥，还是不要给自己太大压力，每天找机会多放松放松。"

"我知道。你没看到我们大学给你寄过去的成绩单吗？我每门课的成绩都不错，学习方面你不要担心。"

"嗯，我看到你的信了。前一阵子你的信寄到烟田村，那里收信的人开了信，才把信送到我们家。"

"妈，你刚刚说啥？有人把我的信私自打开了？"

电话那头，母亲好像觉得一切理所应当，这倒让我更加奇怪了。"是啊，村里人不常收到信。儿子，你想啊，哪个会往村里寄信呢？那些人估计看着好奇，就打开了。"

我觉得不自在，便问母亲，有没有嘱咐私自拆信的人一句，让他知道这样做是不对的。

"没啊，我该做些什么吗？"

"当然了，妈，你怎么这么没有个人隐私意识？私自拆信可是违法的。你想啊，要是我在信里给你寄钱了，信又被别人拆了，那该怎么办？"

我觉得有必要给母亲普及一下城市里面的规则。

"你没往信里塞钱吧？我当时可没看到钱。"

"我那是打比方！妈，你怎么就听不出重点在哪儿呢？信件是私人物件，其他人是不允许擅自打开的。你这么说，我下次还怎么敢给你寄信？"

"你有点小题大做了吧？这又不是什么大事，乡下的规矩和城里不同，况且村里人大都互相认识，你寄回什么东西大家都想知道。我要是看到其他人的信，也想打开看看。"

母亲的辩解让我不知道如何回应，我只觉得她的思维模式和我完全不在一个频道。

"儿子，村里人做事和城里不同，你不能随便拿城里人做事的方式套到我们头上。要不我给你讲个故事？听完你就知道我的话是什么意思了。"母亲在电话那头笑了一声，我执拗的脾气在母亲眼里或许得改一改了。

"好吧，那你说说。"

"隔壁村有一个做阉猪生意的人，你之前没准见过他。一般情况下，阉割一头猪，要好几个男人才摁得住。可是这个人，他自己就能搞定，好像有法力能够给猪安神。每回跳进猪栏后，他会在猪的不同部位左拍拍右拍拍，没过几分钟，猪就会听他的指令，安安静静地躺下，好像被催眠了一样。即便他开始动刀阉割，猪躺在地上也不会有多少反应。阉割手术完成后，他再拍拍猪的其他几个部位，猪就又站起来了。我这么大年纪也没见过这么神奇的事情，儿子，你在大学学生物，跟我说说，他是怎么做到的吧！"

我也觉得这很神奇，问她是不是用了麻药或用针扎了穴位，母亲一一否定之后，说："城里的那些规矩放到乡下，不一定行得通，很多事情自有其门路。"

我挂掉电话，长久沉浸在和母亲对话后的震撼里。

进了大学之后，我以为我对身边的事情比没有接受过多少教育的母亲要懂得多，可是，每次碰到这样的对话，我才真正知道世界有多大，我有多么无知。我曾一次又一次，听着母亲波澜不惊地讲述那些惊心动魄、光怪陆离却又真实发生在她身边的事情。我会感叹，要是没有这些絮叨，我会错过生活中多少有意思的事情呢？世界那么大，母亲就在那里，在电话的另一头，用她最平常也是最不平常的语调，跟我讲着她的世界里我不曾知道的事。

三

母亲显得非常兴奋，她的大儿子要去美国留学了，是村里第一个走出国门留学的人，她觉得脸上很有光彩。她想让儿子快去美国，好告诉她，那个陌生的国度究竟是什么模样。她对美国了解得不多，只知道美国在地球的另一头，美国人讲一口她听不懂的洋文。她觉得知道这些已经足够了，此刻，她在帮儿子检查旅行箱，保证儿子带齐了所有该带的物件。

"儿子，你带针和线了吗？我在你包里没看到啊？"

"没有，妈，带针线干吗？"

"你衣服要是在那边坏了，好自己补一补嘛。这么重要的东西怎么能够不带过去呢？"

"我不会自己补衣服，要是同学知道了，那多没面子。"

"面子面子，你就知道这些虚东西！衣服掉扣子了，随手补补又不花时间，哪会有人笑话你？带着吧，肯定用得上。"

"好吧，你塞进去，但你放了也没用，我不会用的。"

母亲从衣橱里拿出了几团棉线，有黑色的、绿色的、红色的、白色的……她在一团团棉线上分别别上一根细针，然后打包好放进了我的行李箱。

"儿子，你行李箱里的布鞋呢？昨晚我给你检查箱子的时候还在，怎么现在不在了？"

"我早上拿出来了。我的行李箱已经装满东西了，再装就会超重。"我把布鞋从床底翻出来，不耐烦地解释着。行李箱中其实还能装不少东西，只是我不想要这几双土气的布鞋。

"一双鞋能添多少重量？儿子，把鞋放进去，都放进去。鞋是我今年春天的时候新做的，棉花也是新采的，肯定保暖，你带过去穿着一定舒服。"

"那就放一双吧，我到美国不会穿布鞋。"

"还有，你要不要带点吃的？你常抱怨大学食堂的菜不好吃，没家里做的味道正宗。是不是该带点？我特地到田里捕了不少黄鳝、泥鳅，用陈年的木头锯出的木屑熏好了。你闻闻，有一股很香的木材味道。要不要放些进去？哦，对了，家里的剁辣椒你最爱吃，在美国不一定有，也带几瓶吧。"

"妈，我不是跟你说了吗？飞机上不允许带吃的，尤其是肉，过海关的时候查得严。"

"那些烘干的长豆角、黄瓜皮、白辣椒和蕨菜总没问题吧？你都塞点，免得没带过去你又后悔。"

去美国那天，一大早我们一家人吃完早餐，围坐在一起聊家常，可是话刚起了个头，却又摞了下来。一家人沉默地坐着，等待从村里进城的汽车。母亲似乎有什么话想和我说，但欲言又止。她再次拉开我行李箱的拉链，简单地查看了一下，又合上了，然后走进厨房，倒了一杯温水，递给我。我摇了摇头，告诉她我已经喝饱了水。"你就不用瞎忙活了，干吗不坐着？"我的语气中带着几丝不耐烦。于是，母亲把水放下，望着窗外晨光照耀下的村落。

停钟的汽车站很简单，就是在路边上立了一块牌子，牌子旁边是一条很深的水渠，初秋时，由于上一季水田的泥巴渗入，水渠中现在已经灌满了泥土。菱角在这个季节刚好成熟，深绿的菱角叶上沾着露水，在清晨的微弱光线下，看起来十分漂亮。一家人在家里等得不耐烦了，便提着行李来到汽车站旁。几个乡邻背着锄头在田埂上除草，看见我们一家人都提着行李，就问谁要远行。

"我的大儿子。"母亲的口吻里充满了自豪，她告诉他们，她的儿子要去美国，那个只在电视新闻里听说过的国家。

"儿子，我当年织渔网的时候，看着你和你弟在渔网里打滚，以为你们以后会以打鱼为生。可我没想到，你读书读得走出了国门。"

很快，一辆汽车拖着扬起的灰尘，驶入村中的公路。我朝汽车看了看，而母亲此刻却将视线移到了我的身上。她想笑，毕竟这次远行能够给我一个更好的未来，作为母亲，她应该为儿子的未来祝福。可是，母亲又意识到这驶来的汽车将把她儿子送到一个她不熟悉的地方，在未来的很长一段时间里，她都见不到儿子，这让她有点伤感。

母亲并不知道该说什么，那些动情的离别赠言，她只在电视剧里看过，在现实中她什么也说不出来。她笨拙地握住我的手，尽管这个动作在她看来显得那么不自然。我显然也感受到了这份不自然，故意说要去提包，顺便甩开了她的手。母亲大概明白我的意思，于是，她也弯腰去帮我提包。

母亲和我就这样提着本可以放在地上的包，静静地等着汽车到站。

"儿子，你还记得菱角是什么味道吗？现在正是采菱角的时候。"母亲指着水渠边的菱角问。

"当然记得呀。这是小时候我们经常吃的零食，怎么会忘了呢？"我笑了笑，"我上次吃菱角还是上大学之前，一转眼已经过去四年多了。"

"你想不想吃几个菱角？美国吃不到。"

我点了点头，但感觉来不及了。

"你等等我，我这就去弄几个来。"话音还没有落，母亲放下包，朝水渠边跑去。她趴到地上，想用手抓住靠近岸边的菱角叶，可她的手不够长，怎么也够不着。我看了便阻止道："我下次回来再吃吧。"

母亲根本听不进我的话。

乘客已经陆续上了到站的汽车，我一个人站在车门边，看着母亲正努力拔菱角的背影。

"妈，算了吧，我上车了。"我喊着。

母亲急了，她站了起来，脱掉鞋子，抓住水渠旁边的草，一点点滑进了水渠。

"哗啦！"母亲踩进了水渠的深泥里。我听到响声，惊讶地回头，只见母亲在齐胸的泥巴水里走着，碰到水渠里长熟了的菱角便抓进手里，扯掉菱角叶，在水渠里洗洗，便朝着岸上扔了过来。

"儿子，快捡几个大的赶紧上车去。这司机也真是性急，又在按喇叭了。别看我，朝我看干啥？我待会儿回家换身衣服就好了，你快点捡几个菱角上车去！"

我满眼泪水地站在车旁，看着还在水渠中笑着的母亲。

我想告诉母亲自己有多么爱她，可是，乡里孩子很少会用"爱"这个字，即便是母子之间。我不知该和母亲说些什么，捡起菱角，在裤脚上擦掉了沾在菱角上的泥巴，用牙齿咬掉了硬壳，把菱角掰成两半，跑到母亲身边，递了一半给她。母亲站在水里接过去咬了一口，我站在岸上咬着带汁的另一半菱角。

- **4** -

打鱼人

停钟以外的天地

在童年很长的一段时间里，我所认识的世界只有两个：一个是停钟，一个是停钟以外的天地。要是我试图勾勒停钟以外的世界的模样，我会发现，在那里，我唯一能清晰分辨出来的便是我父亲的身影。

我似乎看到父亲披着一件厚皮夹克，穿着磨破了边的牛仔裤。他担着一条木制的扁担——扁担一头挂着衣服和棉被，另一头则挂满了他在外面世界闯荡之后带回的宝贝。

在那些模模糊糊的印象里，我把我的父亲想象成了走南闯北的勇士，他披荆斩棘，跋山涉水，出没在常人不敢驻足的荒野世界。要是他偶尔吹一吹口哨，准能召集起附近丛林里的狼群和野豹，那些野兽也会和着父亲的口哨声，在这个荒凉世界里一起长啸。

我的想象有时有点疯狂，可我从父亲那儿听到的，他所见过的外面的世界，更加魔幻：城里有一种"铁乌龟"，有四个像脚的轮子，不用人推就能往前走动；很多房子是用玻璃做的，不像我们村庄，建房多用红砖；地面也铺满了沥青，夏天里太阳一晒，路面便会融化，远远看去还会升腾起热气；人们似乎不需要怎么走路，每栋楼房都有永不停歇的铁梯，轻而易举地把人送往高处……更神奇的是，那儿还有一群魔术师，他们把人的声音装进箱子，人们拿着连线的话筒，便能和遥远世界的陌生人对话。

父亲应该是故弄玄虚地给他儿子讲的这些故事，不过他的描述极其详尽而又奇幻，让童年时代的我听到后，对外面的世界向往不已。很多个夜晚，要是我睡不着，我便会走到父母的卧室，摇醒父亲，求他给我讲更多的关于那个世界的故事。

父亲会打着哈欠起床，然后拿出他存放在家里皮箱中的一张发黄的纸片。那是一张从杂志上剪下的中国地图，在出行的时候，父亲常会带在身上。地图上画了很多个小点，标记着他曾经到过的地方。循着这些小点，父亲会告诉我长沙、南京、南昌、广州和深圳在哪儿，然后他会大致指着停钟所在的位置，比画着要怎样走才能从停钟到达这些遥远的世界。我问父亲什么时候才能带我到这些地方看一看呢，父亲说："不急，不急，等你长大了，有的是机会自己去看。"

那个时候，我常把父亲想象成一个无所不知的巨人——他是村里少有的几个曾在不同城市工作过的人，算得上是见多识广；他做过的活儿也有多种，用父亲自己话说是"这世上没有他做不了的活"。他越是这么说，我便越坚信他是这世界上最聪明的人，他也一定能从那些他说起的金山银山里挣到大钱，好来养活我们这一家子。

不过，若是把我的父母放在一起比较的话，我会觉得，母亲能脚踏实地地干事，而父亲则更像一个说大话的人。他口中那些外面世界的光怪陆离，引人遐想，可他自己却没能从外面挣回多少钱。他常在家里给自己定一些不切实际的目标，吹嘘着自己某天偶然想到的主意，向村里人兜售在外面赚大钱的秘诀。

譬如说，每隔一阵子，他都会和母亲商量是否该买进一批猪仔，因为他听说外头猪肉涨价了。他自己手头没钱，于是只好挨家挨户去借。可乡下有钱存着的人家本来就少，更没多少人愿意冒着风险把钱借给我们这样的穷苦人家，大家都会客套地回绝父亲。父亲没有办法，只得作罢。可他在心底又会嘲笑这些村民短视，看不到外面世界的模样。

买猪仔的生意泡汤了，父亲又开始想另一些门路。他听说有些城市在搞基建，需要工人，于是想着在村里召集一批年轻力壮的农民工，自己做个工头，好来赚取点包工费。可乡下人哪个愿意跟随父亲这种没有包工经验的人呢？

村民们听完父亲的计划之后，就走开了，留下父亲用手指夹着一根烟，琢磨着下一个挣钱的门路。

父亲是一个中等身高的人，常年留着板寸，眼睛有点小，笑起来很容易眯成一条缝，这似乎是我们何家男丁的一个相貌特征，我爷爷如此，我也是如此。他的眉毛很粗，往上扬着，看起来很是英武，有时候甚至显得严肃。

父亲在家里也的确是一个严肃的人，在我和弟弟面前很少露出笑脸。在吃饭的时候，他和我们说话最多。

这个时候，我和弟弟是不能多说话的，只能听他讲着小孩应该遵守的规矩。他常说，大人说话，小孩子不能插嘴，若非要说，一定得想清楚了再开口，不然会显得笨；男娃最好有点城府，说话不能心直口快，不然很容易得罪人；走路的时候，腰杆一定要挺直，驼背的多是那些半截身子快要入土的老人，小孩千万不能学样……

他的规矩很多，我和弟弟很难听到重样的。要是哪天我们没有守规矩，或者淘气了，父亲会从我们面前端走饭碗，罚我们不能吃饭。因为他的这个习惯，我和弟弟早早就学会了快速地吃饭，以防在挨罚的时候饿肚子。

父亲的规矩似乎是从爷爷那儿继承下来的，不过，有意思的是，这些曾经用来教育他的规矩，他自己似乎从来也没有遵守过。

听爷爷奶奶说，父亲小时候其实是村里的淘气大王，没少惹长辈生气。大概十岁的时候，他就偷偷学着吸卷烟，这一吸便上了瘾，之后都未曾断过。爷爷自然痛恨父亲这个臭毛病，觉得烟鬼瘪气，将来不会有出息——尽管爷爷自己也是老烟枪。为了能逼父亲戒烟，爷爷拒绝给他零用钱。不料，父亲为了买到当时在乡下能体现身份的卷烟，和一群年轻力壮的小伙子一起，帮其他人家干农活来挣钱。为此，爷爷一度把父亲关进了自家的谷仓。

比吸烟这件事情更让爷爷恼火的是，父亲那个时候身强力壮，可他就是不愿给自家农活出力。据说，他在十五六岁的时候，就能扛起上百斤的东西在田埂上小跑。可他当时对种地一点也不上心，宁愿在水田里挖黄鳝泥鳅，或者在村头的山林子里打野物。据说有一回，父亲为了捉鱼，把村里一个水塘的水给放干了。而村里的水塘主要是满足农田灌溉蓄水的需求。那一次，爷爷拿着胳膊粗的木棒追着父亲在村里跑，下手毫不留情，父亲这才明白自己闯下的大祸。

知道了这些糗事，你才会明白，父亲将他根本没能遵守的规矩套用到两个儿子身上，这件事情本身是多么的神奇。

"儿子啊，你们长大后可不能像你爸，"父亲会一板一眼地对我和弟弟说，"我之所以现在还待在乡下，没能搬进城里，就是因为当年不服你爷爷管教。你们想有出息，就得现在听我的话，学好规矩，在学校里用心学习，长大了才不用我来操心。"

为了让两个儿子学乖，父亲决定从饭桌的规矩入手。他教我们餐桌礼仪、筷子抓握的位置。要是哪天我们拿筷子的位置错了，他会从我们手里抢走筷子，让我们张开手掌，用筷子狠狠地打掌心，打到我们哭为止。

父亲觉得疼痛能让小孩记住教训，这是他小时候没体会到的，他希望儿子们能在成长中体会到。可是，他又不喜欢听小孩哭。

"男子汉哪能被筷子一打就掉眼泪？"听到我们的哭喊，父亲提高了嗓门开始骂，命令我们不要再哭，可我和弟弟一时停不下来。父亲怒了，他装模作样地从厨房里拿出一把菜刀，在我和弟弟面前挥舞，告诉我们，要是我们继续哭，他就一刀砍断我们的手指。

我和弟弟在父亲的打骂和恐吓中长出了一颗铁一般坚定的心。

有时候，被父亲打骂，躲在房间里哭泣的时候，我和弟弟便会问自己：我们的父亲为什么那么严厉？为什么其他父亲很少打孩子？是不是我们的父亲天生就比其他人要凶呢？我不知道。

可我知道的是，要是我们的父亲文化水平再高一点的话，他的性格应该会温和一些，罚我们的方式也不会那般粗暴。

父亲在乡下仅读完了初中，可那个时候，乡下教学条件很差，父亲根本没在学校学到什么。初中一毕业，父亲便计划着要到外面的世界去闯荡，这才有了后来父亲在那么多城市闯荡的经历，这才有了他向两个儿子吹嘘的资本。

他第一次外出打工，是在一九八三年。父亲正当年轻气盛的年纪，想着凭自己一身力气，只要外出便能找到好工作。他背起行囊，去了南方的好几个城市闯荡。

二十世纪八十年代，改革开放才刚刚开始，深圳、广州远没今日发达。可那时，人们已经隐约能够感受到这些地方的发展潜力，无数像父亲一样的农民工从全国各地涌向这几个城市，在新兴的厂房外找寻着合适他们的工作岗位。那个时候的工资不高，每月大概几百元，可在乡下人眼里，这已是天价工资。每个进城务工的人都幻想着几年之后，晋升为"万元户"；每个人都觉得这个世界是属于他们的，他们正在用自己的双手，建造属于自己的未来。

可等父亲真正去到深圳，才发现情况不如他想象的那般乐观。父亲之前没去过其他省份，初到深圳，攥着手里仅有的两百多块钱，他不知道如何在这个陌生的城市落脚。他试图和街上那些行色匆匆的人打招呼，想从穿着气派的人那儿讨份工作，可没人理睬；他蹲守在餐馆，听着食客聊他们的职业，好弄明白自己究竟想在这儿做什么，找什么工作；他也常在厂房外堵截那些下班的工人，好和他们搭上几句话，问询公司里的工作机会⋯⋯

他的执着最终起了作用，在一家机械厂门外，父亲碰到了一个管理流水线的工头。

"你之前有过什么工作经历没？"工头坐在办公椅上，不耐烦地翻动着手头的文件，让父亲十分紧张。

"我以前在乡下，没来城里干过活儿。"

"这样啊，"工头见过无数的农民来深圳找工作，早已司空见惯，"我这儿也缺些人手，厂房的流水线需要有人帮工，你能否试试一些简单的机械组装工作呢？"

"流水线？"父亲没有听过这个新奇的词汇，"我倒可以试试，你叫我干什么，我就干什么吧。"

"流水线你没听过？"

"没有。"

"那也太生手了，你还是到其他地方看看吧，我们这儿都是些精细活儿，你不一定做得下来。"工头摆摆手，示意父亲走开。

碰壁了，父亲只得另寻他路。

他照着之前找工头的路子，又在附近联系上了一家油漆作坊的作坊主。为了让自己显得有工作经验，父亲告诉作坊主，他曾手工做过石灰，那应该和制作油漆的手艺大同小异。作坊主半信半疑，不过看中了他一身力气，留下了他。

父亲觉得自己终于有了用武之地。他也干得认真，尽心帮着作坊主调染料，搬运油漆桶。可是，父亲不是那种细致的人，他的蛮力有时大得惊人，但这却反倒成了他的负担。有一回，搬运油漆桶的时候，他使大了力气，以至于油漆桶在落地的时候侧翻出去，一连撞倒了好几个油漆桶。经营小本生意的作坊主看到这场面当然心疼不已，怒火中烧，二话没说便把父亲辞退了，还拒付当月的工资。

父亲又没有了工作，一切只得从头开始。他有点失落，可在陌生的城市，失落是无济于事的。于是他托人联系了一个远房亲戚，在一家饭馆里，最终找了份帮厨的工作。每月六十块钱的工资，与之前的工资相比，是少了很多，可凑合一下还是够用。

为了生活，父亲决定住在餐馆的仓库里，一来仓库的房租便宜，二来老板也希望有人在夜里帮着看守食物。父亲每晚都在那一筐筐包菜、辣椒、豆角散发的味道里入睡，住得久了，衣服也染上了食物的味道。

父亲挣的钱大部分都寄回了家。在外工作一些年后，他终于知道，挣钱不易，每一分钱都要用到实处他才能安心。他寄回的钱让爷爷奶奶很是欣慰。他们认为爸爸赚的钱很多，在村里逢人便说，自家的儿子在外头捡到了金饭碗，在城里不愁吃不愁穿。他们怎会想到，父亲每天吃的都是剩饭剩菜，穿的衣服也是破破烂烂的！

在餐馆辛辛苦苦干了好几年之后，父亲觉得自己有了足够的积蓄，可以回家娶媳妇了。他卷起铺盖，回到了停钟。爷爷奶奶对父亲的决定倒也没多少异议，毕竟儿子到了该成家立业的年纪，终究需要回到村里。于是，他们开始联络媒婆给父亲安排相亲。

所幸那个时候，村里没多少男人外出打工，父亲在城里工作的经历，经过媒婆大肆宣传，就像是一个黄金履历，打动了附近很多姑娘的芳心。但是父亲唯独对乌江河北兴无村里那个人品相貌俱佳又很会织网的姑娘感兴趣。

父亲经常瞒着爷爷奶奶，和村里的一群小伙子一起到乌江河里捕鱼，顺便偷看在乌江河畔浣洗衣服的那位织网姑娘。姑娘到河畔了，一群小伙便一窝蜂地在河水里闹；姑娘抬头了，父亲便和小伙子们潜入水底，就这么远远地、略有点不好意思地望着。父亲对河畔的姑娘动了心。

之后，通过媒婆，父亲和姑娘见面了，然后他们一起在村里见面，一起在对方的家中帮着干农活。可能是因为父亲在外打工多年，长了些见识，说起话来比村里其他小伙子更加稳重，有时甚至显得学识渊博，因此他很快便赢得了姑娘的芳心。

一年后，他们结婚了，那个姑娘便是我的母亲。

父亲常说，那些年在外打工的日子改变了他的生活。我想，当他说起这句话的时候，他一定是认真的。

酒香与酒友

庄子曾讲过这样一个故事："庄子钓于濮水，楚王使大夫二人往先焉，曰：'愿以境内累矣。'庄子持竿不顾，曰：'吾闻楚有神龟，死已三千岁矣，王巾笥而藏之庙堂之上。此龟者，宁其死为留骨而贵乎，宁其生而曳尾于涂中乎？'二大夫曰：'宁生而曳尾涂中。'庄子曰：'往矣，吾将曳尾于涂中。'"如果没有物质的欲求，那些看起来再简单不过的生活，是否也会充满快乐？

我无法知道确切的答案，但是，对生活在停钟这个偏僻而又平静的村庄里的父亲来说，我觉得，答案是肯定的。

父亲在外头工作的样子，我无法亲眼见到。可他在家中、在村里的样子，我却再熟悉不过了，它们组成了我对父亲最直观的印象。在这些场景里，我常能见到的，便是父亲在家中酿酒。

他先用家中的大铁锅煮一锅白米饭，米饭熟后，他将饭摊开铺在竹盘里，冷却到室温之后，再在米饭上撒上几把酒酿粉，充分搅拌，最后，用木瓢将拌好的米饭一瓢瓢地放进洗净的水缸。米饭中央最好留一个洞，以使酿好的酒有空间渗出来。不用几天，酵母菌便能分解白米饭里的淀粉，每粒米饭都会变得又黄又软。再过几天，香气四溢的原酒便会溢满整个水缸。这时父亲会用木瓢把原酒酿舀出来，放进蒸锅里。蒸锅上方加一个木桶，木桶上再用凹进去的铁锅罩住。铁锅中放入冷水，这样酿出的酒便顺着锅底流下，进入插在木桶中间的竹槽，然后一滴一滴地淌进盛酒的酒缸。

一杯美酒孝敬天上的神灵，余下的全成了父亲自己享用的佳酿。

酒缸和酒壶是父亲的宝贝，别人是不能随便碰的。一到吃饭的点，父亲一定会打开酒缸，给自己倒上一杯酒。他常说酒能助消化，也会让自己干活有力气。在我家，时常出现这样的场景：几口酒下肚，父亲的杯子便空了，他想再倒一杯，可母亲觉得多喝无益，就伸手夺走了他的酒杯。父亲笑意盈盈，像小孩般请求母亲还他酒杯。母亲经不住他的软磨硬泡，没几句话，便软了心，把酒杯推了回来。然后他又开始喝，最后连自己都忘记喝了多少杯酒。

"酒是个好东西啊。"父亲大声说，"一杯美酒下肚，人还求什么呢？"

因为喝酒，父亲在村里有很多酒友，他们经常聚在一起喝酒、猜拳。尽管母亲觉得，好酒之徒相聚并不是件好事，但对我这样的小孩子而言，这却正是认识村里那些叔叔伯伯的好机会。

我记得父亲的酒友里有一个单身汉，他的父母都已经过世，自己又没有子女，身无牵挂，挣下的钱便都花在了喝酒上。单身汉说话经常毫无顾忌，大大咧咧，因此不受长辈的待见。但他倒是能和小孩打成一片。因此，我时常能和他搭上一两句话。

单身汉家里有两亩田地，刚好能解决自己的温饱，他的额外收入都是在村里村外做闲工挣得的。要是有好的理财习惯，单身汉没准能存不少钱。可他觉得，一个人过日子，留着钱没什么用，挣回来的钱便又都"哗啦啦"地流出去了。可能因为这个习性，他很受村里长辈们的诟病，大家总笑话他没出息，然后感叹着他要是娶个老婆的话，没准日子会过得好一些。

不过，单身汉年轻的时候倒真是长得一表人才，也有不少姑娘喜欢他。可是，他的腿脚天生有点儿瘸，做不了太重的活，而在乡下，过日子一定要有一副干苦力活儿的身板。因此，姑娘们都打了退堂鼓。单身汉最终没有找到媳妇，他因此而颓废了许多，也染上了嗜酒的毛病。

父亲倒不是因为酒才和单身汉成为好朋友的。他喜欢单身汉直爽的性格，毕竟，村里能说真话的人不多，有个酒友，时不时地能聊上一两句真心话，也算是生活里的一件幸事。父亲常在家里提起单身汉，夸他有远见，看事透彻。

有一年，村里有户人家想花钱请父亲帮忙犁田。父亲和那户人家不熟，一直犹豫着要不要接这单活。他找到单身汉，让他出出主意，这单活该不该接。单身汉倒是不怕得罪人，说这家人曾经因为邻居家的母鸡吃了他家菜园子的蔬菜，而和邻居闹翻了。"人吝啬得很，"他说，"你不值得花苦力替他们干活。"父亲听了单身汉的一席话后，考虑了很久，但是，他又觉得，不应该放过任何挣钱的机会，于是劝服自己接了这单活儿。

整整一周，父亲赶着家里的水牛，在毒太阳底下，帮人家犁田。为此，他晒脱了一层皮。犁完田后，父亲去讨要工资，可对方却搪塞说，等手头宽裕了，再把工资补上。父亲心善，便不再急着追讨工资。可是，这家人却从未告诉他，他们手头什么时候会宽裕。他等了一个月，半年，一年，两年……直到第五个年头，他们才把当年的那几百块工钱补上。父亲悔不当初——要是当时听了单身汉的建议，后面的五年里，就不用低声下气地去讨债了。

乡下这样的事情常有发生，一些看似友善和气的人，因为生活所迫，有时并不会坚守一个人该有的信用。越是这个时候，父亲便越能感受到像单身汉这样能说真话的人的可贵。

单身汉来我们家的时候，父亲会让母亲端来好的下酒菜：盐炒的花生、油爆青椒、酸辣椒、酸萝卜，还有新鲜的大蒜瓣，好和他的朋友分享。若是哪天父亲在外面做工拿到了工资，他还会让母亲额外做一盘猪耳朵、一碟鸡爪。这个时候，父亲的酒性便会涌上来。他敲着碗碟，和单身汉回忆在外干活的日子，然后让我们去叫其他酒友到家里来一起喝酒。

"倒上酒，给这些叔叔伯伯都倒上酒。"每进来一位酒友，他便催嚷我和弟弟。

"给他们碗筷，别管有没有吃晚餐，下酒菜总还是能吃一点儿的。"父亲觉得光喝酒不吃菜丢了兴致，因此，劝大家无论如何都要动动筷子。

"来来来，我这儿也没什么大鱼大肉，酒倒是还有好大一缸。来来来，干杯干杯！"很快，几个汉子便在一起猜起了拳："哥俩好啊，五魁首啊，六六六啊！"

觥筹交错，酒香四溢，村里隔得好远的人家，都能闻得到酒香，听得到笑声。

天很快暗了下来，夏夜里，萤火虫沿着纱窗的小洞飞进家里，停在窗户边上。那一闪一闪的绿色的光在昏暗的白炽灯下，显得极其亮眼。

父亲和酒友们放下酒杯，推开窗户，让晚间的习习凉风吹进房子，吹散满屋子的酒热。

喝酒的人里，父亲特别敬重两个好朋友，常常提醒我和弟弟从他们那里多学点儿知识。

他们中有一个毛笔字写得很好，平日在邻村卖豆腐。另一个是我们的邻居，老农夫，姓张，村里人叫他张癫子。

卖豆腐的伯伯住在一个叫棺木山的村子里，离我们这儿大概两三里路。父亲之所以敬重他，是因为有一年爷爷生病时，想买点儿豆腐来吃，他知道爷爷的情况后，便亲自送来好几斤豆腐。父亲对此一直心存感激，每次当他挑着担子到村里卖豆腐时，父亲都会光顾他的生意。

这位伯伯家的豆腐店，建在棺木山的一条溪边，石板铺在溪水上方，便成了他家的地基。他在石板中间凿出一个洞，以便制作豆腐时从溪里取水。每到晚上，他会用溪水泡黄豆，第二天，把泡发的黄豆放在石磨下碾成粉，然后用纱布过滤，再倒入锅里慢慢加热，熬成豆浆。点上卤水后，豆浆便会凝固，控制好卤水的用量和豆浆凝固的时间，便能轻松调节豆腐的松和软。伯伯工艺过硬，做的豆腐很好吃，每天买他豆腐的人络绎不绝。

一般人认为，卖豆腐的，多半没有什么文化，可是，父亲知道，这位伯伯的才能远不止卖豆腐这么简单。

有一回，父亲带着我到伯伯在棺木山里废弃的老家看看，在那些断瓦残垣里，父亲找到了伯伯当年练习书法的残迹，那些留在土砖上的或是房子木梁上的墨迹，直到今天看来，仍是难得的佳作。

"你看看他当时是怎样练习毛主席的《沁园春·雪》的。"父亲指着那些已经斑驳的字迹，比画着诗词里的每一个字。有些字虽已看不到全貌，但笔画里仍透着苍劲，这便是好的文字，数十载、数百载后的人看到，仍能明白其中蕴含的力量。"别看他天天干粗活，真要铺开一张宣纸写毛笔字，村里没人能够比得上，至少现在如此。"

在父亲的酒友里，张癫子也算得上是一个有文化的，可是没有人知道，他究竟读了多少年书。据他自己说，他读完了高中，甚至还读过一年大学。他对自己的文化修养引以为豪，因为村里只有他，能读得了残存的古书。只有他能写文章，还能作为头版头条刊登到县城的报纸上。

"他应该当村里的教书先生，"父亲经常和别人说，"张癫子年轻的时候，正赶上知识青年下乡，没准他就是当时下乡的知识青年。"

不过，张癫子对自己的过去讳莫如深，没人真正知道他的过去。他最终也没能在村里成为教书先生。据说，他读完书后，便被分配到城里的一个水泥厂工作。在那儿工作了好些年后，他的肺因为长期吸入扬起的磷灰石灰尘，受了不小的损害，不得不转调到县城的一个自行车厂工作。那个年代，能在城里工作的乡下人少之又少，张癫子应该有真才实学，才能进城做体面的工作。

父亲总会和我讲张癫子的故事：

二十世纪八十年代，有一次，张癫子从城里回乡后，坐在乌江的桥墩旁，劝过路的行人，投资经营私人商店。他说，再过些年，大锅饭时代就要过去了，每家每户又会像从前一样，可以在乡下经营自己的生意。当时，乡下人已经习惯集体制的生活方式，突然听到有人说集体的"不是"，村民都觉得眼前这人在说胡话，或者这人已经疯了，于是"张癫子"的名号，就从那个时候开始流传开来了。

张癫子还说，再过些年，村里便会有铁马开进来，挑东西再也不需要人力。

他像预言家一样说着未来的事，说得越玄乎，大家嘲笑得就越狠，可谁又曾想到，张癫子所说的，十多年后，竟一样样地都应验了呢？（张癫子话里的铁马其实就是小汽车）

在这样一个封闭的小山村里，张癫子四处讲着他所认识的外部世界。当时没有几个乡下人，能有机会走出去看看外面的世界。于是，他的故事就成了笑话。

许多年后，张癫子不再在村里胡说了，他喜欢带着一台收音机和一壶酒，一个人到附近的山林里去砍柴。村里南山的林子很密，有时候，收音机的信号透不过林子的树盖。他就关掉收音机，打开酒壶，一个人在林子里喝酒。山林里各种鸟雀在叫着。要是来了兴致，他便拿出二胡，把山林里听到的声音编成曲子，自己演奏出来。

他拉的二胡好听极了，每次我从他家经过的时候，总会停下，听上一段，才离开。

张癫子在五十三岁的时候，服农药自杀了，留下妻子、两个已经出嫁的女儿和一个智障儿子。村里人怀疑他是因为自己的儿子是智障，一直精神压抑，才下决心自杀。可又有人觉得，他是对眼前这个不懂他的世界厌倦了。他想一个人远走，走向那个再也没有忧愁的世界。

至于打豆腐的伯伯，他的境况比张癫子要好很多。他写的毛笔字被城里几个懂书法的人看上，他们鼓励他参加湖南省的书法大赛，没想到，他最后竟得了金奖。书法家们对他的书法作品很是欣赏，又推荐他参加国内其他城市的一些书法大赛。陆陆续续，他获得了不少大奖，在书法界也有了点儿名气，他的墨宝为了不少文人墨客的收藏品。

"真正有水平的人是不会显山露水的。"父亲有一次跟我们聊起这些酒友的时候，意味深长地说，"别把自家门口的那些人看扁了，这些山野间的农民、樵夫、打豆腐的汉子，其实个个都身怀绝技，有些常人看不到的本事。我们这个小村子，其实也算是藏龙卧虎之地。"说完，父亲热上一壶酒，细细地品着，眼睛望向屋外的村子。酒香弥漫，他的脖子和脸已是通红。

打鱼人

在我五岁那年，父亲成了村里的打鱼人。除了农民这个与生俱来的身份，父亲认为他的职业便是捕鱼。

停钟大多数居民都住在山脚，靠山过日子的人，比靠水过日子的人多得多，没多少人愿意当渔民。父亲那个时候倒是很有勇气，在没有渔网也没有捕鱼技术的情况下，硬是说服邻村的渔民收了他这个徒弟。

他想成为打鱼人的动机很是简单：有一回，邻村的渔民来停钟贩鱼，父亲听说，鱼贩里有人靠打鱼给老婆从外地带回来一条珍珠项链。父亲听了有点妒忌，他想着和母亲结婚将近五年，也没能力给她买个什么礼物，实在过意不去。于是他问渔民，要花多少钱，才买得起一条珍珠项链。

"你只要在湖里打一两个月的鱼就够了。"鱼贩说，"不少养鱼的地方曾经养过珍珠蚌。拉网起鱼的时候，那些珍珠蚌有时会缠在网上。要是你幸运的话，很容易捡到有大珍珠的蚌壳。"

鱼贩的这几句话让父亲很动心，再加上捕鱼季节多是冬天农闲时候，正好不耽误家里的农活。他觉得这是个好活计，就说服了捕鱼队的领队，收自己为徒，正式开始了捕鱼生涯。

父亲捕鱼的地方，多在湖北和江西的湖泊，离我们村有好几百公里的路，需要先从长沙上火车，再转汽车才能到达。父亲以前只听说淡水湖很大，至于有多大，他不得而知。当他第一次站在淡水湖边的时候，他才切身体会到淡水湖泊的广阔，这些湖竟然大得像海一样，无边无际。冬天北风凛冽，湖边被吹起的浪头也很大，打在船舷上，几乎能把船掀翻。他之前没坐过船，第一次在风浪里行船，很不适应。他只能蹲着身子，双手紧握船舷，小心地沿着船边行走。没走几步，恶心的感觉便涌上来了，他趴在船舷上，使劲地往外吐。

在接下来的三个月里，父亲在这些湖里，为那些养鱼的雇主打鱼、贩鱼。

捕鱼队伍有二十多个人，十多条船。每条船上安排两三个人，一般有一个捕鱼的老手和一两个新手。船不大，都是木头做的，不像父亲想象的那般气派，在这之前，父亲一直以为渔船犹如出海的巨轮般大气、雄伟。捕鱼的工具放在船头，船尾则放着船员休息和生活的所有用品，棉被、衣服、食物，一件件整齐地摆放着。在大湖里捕鱼，有时候上岸并不容易，出水打鱼前便要把东西备足，好让那几天没有后顾之忧。

父亲所在那条船的老船手叫六十哥，他教父亲怎么打鱼，怎么撑船。父亲上了船，朝他拜了几拜，算作行了拜师礼。

每天早晨天微微亮，船队就要出湖打鱼了。由领头的先定好打鱼地点，拉开柴油机，马力全开驶向湖心。接着，一条条船一字排开，船尾的人开始下网。船上的每一张网只有几百米长，很快就下完了，需要有人下水把网连起来，然后再用渔船拖动渔网，慢慢缩紧渔网形成一个包围圈。等所有的船聚在一起的时候，网里已经围满了大鱼。这个时候，又需要有人下水，在水里弄出些声响，好让鱼群受到惊吓，四散开来。这个时候父亲便会脱掉衣服，灌上一口米酒，等身体发热，就跳进水中，开始捕鱼。

打鱼的行程每天都很一致，几乎没有多少变化。打完鱼，捕鱼队便派人将鱼送到岸边的储鱼池，好让买家在当天出价买走。

父亲经常要去做跑腿的活儿，因为他是捕鱼队里的新手，额外的劳动都是由新手来完成的。他驾着满载鲜鱼的渔船，独自航行在北风凛冽的湖面。要是船开得稳，他便会回过头来，看看身后的鱼。

村里人常说，鱼鳞能透露一条鱼的年纪，因为鳞上有年轮。村里水塘中的鱼一般养不到一年就会被捕上来，因此没多少可读的鱼鳞。可大湖里的鱼就不同了，个头一条比一条大。有时候，看着那些特别年长的鱼，父亲会自言自语："这是不是水下龙宫里已经成了精的青鱼，龙王爷会不会在某天报复我们？"

晚上，父亲和六十哥睡在同一条船上，他常被六十哥的鼾声给吵醒。这时，他便翻身裹住冰冷的棉被，哈口气，然后推开盖在船上的帆布，看看船外的夜空。冬天里，天上的星星比夏天稀疏，光线也要暗淡一些。就连北极星也好像在夜空中消失了。父亲想着自己在家时，曾跟我们讲起过北斗七星的故事——"那天上的大瓢，是神仙们喝酒的勺子，而夜空中的银河，则流淌着饮之不尽的美酒。"

在冬天，北斗星似乎离人间越来越远了，好似天上的酒壶，渐渐地空了。或许他常在深夜辗转反侧，想他什么时候才有机会回家，灌满他的酒壶呢？

冬天的夜很长，捕鱼队里常有人借着昏黄的灯光玩扑克。父亲并不擅长打扑克，他也没有勇气和那些老手过招，但是他喜欢兴致勃勃地在旁边围观。"要是我赚到和你们一样多的钱的话，我一定会和你们杀上一回合。"父亲口袋空空，队友们也知道他的底细，因此，并不鼓动他加入进来。

有天晚上，打完牌后，其他的人都睡了，父亲在半夜里醒来小解。他突然发现，湖面不远处，有一个黑影在滑动。父亲不知道是谁还在湖面划船游走，于是，便撑船靠近想要看个究竟。他看见一个陌生人，正拿着鱼叉在储鱼池叉鱼，他这才反应过来，是偷鱼贼。

"抓偷鱼的啦！"父亲大喊了一声，想叫醒旁边的队员。可大家玩牌玩得太晚，睡得很沉，所以没听到他的喊叫。他只得自己撑船，独自追过去。小偷听到声音，也赶紧撑船逃走。

父亲划桨划得更用力了，冷风刺骨，他一点也没有知觉。

就这样，两人在湖上你逃我追地行进了将近一个小时，偷鱼贼在水里甩不掉父亲，最后逃上了岸。父亲也跟着上了岸，一路飞奔，终于在一个山头，抓到了偷鱼贼。

偷鱼贼和父亲的年龄相仿，看上去身强体壮。父亲很奇怪，他怎么干起了偷鱼的勾当？父亲捉到他的时候，他哀求父亲放过他，不要把他送到派出所。

父亲见他可怜，问他为什么偷鱼。他说他的父亲病了，想喝一碗鱼汤。父亲听了，心有点儿软了，尽管父亲不确定偷鱼贼是否在撒谎，但看到他的眼里泛起泪光，父亲便松开手，放了他一马。

许多个夜里，父亲都会偷偷前往偷鱼贼偷鱼的地方，看那个人会不会回来取他遗弃的渔船。要是他回来了，还想问问他的父亲是否已经安好。

冬天，北风呼号，所有的渔船都会在岸边抛锚固定，以防止船被风浪吹散。天很冷的时候，岸边有些地带会结上一层薄冰，随着木船，在浪里一起摇摆，咻咻地蹭着船舷。水鸟都飞到南方过冬了，每天清晨湖面都起着大雾，风浪里，各种奇奇怪怪的声音混杂在一起，让人觉得湖水很是可怕。

要是哪天太阳出来得晚了，船队会到附近的村庄里找点儿吃的喝的，等到能见度高了，再出水捕鱼。

父亲他们常去的那个村庄就在大湖附近的山脚下，村子不大，只有几百个人，大部分都是渔民。但当地的渔民出湖打鱼，开价很高。养鱼的雇主一般不愿请当地人，而是从外省低价雇请临时的捕鱼工。

这两批捕鱼工之间是有竞争的，当地的渔民老觉得外来人抢了他们的生意，因此对外来渔民很不友善。不过，父亲他们和村里人混熟后，也能从他们那里买到东西。但再平常不过的东西，譬如一棵白菜、一个萝卜，要价也要比其他地方贵两三倍。

"我们这边的蔬菜比你们山区那边的更有营养。"农妇们站出来解释，"要买就赶紧买，别磨蹭着。我这一分钱一分货，没什么价格好讲。"

父亲他们觉得自己在人家的地盘，一切只能忍着。

在湖上的将近一两个月里，他们很少有机会上岸洗澡。有些人胡子拉碴，乍看像个野人。因此上岸之后，他们会立马去澡堂洗个澡，或是去理发店理个发，修饰一下仪容。

澡堂的门口挂着一块破烂的帘子，上面写着："一个人一次一块钱。"有个妇女在门口守着收钱，如果谁不给钱，老板娘会扣住衣服，不让里面的人走。

头次听到这样的规矩，父亲觉得很可笑，认为这地方的人也太没教养了。在老家，女人是不会站在一群赤身裸体的男人旁边，守着他们洗澡的。

洗完澡，刮完胡子，换上干净的衣服，大家看起来神清气爽，便会嚷着要领队去村里的小店买点儿酒。回到船上，大家把酒倒进搪瓷缸，再放到烧红的炭上烫热，喝进嘴里，最是暖胃。大家一边喝酒，一边哼着家乡的小曲，直到唱完所有会唱的曲目，大家才猛然发觉，自己原来身在湖边冰冷的渔船上。

有一次，一场冰雨淋了下来，大家急匆匆地把刚刚买回的东西屯到船上，在检查了船锚确定它仍旧坚固之后，就盖上船篷，准备等雨过去之后，再出湖打鱼。可是，那天的风浪特别大，大家只得躲在船舱里。等到第二天，父亲醒来的时候，他发现自己的船已被风浪吹到了湖心，而其他的船已经不见踪影。

一条船上的六十哥不愧是个老江湖，他让父亲看看船上的供给是否充足。

"船上没吃的，我们在岸上买的东西还没分装到船上。"父亲慌了。

"那有干净的水吗？"

"也没有，不过有个水壶可以烧水。"

撑船的竹竿也不在船上，风浪里，要控制方向很难。

"我们现在离岸边有多远？"父亲问六十哥。

"不好说，雾太大了，看不清楚。"

"那我们怎么办？要划回去吗？"

"我也不知道，大雾里划船很容易划错方向，要是错了，我们离岸边就更远了。"

"我还是要划划试试看。"

在冰冷的湖水里，父亲和六十哥用手做桨，控制着船的方向。他们的手很快失去知觉，冻得使不出力。父亲大声呼唤着队友。没有回复，湖中央连回声都听不到。

"我们还能回到岸上吗?"父亲开始害怕起来。

"别担心,小伙子。"六十哥拍了拍他的肩膀,"我在湖里经历过比这更惨的事。"

"捕鱼队肯定已经发现我们不见了,"六十哥接着说,"他们会分队寻找,很快就会发现我们的。"

父亲听了觉得在理,便像他一样,躺在船舱里,等着湖上的浓雾散开。

可是,搜寻队并没有像六十哥预计的那样很快出现。浓雾太大,干扰了船队的搜寻。他们担心迷路,只在湖边搜寻。

直到两天两夜过后,湖上的浓雾全部消散,搜寻队才驾着船深入湖中央。他们敲打船上的锅碗瓢盆作为信号,最终在湖心发现了父亲和六十哥。

父亲几乎从未向别人讲过,失踪的那两天是怎么度过的。我猜他一定饿坏了。他说,那几天就像做了一个很长的梦,醒来的时候,好多人围在旁边,给自己喂暖好的鱼汤。

将近年尾的时候,父亲他们打捞完最后一网鱼,准备找雇主结算工资。雇主住在县城,离打鱼地方有段距离。捕鱼队领头担心自己一个人结不到工钱,就叫了五六个人一起去给他撑腰。一个捕鱼季,大家一起赚了差不多八万块钱的工资,新人分到两千块,经验丰富的可赚六千块。对于年收入只有一两千块的农民来说，算是一笔巨款了。

手里拿着这一叠钞票，每个人脸上都堆满了笑容。六十哥把钱揣在手里，告诉所有人说，城里时不时会有小偷，每个人要上心点，二十多个人用生命挣回的钱，不能有丝毫闪失。

跟雇主结算完工资回船坞的路上，六十哥提议想个万全之策，让人注意不到他们手中的巨款。

"把棉衣的里子割开了，外面也弄几个洞，能弄多少就弄多少。"六十哥对父亲说："鞋子最好也切开了，让你里面的破袜子露出来。"

父亲满脸疑惑。

他们走进一个公共厕所，在里面把门锁住，大家把钱塞进父亲棉衣的夹层、衣袖里。塞好钱后，再把父亲的棉衣往地上蹭了又蹭，裹了一层灰，然后才让父亲穿上。

六十哥拿着挂在身上的酒壶，往父亲身上洒了一壶酒，把他伪装成了一个酒鬼。酒鬼发起酒疯时，没有人敢靠近，"这样我们就不用担心有人来抢钱了。"

大家的做法让父亲觉得窝囊不堪。他们经过一个广场，广场中央竖立了一个抗日英雄的雕塑，父亲看到抗日英雄那坚毅的眼神，突然间情绪爆发——自己辛苦挣到的钱，为何不敢光明正大地揣在手里？

"老子去他娘的！去他娘的！"他怒吼起来，想脱掉身上那件有损尊严的棉衣。旁边的队友赶紧围上来，把衣服套回他的身上。

那一声吼叫，效果显著——父亲被当成了一个酒疯子。他们这群打鱼仔，成功避开了他人的注意力，谁也不会想到他们身上揣着巨款。

- 5 -

盛开生命的房子

冬之物语

"妈，跟我说说今天来我们家坐的那个老爷爷是干什么的？"

"哪个老爷爷？"

"那个半瞎着的呀，走路带着一根拐杖的。"

"哦，他呀，那是个算命先生。"

"算命先生？他来我们家干什么？"

"没干什么，他就来我们这里看看。"

"他怎么会突然想着来我们家看看？有事吗？"

"他好些年前给我们家看过一次风水，说我们家风水好，没准会有个不平常的大人物出来，所以每隔几年都会来我们家看看。没准明年冬天你还会见到他。"

"他为什么说我们家风水好？是看到了什么特别的东西吗？"

"我不懂风水，不知道他在看什么。你快睡觉，问这么多干什么？"

"妈，你就说说嘛，我正好也睡不着。那个算命先生第一次来的时候，你在吗？"

"在啊，当时就我一个人在家。"

"他说了些什么奇怪的事吗？凭什么说我们家会有大人物出来？"

"这都好多年前的事了，他第一次来的时候，你还在我肚子里呢，他说了些什么，我怎么还记得住？"

"你简单说说吧。对了，他来的时候，你在家干吗？"

"织网啊，那些年我大半时间都在家里织渔网。"

"然后他就在你织网时突然敲门进来了？"

"好像是吧……不对，他好像在我们家附近转了好一会儿，我当时没怎么留意。织网太耗神了，我也懒得看门外有谁经过，不过他在我们家附近看了一会儿后，就径直进门了，问我能不能进来坐坐。然后他告诉我他是个算命先生，问我要不要算一下命。"

"你同意了？"

"没呢。算命是要花钱的，要是你爸知道我花钱算命的话，会骂我一顿的。我就叫那人走开到下一家去。"

"不过看样子你没有赶走他。"

"他死活也不肯走呀。他说他在村里转了好多个地方，都没见过像我们家这么好的风水，一定要给我算命，还说不收钱。"

"骗人吧？算命先生不都这样骗人算命的吗？"

"可能是吧，可我那个时候也有点儿笨，就让他进屋了。"

"他算得靠谱吗？"

"我没太多印象。给他泡了一碗茶后，他就在我们家竹椅上坐了好一会儿，然后在我们家东看看西看看。他手里拿着个罗盘，测风水用的，在我们屋里测完后，又走到我们屋后的那片小树林去看了看。那儿有好几棵大樟树，他说树长得很好，告诉我说不要轻易砍掉了。然后，他要求看我的手相。我把手摊开了，他对着手上的纹路看了看，告诉我说：'姑娘家，你辛苦织渔网干吗呀？'

我觉得很奇怪，就问他说的是什么意思。他说，我的手很有福相，不是织渔网的手。我当时听了觉得蛮开心的，就问他，我的命将来会是怎样的。算命先生比画着我们家的房子和地势，说我们家樟树下边有只老虎伏在那里，是大吉相，我们家以后会飞黄腾达。虎啸山林的那一天，我的日子便不会那么辛苦了。"

"他瞎编的吧，我到那棵樟树下玩过不知道多少次了，怎么就没看到伏在下面的老虎呢？那老头肯定是在编一些你喜欢听的话，好让你听着高兴给他钱。"

"可是他最后真的没要我的钱。"

"这就奇怪了。"

很多个漫长的冬夜里，要是父亲在外打鱼，我常会从噩梦中惊醒，睁开眼后，茫然若失。

我会努力回想梦里究竟梦到了什么，可是越想便越想不起任何东西。我只得抛开梦境，回想白天究竟碰到了什么，才让我有了晚上的噩梦。

有一天，我又做了个奇怪的噩梦，半夜惊醒，这个时候，母亲还未入睡，在那里缝缝补补。昏黄的光晕打在床边的蚊帐上，投出一道长长的影子。透过蚊帐，我看到母亲打着哈欠，揉着眼睛，手臂的投影在蚊帐上时长时短。

我看见投影，觉得好玩，睡意也渐渐退去。我爬到床边，撑开蚊帐的一角，把我的小脑袋从蚊帐的缝里伸出去，问母亲，她是否还记得家里一些遥远的事情。

通常在这个时候，母亲是不愿意打开话匣子和我闲聊的，她会告诉我，她太累了，记不清那些陈年旧事了。

我知道母亲是在敷衍我，她只是想让我快点儿睡觉，不要耽误她手头的事情。"你也不数数你明天手头有多少事情，"母亲会不耐烦地告诉我说，"你明天学校还有课吧？家里也有不少的事情要你帮忙，要是你现在还不赶紧睡，明天怎么做得完呢？"母亲喃喃低语，她希望身边的儿子快点安静下来蒙头睡觉。

在我一而再、再而三的央求下，母亲似乎也意识到，如果她不回答我那些奇怪的问题，我是不会罢休的。

她只好放下手中的衣服，把针在头发里轻轻刮了几下，然后一点一点地把藏在记忆深处的那些事情，翻出来和我分享——就像我和她某天聊起算命先生那般，没由头地想到什么，便说起什么。

　　要是我回过头来细细梳理母亲说过的话，会发现她的思绪逻辑很乱，说的都是发生在村里的一些鸡毛蒜皮的小事。我听的时候感觉有趣，可转眼间，已经忘了她说的一大半内容了。

　　"你还记得前一阵子来村里织竹席的那些外地人吗?"母亲看到我们房里有点儿破烂的竹席，突然起了话头，"他们好像这个冬天要来你四婶家织席子。你和弟弟明天放学回来，到屋子前的竹林帮我砍几根竹子，我请他们补补凉席。要是有竹篾剩下的话，还可以请他们织一个竹鸟。"

　　母亲停顿了一下，问我之前有没有玩过这些外地人织的玩具。要是玩过的话，她最好带点儿礼物送给他们。但带些什么好呢?

　　"南瓜子好像还不错。"她在那儿喃喃自语，"今年的南瓜收成好，个个都长得很大。我前一阵子正好晒了一些，可以炒香了送给他们在路上吃。"

　　母亲开始讲怎么炒那些南瓜子才会香，讲着讲着，她似乎记起家里还有其他吃的，思绪又从南瓜子游走开了。

很快，她又和我聊起了家里这一年的收成、水稻田里的稻草堆，聊到了冬天的柴火……任何她能够想到的生活细节——母亲不是那种关心大事的人，乡下也没多少大事发生。

父亲外出打鱼的时候，我们娘仨的生活，显得格外安静。

母亲不是那种大大咧咧很爱说话的人，她说话的语气比父亲要温和许多。另外，她每天要操持许多家务，也没多少闲工夫和我闲聊。

每天早晨，她会准时到水井旁挑回来一天要用的水，然后，在厨房的炉灶里烧上火，再到猪圈旁切猪草准备煮猪潲。

我和弟弟起床洗漱后，会帮着母亲做顿简单的早餐，吃完后，我们就去上学了，母亲也开始了她一天忙碌的生活。以下场景，几乎是她日常生活的一个缩影：

到草垛里背回一捆晒干的稻草，用刀子切碎，和上水，喂给水牛吃。家里的猪仔听到水牛开餐了，也开始嗷嗷大叫。母亲把煮在锅里的猪潲，加上糠渣，和匀后喂给那些好动的小家伙们吃。

喂完几十只小猪仔，母亲累坏了，就到厨房的凳子上坐一会儿，顺便打开她存放在瓦罐里的干菜叶，看看有没有发霉。

中午母亲就一个人吃饭，吃得很简单。此刻，她或许会突然想起，很久没有准备一桌好菜了，儿子们都抱怨好长一段时间了。她想，是不是应该去买点荤菜，或者到山里转转，看看还有没有木耳，在那些枯朽的树干上长着？或者到家里的地窖下挖点儿存好的红薯，做个红薯饭？

想到做饭，她自然会想起家里的那口铝锅，它好像裂了一条缝，要去修一修了。前一阵子村里的铁匠答应她到家里来修，这么多天过去了，怎么还没来呢？她想，是不是得直接把锅送到铁匠铺呢？她正在想着的时候，那几十只小猪仔在猪栏里闹了起来，难道没有喂饱？"蠢东西！叫什么叫！每天只知道吃完睡，睡完吃，没看见我忙得要命吗?!"母亲扔出一把扫帚，小家伙们吓得都不敢吱声。

我和弟弟放学回家的时候，母亲一般还在家里忙家务，她没有多少时间和我们兄弟俩打招呼，只是远远地朝我们望了望，然后招手示意，让我们搬出凳子，在一个她能看得见的地方，坐下写作业。

我和弟弟没有办法，只得把家里的长木凳搬出来，放到母亲旁边，然后坐在一个小板凳上，开始写那些似乎永远也写不完的语文和数学作业。

湖南的冬天非常湿冷，不一会儿，我的手便冻得失去了知觉。我把手夹在胳肢窝里，半蜷着身子，呆望着眼前的作业。

"要是你不想写作业的话，来帮我干活，身子就会暖和起来。"母亲似乎看出她的两个儿子，没有多少兴致写作业了。

我和弟弟那个时候都不太愿意花力气干活儿，于是便回复母亲说，作业很多，根本做不完。

我们俩一边咬着铅笔头，一边朝手心哈热气，装出一副认真做功课的样子。

冷风"飕飕"地从我们耳旁吹过，我们冻得直打哆嗦，忍不住了的时候，便开始抱怨老师怎么留那么多作业。

母亲对我们这些抱怨很是敏感，她会很快走到我们面前，拿起作业本，看看我们是不是只干动嘴皮子，而忘了专心学习。

"鬼崽子，你们鬼画符似的都写的什么呀？你们自己看看，这些字你们认得出来吗？不行，作业写成这个样子哪能行。"她看着我们的作业本直摇头，"擦掉重写。"

母亲一把拿起橡皮擦，一行一行擦掉我们的字。我们哭求母亲不要再擦了，但母亲执意擦掉那些她认不清楚的字，一定要让我们重新写一遍。

我和弟弟一脸委屈，嘟着嘴巴开始重写。母亲这才注意到，我们的手显得比往常笨拙。她抓起我们的手看了看，才发现我们的手冻得僵硬了。

她带我们走进厨房，在炉灶里点燃一堆柴火，好让热气驱散我们身体里的寒气。

每天早晨，我起床时唯一想的就是，这个冬天怎么如此寒冷？

我们的被褥是母亲用新棉花刚置办的，棉花很蓬松，手掌一拍便能印出一个掌印。棉花的新鲜味道还留在被褥里，闻起来特别舒服。可是，每次抓起棉被的时候，我就在想，母亲怎么没在被褥里多添加些棉花？

我和弟弟睡在同一张床上，晚上，我们哪怕在睡梦中也会抢被子。可是，到了早上起床的时候，我们发现，谁也没抢赢谁。我们畏畏缩缩地蜷在被子里，只留了一条缝呼吸，然后静静地听着外面的声响。

屋外，连夜的冰霜冻直了干枯的野草，裹住草根的冰凌还没有融化，一脚踩上去，会发出极其清脆的响声，像玻璃摔碎在地上一样。整个世界像是被冻住了，除了母亲干活的声音，我听不到其他杂响。

母亲干活没有戴手套的习惯，她嫌碍事。在她看来，多干会儿活，身体自然就热起来了，连冻疮也不会得。看着她那双不怕冻的手，我和弟弟常觉得母亲有抗冻的法力。

冬天，小山村经常笼罩在晨雾中，直到中午太阳出来，晨雾才慢慢消散。大部分的候鸟都飞到更南的南方过冬了，留下的鸟儿，在浓雾里叽叽喳喳地叫上两声，让人听了瘆得慌。

这个时候，我们一般不会开大门，因为一开门，雾气便钻进房子，打在脸上，很快化成水，让人感觉不舒服。大雾里能见度很低，十多米开外的人看不清模样。在这种情况下，大家说话好像都有意加大了嗓门，好让其他人知道自己是谁。偶尔听到村里有人吆喝自己的名字，感觉非常温暖。

冷到这种程度，大家都不愿意洗澡了——半个月洗上一次澡，算是勤快的了，要是天气再冷些，一个月不洗澡的也有。

这倒不是因为乡里人不注意个人卫生，而是因为天气实在太冷，想找个稍微暖和的一天洗澡，要看运气。大人们要是给小孩洗澡，会等一个日头好的日子，在房子外面烧一堆火，再烧一大锅水，一点一点地浇到澡盆里。

每次在寒冬洗澡，我和弟弟都很开心，自己找出一件件干净衣服，挂在火堆的架子上，以便穿上的时候，皮肤触到的是衣服的余热。然后，我们会抢一个离火堆最近的位置，这样，在洗澡的时候不会太冷，这时，我们兄弟俩开始朝对方泼水嬉戏，直到把火堆浇灭，最后俩人在冷风里冻得直打哆嗦。

要是气温持续下降，村里人必须想方设法度过寒冬。

有的人会到山上多砍些松枝。懒得砍柴的，也会用水泥或是泥巴糊住墙壁的缝，好让冷风透不进来。

大家还有很多储存自家食物的方法，譬如萝卜和红薯，会储存在家里的地窖里；红薯叶、白菜叶、萝卜叶，晒干后或是腌制，或是干晾着；大米磨成粉末，做成年糕，存在家里的储物柜里，每天拿出一块加糖蒸软，就是无比美味的零食。

冬天新鲜的食材较少，每家每户的餐桌上都会变换一些新花样，不至于让人产生吃腻的感觉。

有一回，我和弟弟抱怨家里每顿都是干菜和白米饭，请求母亲找点儿好吃的打打牙祭。母亲愁眉紧锁，想了好一阵子，决定到冻住的水稻田里挖黄鳝。

黄鳝都冬眠了，躲在很深的泥巴里。母亲顺着黄鳝钻洞的出气口，一点点地挖下去，好不容易挖到了几十条黄鳝。

我记得特别清楚，其中有一条是我见过的最大的黄鳝，大概有半米长吧，两三个大拇指那么粗，看起来就像一条蛇。

母亲把它的骨头剔掉，剁成小块，晒干腌制后存放在家里。隔三差五，她便会端出黄鳝，搭配干菜，或是炖汤，或是小炒，家里的伙食迅速得到改善。

我一直觉得，熏黄鳝是我冬天里吃到的最好吃的菜，很多年后，即便家里条件好了，一到冬天，我还会央求母亲，再去挖些黄鳝来解馋。

还有一回，我记得我的手上长满了冻疮，手肿得像包子一样，很多地方皮都裂开了。看着冻开的地方流出的血浆，我觉得又痒又恶心，希望有什么好方法，能够快速治愈冻疮。

母亲说，用滚烫的蜡封住伤口，血浆就流不出来了。

我半信半疑，最后还是听从了母亲的建议。母亲怕我被蜡水烫得太痛，特地在倒蜡水前，把我的手放在热水里，泡了好一阵子。她点燃一根红烛，开始把融化的蜡水慢慢地倒进冻裂的伤口。我的手倒是不痒了，但蜡水浇下时，那种滚烫的痛感让我难以忍受。

寒冬好像永远没有尽头。气温还在降低，曾经在光秃秃的树干上结群的麻雀，已经杳无踪影。荒凉和寂静蔓延开来。

我会尽量在这样一个无人关注的世界里找些乐子。我像鲁迅先生在《从百草园到三味书屋》里写的那般，在房子周围的草垛下，用树枝半撑开一个竹篮子，竹篮下面撒上一把谷子，将绳子的一头系在树枝上，我拽着绳子的另一头，躲到草垛后面。我屏气凝神地等待鸟雀们飞到竹篮子的正下方，再伺机拉动绳子，稳稳扣住那些饥不择食的小鸟。

等待的时候，我会暗自祈祷，如果后院的樟树下，真有老虎神庇佑的话，那么，他最好显显灵，让我多捉几只小鸟。

绿意染过的土砖房

算命先生看过的房子是我们家的老房子，我在里面住了八九个年头。那是一座建在山边的土砖房。房顶盖着小青瓦。青瓦沿着屋檐往外倾斜，延伸至屋檐下的长廊上。紧挨着长廊的，是一条排水沟。成簇的苔藓和野草生长在水沟旁，遮盖了沟里的泥巴，构成了一道让人舒心的风景，给老房子添了不少生机。

除了这些野草苔藓点缀的绿意，老房子整体的色调呈土灰色：土砖砌成的墙面上，刷了一层黄泥巴；土灰的瓦块盖在房顶，缝隙里有时还长出了不少蘑菇；暗褐色的梁木撑住房梁；地面是经过夯实的黄土；即便是曾经被绿漆涂过的窗棂，也由于年代久远褪掉了颜色，仅露出木头原来枯黄的本色。

老房子外头有一条连着村子的小路，路旁灌木丛生，两边都是小树林。树林里四处散落着一些坟墓，出门没走几步，就会碰到拱起的坟头。坟墓的主人是谁无从考证，只是每到春节的时候，会发现上面散落着燃完的香烛和放过的爆竹。

穿过树林，就是一个斜坡，狭窄的小路宽了一些。沿着崎岖的斜坡往下走，是村里的主干道，主干道两旁，便是广阔的农田。

村里的房子，大都建在农田和山林的交界处，越老的房子，屋前屋后的树木便长得越茂盛。杉树、樟树、梧桐、各种灌木、藤蔓、野草，一点点地侵占着房子外围的空间，远远看去，房子像是由各种植物搭建起来的，好看极了。

山边的房子和树林融在一起，顺着山脊往远处望，村里四周绵延起伏的山林，似乎没有尽头。翻过山那头，又是无数的山头林立。身处于这样一个群山包围的小山村，让人觉得世界很小，外面的世界，好像和自己没有多少关联。

母亲曾和我说过，我们家祖辈其实不住在这里。二十世纪五六十年代，曾祖父被安排到停钟管辖公社的工作，当时停钟人口稀少，公社要求在停钟开垦山林，吸引更多的人到这里定居。

曾祖父带头，从二十多里外的一个村落，举家搬迁至停钟。二十世纪七十年代，他本来可以搬回老家，后来因为住习惯便懒得动了。

我们家也在停钟落户了，老房子就是曾祖父带着全家人一起搭建的。

我们一家四口，占了五间房，老房子另外还有七八间房，分别是爷爷奶奶和叔叔一家住的。我们家的五间房，在老房子的东侧，爷爷奶奶住在正中间，叔叔一家住在西侧的厢房。

村里的老房子都是以简单实用为建造标准的，那时的人们并没有多少资金建太多房间。父亲结婚分家后，只分到了一间厨房、一间卧室、一间客厅、一个谷仓和猪圈牛栏。

谷仓里头存的是一年的粮食收成，算是家里最大的家产，因此谷仓连着卧室和厨房，这样容易防小偷进屋偷粮食。

厨房和客厅虽算作两个房间，但其实是相连的，中间也只有一堵齐腰的墙隔开。厨房里堆满了柴火、稻草、锅碗瓢盆，而客厅则存放了不少家里的农具。父亲总喜欢吃完饭后，在餐桌旁清理农具：锄头、铁犁、钉耙等等，他喜欢将它们一件件地摆在餐桌上，然后用纱布擦拭一遍，再挂回客厅的墙壁上。

在父亲的眼里，他从不觉得厨房、客厅要保持卫生。

"乡下人过日子哪有这么多讲究，只要自己过得舒心就够了。"他说，"这些农具没其他地方放，放在外面不放心，只能挂到客厅的墙上。我们又不是城里人。这些锄头、钉耙，都是每天要使用的，只有打理干净，才用得长久。"

所幸我们的地板是泥土地，农具上掉落的铁锈或是泥巴，粘在地上，也并不显脏。农具上沾着的泥土里，有时会夹杂一些野花、野草的种子，掉在地上，很快便生根发芽。它们向墙壁和门缝生长，拼命伸到外面去吸收些阳光，这倒是装点了有些单调的家。

卧室是家里最干净的地方，里面摆放了两张木床，长年都罩着蚊帐，一是防蚊虫，二是防掉落的灰尘。那个时候村里还没有海绵床垫，大多数人家都是用晒干的稻草秸秆，铺在床板上，上面再铺一层棉被当作床垫。

由于秸秆容易生虫子，所以每过几个月便要换一次。虽然麻烦，但这已是村里顶好的床垫了。我听说旧时候，村里有些穷苦人家，连木床都没有，更别说垫棉被。他们的床，是在几块土砖上放一块木板搭的。到冬天，木板冰凉，整夜都睡不热。

每当我抱怨家里条件不好的时候，母亲总会告诉我，要知足。

那个时候贫富差距不大，没有多少有钱人家，也没有多少人住得上宽敞的洋房，睡得起软绵绵的席梦思。母亲常说，金窝银窝不如自己的狗窝。在母亲的影响下，我们没有太多的物欲奢求。

住在老房子的那几年里，家里没有打水井，每天要到半里外的其他人家的水井挑水。虽说不远，可每天来来回回地走上十多趟，母亲有时也嫌麻烦。她在屋檐下放一个大瓦缸，接存雨天的雨水，沉淀后，这些水可以喂牲畜，或是当作家里洗衣服时的用水。能够省点儿挑水的力气，母亲已觉得很满足。

在乡下，邻居都有串门的习惯，一个人在家里待得无聊，就喜欢串个门聊聊天。不少乡亲爱到我家串门，或是带着坏掉的锄头，或是拿着新制的扁担，径直走到我们家，想让我父母帮忙修一修、试一试。这样的场景时有出现：

"锄头柄好像有点儿松了，好像要在铁板那儿加一块木楔子。你们家有多的吗？有的话匀我一块。"

父亲接过锄头，示意母亲去泡一碗茶，然后他会摆弄松动的锄头，估量一下，在木柄和铁板之间，要加上一块多大的木楔子。量好尺寸后，他便会去厨房的柴堆里找出大小合适的木块，用斧头劈小了，再用菜刀细细凿打一番，直到恰好能塞进锄头柄和铁板间的缝隙里。他让邻居握着锄头柄，自己从地上捡起一块红砖，使劲地把木楔子敲进去。

修好锄头后，大家觉得一天里最重要的事情已经忙完了，于是开始唠起嗑来。

"你家小孩在学校表现还好吧？"若是邻居看见我站在旁边，便这样问起，"隔壁白鹤村某某家的儿子最近要结婚了，喜酒就定在下个月。"想到什么，他们便说什么。乡下没有多少大新闻发生，彼此聊的，也不过是些零零碎碎的事情。

父母和邻居聊天的时候，一般会支开我和弟弟。在他们看来，大人说话，容不得小孩子插嘴打闹。可是，小孩子天性好动，喜欢在旁边打闹嬉戏，很容易打扰到他们的聊天。

除了邻居，家里有时也会来陌生人。这些陌生人大都是外地人，或是从城里过来探亲访友的，或是挑担子挨家挨户卖东西的。有时候，我们还会看到魔术师、卖唱的艺人、补锅的铁匠。

父亲非常欢迎这些陌生人，因为他能从他们那里打听到很多关于外面世界的信息。

陌生人的故事里有不少是关于城市的：永不熄灭的霓虹灯，车水马龙的街道……这些事物，在我和弟弟这种五六岁的小孩听来很是神奇。听多了，我们便会对城市产生一些幻想。

我们想着哪天进了城，到街道上去捡那些有钱的城里人不小心掉落的钱；我们想着哪天也学城里人，用手里的钞票点燃香烟，尝尝那些摆在餐桌上的山珍海味，穿穿那些光鲜时髦的衣服——我们什么时候才能到外面去看看呢？

南飞的燕子会准时飞回来。每年都有几只燕子，在我们家的屋檐下筑巢繁衍。听那些陌生人说，燕子南飞的地方，在广州和深圳，那是中国经济发展最快的地区，无数的人去那里淘金。

有时候我好想爬到屋檐下，捉一两只燕子，在它们的腿上绑上一封信。这样，当秋天燕子南飞时，它们就能把我写的信带给南方那些城里的人，没准有一天这些人会找到我们家，邀我到城里做客。

村里的雨季在春天和初夏。

当天空乌云满布的时候，我喜欢坐在老房子前面，看山林里雾气飞腾、聚集，直到把所有的山尖都笼罩在里面；闪电劈过长空，落在遥远的山头，一刹那点亮了云雾里的山尖。

每当这时，我总会屏住呼吸，等着雷声轰隆隆地滚过村庄，将老房子的屋檐震得吱吱直响。然后，如注的雨水从天而降，打在青瓦上，再成线地落进水沟，和一道道山水汇集，一起流向水渠，流入村北的乌江。

看着雨景，我常陷入沉思：我们的世界好像就是这样一个狭小的存在，陌生人来了，很快又走了，就像天上的雨水，落下来，汇聚到乌江，流入大海，不会在我们这个地方驻足太久。

既然不会有人驻足，做那么多遥远的梦又有什么用呢？还不如巴望眼前这平常得不能再平常的生活能够产生一丝丝乐趣。

我经常想起小时候，夏天傍晚时分，我们一家吃完晚饭后聚在一起的场景。

父亲照例在打磨他的农具，母亲不紧不慢地做着家务，而我和弟弟，会跑到屋外的草丛里捉萤火虫。我们很容易就捉满了一玻璃罐，然后，我们将装满萤火虫的玻璃罐放进房间，让萤火虫的光照亮黑暗的角落。单个萤火虫的光很弱，但若是上百个放在一起，它们的光亮足以照亮一个小角落。

我和弟弟围在玻璃罐旁边，看着萤火虫时暗时亮的腹部，直到睡意袭来。我们经常忘记盖玻璃罐的盖子，萤火虫便一只只地飞了出来，停落在蚊帐里。半夜，萤火虫的光一闪一闪，像天上的星星，钻进了我们的家。我们因此兴奋异常，常常无法入睡，便央求母亲给我们讲故事，直到慢慢睡着。有一次，母亲给我们讲了一个关于"小偷"的故事。

"妈，睡觉之前再给我们讲个故事吧？"

"我没空跟你们讲故事。快点闭上眼睛，一会儿就睡着了。"

"再讲一个吧，你不讲我们睡不着。"

"那就只讲一个啊！你们听说过两个小孩和一个小偷的

故事吗?"

"没呢。"

"好吧，那我跟你们讲讲这个故事吧。从前啊，有两个小男孩住在一个老房子里。有一天晚上，他们的父母有事出去了，留下两个小孩在家里看家。"

"妈，你在讲我和弟弟的故事吗?"

"别插话，听我讲吧。这两个小孩在家里睡了很久，突然，大男孩听到他家外面有人在开门。"

"是小偷?"我忍不住问。

"嘎吱嘎吱，声音很小，像在锯开他们家的锁。大男孩想着，要是他父母回来的话，会用钥匙开门，门外的人肯定是贼。于是，他小心地起床，走到窗口，往外看了看。果不其然，他看到了小偷在撬门。"

"那他该怎么办?"我又问。

"大男孩当然想喊'救命'了。可他又一想，要是喊'救命'，不就告诉小偷他家里没大人了吗? 于是，他决定想个更好的办法。你们猜他想到了什么方法? 大男孩起床后，故意装作哈欠连天地叫他爸爸，说要去撒尿。他穿着他爸爸的鞋子，在房间里走，故意将脚步声踩得很重，装作是他爸爸抱着他去上厕所，然后，他拿起一个水瓢，舀满水朝尿壶倒进去，倒水的声音很像是他爸爸在撒尿。小偷觉得家里的大人醒了，就立刻逃走了。"

"好灵泛的小男孩！要是下次有人来我们家偷东西，我也可以试试这个方法。"我心里这样想，也不知道什么时候就进入了梦乡。

盛开生命的房子

建造土砖房子不是件容易的事。

首先，你得找到适合做成土砖的泥土——最好是水稻田底下那些带着黏性的土壤，挖出来，和上水，制成小块土砖。小砖块需要在太阳底下晒半个月到一个月，风干后，放到土窑里面烧制，这样，它们才能撑得起房子的重量。

烧制好土砖后，便可以挖地基了。山林边的土一般容易松动，需要在挖好地基后，往沟里填上山石，这样，房子才能建得稳固。然后，你便可以把那些烧制好的土砖一块块地按着图纸砌起来，在该留窗户的地方留上个缺口，在该放门的地方把门框嵌上，并计算每道墙所需的砖块数目。

盖房子的工具甚是简陋，铁铲、砌刀，看起来显得特别笨拙。为了省钱，不论老人还是小孩，都得在建房子的工地上帮忙，或是递几个砖头，或是和点泥土，或是砍几根竹竿搭建脚手架。在这一刻，你会觉得，村里所有人都身怀绝技，个个都是顶好的建筑师。可能是亲力亲为而有了一份别样的感情，这样建起来的房子，虽然简陋，但大家都觉得亲切。

父亲常说，白手起家的人最受人尊重。就拿我家房子来说吧，虽然我们是自己出工建的，可建起来后，村里所有人都夸我们家人能干，我们便也能在外人面前挺直腰板。

父亲说的都是些大道理，对我和弟弟这种小孩，不一定有用。

如果让那个年纪的我来看，我是丝毫没有父母那种白手起家的自豪感的。我也不明白成年人常说的面子是怎么回事。我更关心的是自己能否美美地睡个大觉。可惜的是，我们的老房子总不能满足我这一简单的愿望。

记得有一年夏天，父亲在老房子里午休的时候，遇到了件很惊险的事情。

夏天，我们家没有电扇，午休的时候，一家人喜欢睡在房间冰凉的泥土地上。有一天，父亲在午休，一条蜈蚣沿着墙角爬了出来，并爬到了房间中央父亲睡觉的地方。他睡熟了，丝毫没有察觉。蜈蚣钻进父亲的衬衫爬到了他的肚子上，又沿着肚子往上走。

蜈蚣的脚有节律地抖动着。很快，父亲感觉到痒痒的，迷迷糊糊地睁开眼睛，这才发现一只蜈蚣在他的脸上爬。

他慌了，可他不敢动，生怕一动，蜈蚣就会攻击他。于是，他就死死地盯住蜈蚣。蜈蚣在父亲身上爬完一圈后，好像没发现什么好吃的，于是又慢悠悠地爬开了。

父亲这才猛地跳起来，抓起自己的拖鞋，歇斯底里地把蜈蚣拍成了肉酱。

他常开玩笑说，要是那次被蜈蚣扎到了嘴巴，脸上估计就会挂着两根香肠了。发生这次事故后，父亲让我和弟弟尽量不要睡在地上，可奇怪的是，一到夏天他仍喜欢在地上睡，这次事故并没让他长多少记性。

因为老屋子里发生了很多类似的事情，所以，我和弟弟常幻想，要是我们家有一个好一点儿的房子，是不是就不会有那么多土鳖虫、蜈蚣、老鼠，在我们眼皮底下乱窜。

我们幻想中的房子是这样的：房子一定要大，要留足空间让我们兄弟俩尽情地嬉笑玩耍；房子最好建在山上，而且越高越好，这样，很多小动物便不会来骚扰我们了；建房子的砖头最好用烧制的红砖，并且用水泥粉刷，让那些虫子和老鼠钻不了洞；如果可能的话，最好多建几层楼，高层的房间专门留给人居住，这样，便不会被家里饲养的那些猪牛鸡鸭干扰了。

我们想象着住在里面，怎样度过自己的每一天。但是，想象终归是想象。

老房子一片黑寂，现实中我们正身处其中，而老房子里的动物世界，就在我们几步开外的地方：土鳖虫爬出砖缝；土蜈蚣在地上捕捉更小的甲虫；花蛇蠕动在房梁上，惊动了躲在那里的老鼠；无数的蟋蟀在放肆歌唱。要是在这个时候，你朝蟋蟀发声的地方走过去，它们准会马上安静一会儿，在发现没有危险后，又开始永无休止地唱歌。甲虫、跳跳虫、老鼠，也会加入狂欢晚会，好像这个世界原本就是它们的，我们这些人类只能给它们让位。

花蛇不时会在墙缝里留下它们蜕掉的皮。要是有勇气的话，可以扯出缝里的蛇皮，看蛇皮的另一头究竟连着什么。有时候，蛇皮在土砖缝里已经被撕碎了，拉出来不会有什么新发现。有的时候，老鼠会把蛇皮拖进它们的洞里当作床垫，一拉蛇皮，便可以将洞里的那些红皮小老鼠拉扯出来。晚上，各种生命在老房子的旮旮旯旯里施展它们的拳脚。

房子里除了这些野生动物外，还有很多家养动物：猪仔和鸡是我们房子里的常客。

我们家的母猪每年会生三窝小猪仔，每一次会产八到十只。

母猪生产的日子是我们家的大日子。这一天，父母会停掉手头的工作，守在母猪旁边。

母猪生产后，母亲会用布擦掉小猪身上那层带血的胞衣，然后小心翼翼地把猪仔放到母猪的乳头边。母猪第一次生产的时候，看到有人抱走小猪仔，会奋力挣扎。多次生产的母猪认识父母了，在母亲抱走猪仔的时候，不会有不满的反应。

几周后，小猪仔开始长牙。为了防止猪仔把母猪的乳头咬坏，父母会拔掉小猪仔的牙齿。这些可怜的小家伙会不停地嚎叫，母猪在猪圈里也很着急，拼命地撞击猪圈的栏杆，想抢回它的猪仔。不过，母猪保护猪仔的天性，在大约一个月后，就不会那么强烈了。

它甚至不愿意再喂养小猪仔，拼命地用嘴巴拱开它们。这些可怜的小家伙不明白是怎么回事，还是一个劲地跟在母猪后面，吵着要奶吃。

这时，父母便会把母猪和猪仔分开，开始训练小猪仔自己吃米粥和饲料。小家伙们哭闹一两天后，就习惯了。它们大部分时间会待在猪栏里，不过有时候也会闯出来，跑进我们的厨房、客厅，甚至是卧室里，用嘴巴拱开地面的泥土，寻找地下的蚯蚓和甲虫。

我非常不喜欢这些顽皮的小猪仔，可又不得不由着它们，因为家里一大半的收入要靠它们来创造。

家里的鸡窝搭在厨房的炉灶旁，母鸡每次都在柴堆的一个小窝里下蛋。每天早晨，母亲打开鸡窝门，公鸡一般会大摇大摆地先飞出来，接着便是母鸡和一些年幼的鸡仔。它们飞奔出去，在房外的草丛里寻找还沾着露水的虫子，或是在旁边的沙堆里扑腾几下，来个沙浴。要是公鸡找到了虫子，便会咯咯地叫着，把身边所有的母鸡召唤过来，等着某只母鸡吃虫子的时候，冷不防飞到它的背上。

要是小鸡孵化出来，母亲会另外搭一个临时鸡窝，晚上还会将鸡窝搬到卧室，方便随时留意照看。村里偷鸡的黄鼠狼特别地多，刚生出来的小鸡肉嫩，很受黄鼠狼喜爱。很多个晚上，我们被鸡窝里面扑腾的声音惊醒。这时，母亲便惊慌地从床上爬起来，告诉我们，黄鼠狼偷鸡了，叫我们起床一起去活捉黄鼠狼。通常情况是这样的：母亲拿一条扁担，并示意我们手里也拿个东西，挡住房里的各个出口，然后，母亲猛地抽开鸡栏。黄鼠狼一惊，迅速地窜到外面，母亲赶紧甩出手里的扁担："畜生，居然敢在我眼皮子底下偷鸡吃。"母亲非常气愤。我们也纷纷扔出手里的木棍、锄头，敲打着锅碗瓢盆，让黄鼠狼不知道往哪个方向逃。可是，黄鼠狼身体又细又长，身手更是矫健，轻松地就从我们的强攻下逃脱出去了。

如上所述，任凭我们怎么使尽力气，从来都没能抓到过一只黄鼠狼。

除了黄鼠狼，老鼠也令人头痛。

几乎每天晚上，老鼠都会光顾我们家的谷仓。看着辛辛苦苦存的粮食被糟蹋，我们深感心痛，因此想尽方法控制鼠患。

养猫这个方法行不通。因为父亲不喜欢猫，他觉得猫的叫声很是晦气。他想过很多其他方法，如放老鼠夹、老鼠药等等。

可是，老鼠似乎都很聪明，很少会落入父亲设置的圈套。

"你呀，不会动脑筋。"母亲有一次笑着和父亲说，"除了猫，还有许多动物可以捉老鼠。"母亲决定自己去找老鼠的克星。

我不知道除了猫，还有什么能帮我们消灭老鼠。因此，当看到母亲从山上捉回一条大花蛇的时候，我吓得目瞪口呆。

我怕花蛇咬伤母亲，急忙劝她快扔掉。母亲连声劝我别紧张，还扒开花蛇的尖嘴，让我看它的牙齿，"这种蛇没有毒，也不会随便咬人。"母亲看我将信将疑的神情，随即对我进行了一番科普教育："蛇分为毒蛇和无毒蛇，无毒的蛇就是想吃你，肚子也太小，装不下你的。"尽管没有之前那么害怕，我对母亲带回花蛇的举动，仍感不解。

"养在家里捉老鼠呀，不然我干吗花那么大力气去山里捉蛇？"

养一条蛇在家里捉老鼠？至今我都未想明白，母亲是否担心过花蛇会伤到或者吓到她的儿子。

母亲捉回的花蛇，叫菜花蛇，大概是因为它皮肤上的纹路很像菜花吧。这种蛇是长得最快的无毒蛇，喜欢吃老鼠和青蛙，经常盘踞在土房子的屋檐下。

这条蛇在我们家待了一阵子后，便习惯了家里的环境，之后更是大大方方地住到了房檐的草垛上。一到晚上老鼠出动的时候，菜花蛇便从草垛里爬出来，猎捕它的晚餐。

它沿着房梁小心翼翼地爬行，穿过草垛，等在老鼠出没的洞口。要是有一两只老鼠正停在那里嚼东西，它会迅速扑上去，咬住老鼠，含着老鼠的蛇头猛地从房顶俯冲下来，蛇尾巴则挂在房檐上方，然后它慢慢蜷缩着收回自己的身子，并一点点地把老鼠吞掉。

一段时间后，我和弟弟克服了心理障碍，也发现了母亲的一些我们之前不曾知道的绝技——譬如捕蛇。

母亲看上去是个很柔弱的女子，实在让人无法想象，她怎么会有如此大的勇气，敢独自一个人去捕蛇呢？

我们还央求母亲摊开她的手，想看她的手是否有什么法力，能制服那些大蛇。"才不是呢。"母亲微笑道，"我这手就是双凡人的手，没什么法力。"母亲说，她之所以会捕蛇，是因为生活所迫，并且勉励我们，要努力，不要过这种生活。

母亲的哥哥——我的舅舅，是村里有名的捕蛇人，他们兄妹俩经常一起上山捉蛇，然后卖给镇上的饭馆。

母亲的方法管用倒是管用，家里的老鼠是少了很多，可是，解决了一个麻烦后，新的麻烦也接踵而至。

菜花蛇有一个天敌，叫银环蛇。银环蛇是湖南地区最毒的蛇，生性凶猛，尤其喜欢伏击小动物。菜花蛇就是它的猎物之一。

我不知道母亲决定在家里养菜花蛇时，有没有想过会招来它的敌人。

有一年深秋，正是家里将谷子收进谷仓的时节，一条银环蛇闯进了家里。那时，父亲已经外出打鱼了。银环蛇在村里很少见，小孩子一般都不认识。

那天，一条差不多两米长的银环蛇，沿着房子的墙壁溜到了大门口，我和弟弟在门口的小空地上玩耍。我们丝毫没有发现身边的危险，照样在那里打闹。或许，银环蛇本来不想惊扰我们，可它把我们的打闹当作了对它的威胁，它立即警惕起来了，半抬着头，嘴里吐着黑信子，随时准备朝我们扑过来。

"儿子，快往屋里跑！"突然，母亲在不远处大叫起来，她飞奔过来，银环蛇才缩退回墙角，离我们的距离稍远了些。我听到喊叫声，朝身后看去，只见一条黑白相间的蛇，缩在墙角。

它的头和菜花蛇的完全不同，呈三角状，眼睛里散发出冷冽的杀气。我叫了一声，吓得腿都软了，不知道往哪儿跑。

"蠢崽子，没听见我和你们说吗？怎么不往屋里跑？"母亲吼叫着，一把抱起了我和坐在地上的弟弟，冲进房间，把我们放到床上。她转身准备去拿工具，好收拾门外的银环蛇。

可是，时间来不及了。

银环蛇看到我们进了卧室，也跟了进来，先是蜷在卧室的柜子底下，很快又爬了出来，径直朝我们的床边爬过来，越看便越让人觉得恐怖。

母亲也被吓到了，她怕毒蛇爬到床上攻击我们。她动了动身子，打算过来安慰我们，可是毒蛇猛地抬起身子，好像要朝她发动攻击。她无法绕到毒蛇的身后，她的捕蛇技巧此时发挥不了多少作用。

她退了几步，走到安全范围内，对我们说："儿子，你们待在床上别动，妈去拿锄头过来。"

我们哭求母亲"救命"，求她"别走开"。母亲一边安抚我们，一边冲进厨房，拿了一把锄头，奔回卧室。

毒蛇盘踞在床底下，没有发动攻击，也没有动。母亲急了，弯腰用锄头去勾蛇身。银环蛇被激怒了，猛地从床底冲了出来，母亲也被吓得退了好几步。

银环蛇摆出攻击的姿态，吐着黑信子，摇晃着身子，与母亲对峙着，然后从地上跃起。

"嗨呀！"母亲猛地一叫，挥出手里的锄头。

蛇身瞬间被砍成了两截，蛇头飞向了床底，蛇身在地上扭曲着，鲜血直迸，淌了一地，腥味很快弥漫了整个房子，久久都未曾消散。

如果我对老房子还念念不忘的话，那一定是母亲用她的絮叨，把那些惊悚的、美好的事情，重新编排了一遍，编织成了一个温馨的谎言，让我觉得，那栋老房子里发生的一切，都是有趣的。

多年后，当我回忆起老房子，脑海里的画面总是极其相似——我依旧坐在卧室的木椅上，帮母亲整理她刚刚织好的渔网。渔网的丝线一条条从房顶垂下，每一条都在末端连着一块小石头。母亲的手在那些垂下的丝线中动作娴熟地跳动，不一会儿，就织出了无数个渔网结。她织网织累了，便会问帮她缠渔网丝线的我，有没有觉得累，要是累了，就到床上休息一下。我告诉母亲，不累，一点儿也不累，我还可以缠好几十捆呢。房子里有只小老鼠定是饿了，它从墙缝里伸出头来，警惕地看了看四周，然后爬了出来，看到老鼠，我一声尖叫，抓起鞋子就扔了过去。老鼠"吱"地叫了一声，弹跳着躲开我扔出去的鞋，又爬回洞里，迟迟不肯出来。

我独自守在老鼠洞口，将一根树枝伸进洞里，想把老鼠勾出来。可是老鼠洞很深，无论我怎么使劲，也碰不到洞底。

我是不是该求母亲，把房檐上的花蛇捉下来，请它帮忙逮住这些小蟊贼呢？

算命先生照例会在冬天来我们家坐坐。他每次来，我都会守在他的旁边，听他和母亲聊天。他看起来越来越老了，背也驼得更厉害了。

村里人说，背越驼，就昭示他在这个世上的日子越少，当有一天，他的头碰到地了，便永远不会再醒来。看着他的驼背，我常会想，他究竟来了我们家多少次？

算命的老爷爷说的仍然是那些事情：多年前他给谁谁谁算过的八字，兑现了多少——大概，这是他一生的成就吧。

有一回，老爷爷看到我在旁边帮着母亲干活，便执意要给我算命。他向母亲要了我的生辰八字，然后叫我张开手，给我看手相。可是，他看完后，又说，给还未长成的孩子算命，会泄露天机，对孩子的成长不好，于是他又决定不给我算了。我听到他的话，反而觉得好奇，一个劲儿地问他我今后的命运。不过，最后什么也没问出来。

于是，童年那个没有算完的八字，便在我心里一直悬着，到如今，我也不知道那位算命先生到底窥探到了什么天机。

一九九六年冬天，停钟下了一场大雪，我家老房子的一大半未能承受住风雪，在大半夜里倒塌了。

我记得算命先生曾经说过，有些人家，只有受尽了苦痛，才会有好日子到来。

或许，倒掉的房子惊起了酣睡在房子后面的老虎。

而这只老虎会在未来的日子里事事庇佑着我们家吗？

- 6 -

糟老头

皮影戏

小时候，爷爷偶尔会带着我去村头看皮影戏。那是小时候最让我高兴的事情之一。只是村里演皮影戏的机会少，只有等到某户人家愿意请艺人来演，我才能看到。因此，我对皮影戏的印象十分深刻，尤其记得爷爷第一次带我看戏的经历。

那是某个夏天的傍晚，村里有皮影戏上演，爷爷催我早点儿吃完晚饭，然后，在夜幕刚刚降临的时候，他一只手扛着长凳，一只手牵着打着手电筒的我，匆匆地往村里要演皮影戏的人家走去。

我们赶到那里时，皮影艺人还在搭建演出的台子。

他们用竹片围成一个小方台，然后用白布包裹四周，当作演出用的幕布。接着，一排排的白炽灯在幕布后方点亮，唢呐、锣鼓、铜钹等，一一摆在后面，皮影艺人开始一件件地试音。放在戏台正中央的，是一个黑皮箱，里面全是皮影艺人珍藏的宝贝：用五颜六色的蜡纸做的皮影小人，由竹枝连着，平放在皮箱里。不一会儿，皮影艺人坐定了，他们挑出当晚表演要用的皮影人，试了试嗓音，开始用方言演唱。

金碧辉煌的宫殿出现在白色的幕布上，接着是古色古香、雕梁画栋的建筑、红脸的威严将军、白脸的乱臣贼子。将军、乱臣在幕布上舞动、奔跑，热闹至极。

随着灯光暗淡，一声冷笑从舞台后方传来，黑云出现在幕布上，几个奸佞的小人在角落里冷笑，商量怎么陷害忠良。他们的小眼睛里装满了邪恶。很快，无辜的百姓一个个倒下了，忠臣遭到陷害，跪在皇帝面前满含冤屈地诉说自己的苦难，可昏庸的皇帝又怎会相信他们呢？随着一声长啸，舞台上的灯光全部熄灭，只留下皮影艺人如泣如诉的低吟，像游荡的孤魂在原野哭泣。

我被皮影戏里的场景吓坏了，只得用双手蒙住眼睛，朝旁边的爷爷使劲问：那些坏人什么时候会被消灭？爷爷看得正入神，嘘了一声告诉我不要吵闹。可是，他越是不回复我，我便闹得越欢。闹得烦了，旁边看戏的人开始抱怨，爷爷便不得不抱起我，走到戏台旁边的村道上，让我安静一下。

道路旁边是连成片的水稻田，田里除了飞动的萤火虫外，看不到多少光亮。爷爷"威胁"我说，要是我再哭闹，他就把我扔到田里。可是，他这一吓，我哭得更来劲了。他只好无奈地耐心问我，究竟要怎么样才肯回去和他一起看戏。

水稻田里青蛙的叫声此起彼伏，我指着稻田，问他能否给我捉一只。

爷爷点了点头。

"打上灯。"我立刻换了一副脸孔，高兴地跳着去抢爷爷手上的手电筒。

"孙伢子，听话点儿。你再不听话，我就不帮你捉青蛙了。"爷爷故意把手电筒举过他的头顶。

我乖乖地不作声了。爷爷笑了笑，摁开手电，递给我，然后弯腰挽起裤腿。

"我去田里抓青蛙了，你小声点，不要惊到青蛙。"我们在田埂上的一处地方停了下来，爷爷试了试水，然后踏进水稻田里。

夏天的水稻田蓄满了水，泥巴很深。爷爷小心地拨开禾苗，沿着禾苗间的缝隙搜寻浮在水上的青蛙。

禾苗被轻轻拂动，停在叶子上的萤火虫飞了起来，天空中瞬间布满了萤火虫的光亮。我看得入神，丝毫没有在意爷爷的行动。

拳头大小的青蛙正浮在水面上。爷爷转过头，问我抓到这只青蛙后，是不是就可以回去看皮影戏了。我点了点头，催促他快点儿动手去捉。爷爷笑我"急性子"，随即弯下了腰。

青蛙划了一下水，它还没意识到危险已经来临。爷爷的手猛地往水里一扑，很快，青蛙便被擒在了他手中。

水稻田里的响动惊飞了那些还在休息的水鸟，它们扑腾着翅膀飞往远处的山林，更多的萤火虫从田里飞起来了，浮在空中，和漫天的星星融在一起。

"现在可以跟我一起回去看戏了吧?"爷爷把青蛙塞到我的手里，并洗掉身上的泥巴，抱着我走回戏台。拿到青蛙的那一刻，我突然觉得皮影戏给我带来的恐惧感都消失了。我将青蛙小心地塞进了爷爷随身携带的茶壶里，而爷爷，则继续专心地看着那出他看了不知道多少回的皮影戏。

这大概是我印象中关于爷爷的最温馨的记忆了。

可是，我的爷爷平常并不是这个样子的。

新房子

老头子此刻正紧绷着脸，一脸不高兴。好像从记事起，他这张紧绷的脸就常出现在我眼前，让我觉得他一生都带着脾气。

父亲刚刚和老头子吵了一架，这在家里倒也是稀松平常的，不过，这次吵架好像吵得格外厉害。老头子觉得自己在家里的地位被撼动了，因此特别不高兴。

吵架的起因很简单。年前我们家的房子在一场大雪里倒塌了一大半，父亲有意建一座新房子。他把学堂废弃的那块地买了下来，并打算把新房子建成坐北朝南的朝向。这个朝向，能够让新房子尽量少些日晒，夏天的时候，南风吹过，会非常凉快。可是，老头子却把房子朝向这件事看得很重。他自己懂点儿风水，看过新址的地势后，认定新房子的朝向应是坐东朝西。按照这个朝向，房子正当西晒，夏天住在里面会像蒸桑拿一般。那个时候没有空调，村里又经常停电，电风扇也不好用，大家还是靠摇蒲扇消暑。

要是采纳老头子的意见，那我们到了夏天怎么办呢？

老头子好像打定了主意，在朝向这件事情上，坚决不让父亲得逞。不管父亲态度强硬还是放下姿态讲好话，都会招来老头子一顿臭骂。在他的心里，房子的风水和一个家族的兴衰相关，多少户人家因为没有事先看好风水，一世过着穷苦的日子。

他不能让这种事情发生在他的儿子身上。因此对朝向这件事情，他无论如何也不让步。

父亲满心怨恨，他觉得老头子的犟脾气有点儿近乎无理取闹了。

父亲抱怨，建房子无非是图个舒服，有谁愿意建个新房子来受罪呢？况且，老头子已经老了，再过些年可能就不会住在里面了，可他的两个儿子以后还要在新房子里面过日子，没准以后他的孙子还要住在里面。

父亲觉得，这件事情要从长远来考虑，一定要劝老头子改变主意。但他们父子二人没有达成一致。

父亲决定不管了，自己请了工匠准备打地基开工。那天，老头子拄着拐杖，站在准备建新房的空地上。

"哪个叫你自己拿主意的？现在就把我当成死人供养了啊?!"父亲上前试着和老头子解释，没想到，刚一开口，老头子便暴跳如雷。

"爸，你说的那朝向不好，夏天里尽是毒日头，住在里面是活受罪，哪个能受得了啊？"

"胡说八道！要是连一点暑热天气都受不了的话，这样的人活着又有什么出息？你还巴望他将来能成大气候？"

"我还是头一次听说这和人将来的出息有关，也不知道你是从哪儿听来的?"父亲觉得很荒谬。

"我可警告你了，要盖房子，就得按我说的朝向来盖，不然你一世都住在倒掉的老房子里！"

父亲请来的几个工匠尴尬地站在那里。不远处，父亲和老头子还在争论。

老头子驼着腰，拿着手里的拐杖往地上猛戳，极其生气。父亲往后退了几步，又冲上前去，想推开老头子，可是他终究觉得在外人面前推自己的父亲影响不好，只得作罢。

于是，他忍气吞声地请求老头子给个合理解释。

"畜生！你自己想明白了再告诉我。"老头子一口回绝，并告诉父亲，他做的决定谁也不能改变。说完，老头子趾高气扬地拄着拐杖离开了，边走边破口大骂。

"老东西这次是真的和我杠上了。"父亲朝请来的工匠笑了笑，"真的是个老顽固，几头水牛也拉不回来。他又不懂建房子的事，你们说是吧？"

工匠们尴尬地笑了笑，他们不愿介入别人家的事，于是低头摆弄手里的工具。

"莫要把老爷子说的放在心上，"父亲递给工匠一根烟，"像他这把年纪的人，一辈子都没过过好日子，自然不知道真正的好日子是怎样的。我们在那个破房子里住了好多年，好不容易有机会建个新的，我得让这个房子合我自己的心意。"

"你估计下，我们大概什么时候可以开工？"工匠们问。

"不急不急，就快了，就这几天。老头子这会儿和我犟上了，过几天就会改主意的，我也会劝他。你们再等等。"

可是，父亲并没有打算再和老头子商量。他结婚后的这些年里，老头子其实一直没怎么过问他的事，家里的大事小事都由着他。

老头子认为儿子成家了，也该让位给儿子管家了，管得太多，儿子成长得就慢。所以他尽量睁一只眼闭一只眼。

父亲知道老头子的心思，便想当然地觉得盖新房子他也做得了主。他盘算着趁老头子不留意的时候，把房子的地基按自己的意愿挖好，待生米煮成熟饭，老头子自然也只得接受现实。

没过几天，父亲请好工匠，准备正式开工。这些工匠拿的是父亲的钱，谁出钱就听谁的。在某天夜里，趁着老头子睡着了，这些人随着父亲一起，一个晚上，就把地基挖好了。

第二天，看到新挖好的地基，老头子心里的怒火一下就燃烧起来了。他甩开腿跑到我父亲卧室的门口，恶狠狠地敲门，叫醒还在熟睡的父亲。

"畜生！给老子起来！告诉我，谁把地基挖好了？"

"爸，你就省点儿心吧。这是我自己的房子，我想按我的主意来盖。"一夜的劳作让父亲睡意正浓，他被门外的咆哮吵得烦了，慢悠悠穿上衣服，起床去见老头子。

"啊，你的房子？！是从哪天起，我这老头子被儿子赶出了家门，连房子都没了？"

"爸，我不是这意思！地基都已经打好了，我没办法再改动了。"

"怎么没办法！？用土填平了，重新挖！我不管，房子一定要坐东朝西！"

"我盖房子没那么多预算，本来请人挖地基已经很贵了。刚刚挖好，哪有马上填平重新挖的道理？"

"我不讲道理？要是你听我的，按我的方式挖地基，我会找你吵架？做事没一点儿脑筋，做错了又把责任推到我这个老头子身上。"

"可是我已经再三跟你讲了，房子朝西，夏天会太热，住在里面不舒服。"

"不要跟我讲这个！"老头子咆哮起来，"你也不看看自己有没有本事过舒服日子？你现在就想偷懒过好日子，将来有什么出息？房子只有坐东朝西，家里将来才会有好日子！"

"你从哪儿听到的这些迷信？我可从没听说过一户人家房子的朝向，会决定他一家人的命。"

"儿子敢跟老子顶嘴了？看我不打断你的腿！"

老头子顺势抓起了手中的拐杖，朝父亲的腿上打过去。

父亲沉默了。在村子里，老子惩罚儿子天经地义，父亲也是这么教导我们的，因此，此刻他只得默默承受。拐杖打在父亲的腿上，很快便起了红印，他忍着不作声。

我和弟弟站在一旁，看着爷爷惩罚父亲，吓得大哭起来。

老头子一向不喜欢小孩子哭闹，听到旁边孙子的哭声，看着眼前不争气又不听话的儿子，他更是怒火中烧。

要是父亲就此求饶，老头子没准还会心软。可是，他的儿子像是故意和他作对，硬是咬紧牙关，任由拐杖打在身上。

老头子哪能咽得下这口气？

"哑巴了？啊？不知道说什么了？啊？"每吼出一声"啊"字，老头子的拐杖就会打在父亲身上。

很快，父亲的身上起了很多红印。我们没想到，这个连走路都有点儿颤颤巍巍的人，竟然有如此大的力气。

"爸，你就停手吧。你儿子会改的，停手别打了。"母亲在一旁试图维护父亲，可是老头子对母亲的请求置之不理。在他看来，惩罚儿子不需要看儿媳妇的脸色。

父亲朝母亲笑了下，他的笑让老头子更加愤怒。"这是在嘲笑我吗？"老头子觉得自己的权威受到了蔑视，"为什么我的畜生儿子一点都不知道求饶呢？是我打得还不够狠？好，既然不够狠，那我就继续打，打到你认错了，打到我自己没力气了，再看看你会有什么反应。"

老头子就这样打着，直到打得喘不过气来，才慢慢消停。他收起拐杖，整了整衣服，一句话没说便走开了。

父亲以为老头子的气出完了，便长舒了一口气。可是，他显然不了解老头子的脾气。

几个小时后，父亲准备叫匠人开工，一个邻居突然急匆匆跑过来，催父亲快去新宅基地。

在新挖的地基上，老头子搬来一张竹床、一把椅子、一张桌子，还带上了一些日常生活用品。他躺在竹床上，大声哭骂自己的儿子没良心，把他从家里赶了出来。

"好可怜的老头子，"不明原委的人一个个围过来看热闹，"他儿子好狠心啊，居然连住的地方都不给一个。"

老头子半眯着双眼，不怕事情闹大地边哭边说："大家都来看看，我这个没良心的儿子是怎样对他爹的，去，去，把所有人都叫过来，越多越好。"

越来越多的人聚拢过来，有的在笑，有的在窃窃私语。他们在人群里搜寻父亲——老头子口中的不孝子。"发生什么事了，发生什么事了？"看热闹的人永远不嫌事大，纷纷议论两父子究竟起了什么争执，闹出了这么大动静。

"大家来评评理，看看我养大的儿子有什么用？我供他吃了几十年的饭，我手把手教他田里的活儿怎么做，我辛苦地把他拉扯大，等到他成家了，好不容易开始准备建新房了，这倒好，没良心的儿子把我踢出家门了。你知道我那没良心的儿子怎么讲的吗？他说他建的是他自己的房子，和我这个老头子没关系！"

父亲慌忙走到老头子身边，压低了声音，问他究竟想干什么。"爸，你在胡说些什么？你让我以后在村里还怎么抬得起头？快跟我回去！"

"乡里乡亲啊，我的儿子有出息啦，他这些年赚足钱了，多得能盖楼房了。看这旁边他打好的地基，看看每间房子的预算面积，你就知道他多有出息了啊。可是就是这么个有出息的儿子，日子好过了，就忘记自己的亲爹了！盖那么多间房子，他居然一间都没给我这个糟老头留，你们说，我以后怎么过日子啊？养了这样的儿子，还不如让我死掉算了。"

"爸，你究竟在胡说些什么？！我什么时候说过不让你住进来了？你为什么要胡编这些鬼话来骂我呢？"父亲一脸诚恳地与父亲对质，也是向邻居们解释。可是，不管他如何辩解，外人觉得做错的总是儿子。

"我跟我儿子没提什么高要求，"老头子继续哭诉，"我只是叫他把房子的朝向改一改，不是什么大事，对吧？可是，你看看这个没良心的儿子怎么害我的！他把我当成不中用的垃圾一样，要将我扫地出门。是啊，我是不中用了，人也是老骨头了，连走路都要拄拐杖，我的确该从他眼皮下走开，好不碍他的眼睛。将来我要是死了，也懒得要他操心。哎呀，你们说说，我活着有什么意思，还不如一头撞死痛快啊。

"我现在每天都在数自己还能活多少年头。我现在六十九岁了，活也活够了。年轻的时候拉扯这几个没良心的子女，该吃的苦都吃过了。那个时候，我天天挨饿，夜夜受冻，就是希望这几个畜生儿子过得好点儿。你说我当时怎么就瞎了眼睛，带出了这么个没良心的儿子。"

老头子似乎要把他肚子里所有的苦水，一股脑儿全倒到大儿子身上。他似乎忘记了，他们争执的原因。此刻，他只记得自己的苦痛，他成功地把自己塑造成了一个经历过无数苦痛的可怜老头，乞求大家给他一点儿安慰。

村里人常说，小孩子和糟老头是最难对付的。这闹剧究竟什么时候是个头呢？父亲苦恼地想着。而围观的人则带着看客心理，巴不得闹剧持续得久一点儿。

老头的"道理"

我十一岁那年，也是新房子建好的第四年，老头子过世了。

在房子朝向这件事情上，父亲最终没能犟过老头子，我们的新房最终朝向了正西方。每到夏天，毒辣的太阳光照进砖房的窗户时，我就会想起老头子和父亲的那场争执。

要回想老头子的模样，对我来说，不是件容易的事情。在我脑海里，他一直有两个形象：一个是愉快的，而另一个则掺杂了很多苦涩。

在他过世后的许多年里，我一直尝试着只记住他给我带来的那些愉快的回忆，譬如那次和他一起看皮影戏。

可是，随着时间流逝，当我再也无法回忆起老头子的模样、声音时，我才猛然意识到，不论是愉快的还是苦涩的记忆，其实都是他留给我的最真实的形象。即便这些真实曾经给我带来过泪水、尴尬，甚至是憎恨，我也不能刻意去忽略它们，因为忽略了，我便永远无法记起老头子原本的形象了。

老头子生前只照过一张相片，是他在过世前两年拍的。拿着照片的时候，我才能恍惚回忆起他的神态。印象中，他个儿很高，比父亲高多了。他的脸上满是褶皱，只要一笑，皱纹便会布满额头和眼角。照片中，他穿着一件黑色的棉外套，那是他在冬天里最喜欢穿的一件衣服。不过，过了冬后，他便会换上浅色衣服，因为他拒绝在夏天穿黑色衣服。谁也不知道背后的原因是什么。

拍照那天，他还戴着一顶棉帽。棉帽是仿军帽的样式，中间那颗红星早已褪色了。他喜欢戴着这顶帽子，对着镜子敬军礼，好像一个战士般。他几乎每天都戴着那顶帽子，即便到了夏天也是如此。奶奶有时会抱怨帽子里的汗臭味，经常催他取下来洗一洗，可是，他怕帽子洗后缩水，只得咬牙忍受帽子里散发的阵阵汗臭味。

老头子是个挺健康的人。即便到了六十多岁，牙齿也没有太松动，这在乡下是不常见的。

当他不吃饭或者不说话的时候，他总会咬磨牙齿。他觉得上天赐给他一口健康的牙齿，他便有责任保证牙齿健康，好在往后的日子里多尝些人间美味。

为了辅助自己咬磨牙齿，老头子喜欢在嘴里放一些东西，如泡过的茶叶、新鲜的狗尾草、田里新冒的稻穗，只要让他嚼着有味道，他都喜欢。

这一习惯性的动作也有其他作用——能帮助他在和陌生人说话的时候，显得更自然一些。了解这个用处后，他对咀嚼一些奇怪的东西更是喜爱到了近乎偏执的地步。

老头子喜欢抽烟，但他不喜欢抽商店里卖的那些香烟。"臭显摆的人才抽，我不会像那些没钱却装得像有钱的人那样。"

老头子嘴上虽然这么说，心里却羡慕那些爱显摆的人。

他抽的都是自己种的烟草，为此，他还特地在菜园里开辟了好大一块地，种植他一年需要的烟叶。烟叶长好的时候，他每隔几天便摘下几片叶子，晒干、熏制，再切碎，然后存放到烟盒里。

每次要抽烟的时候，他便会拿出一张纸片、一点烟叶。他先把烟叶放在纸片中央，然后，小心翼翼地卷拢纸片，将烟叶包好，再用口水润一润纸片边角，手指轻轻地捏一捏，使纸片黏合得更紧。最后，便是享用时间——爷爷将卷烟叼在嘴里，用火柴点燃，迅速吧唧几口。

烟叶点燃升起的青烟，随着他的呼吸进入嘴里，又从鼻子呼出。老头子看着缭绕的烟雾，显得心满意足。

谁也不知道他一天会抽多少根烟，好像他只要闲着，要么就在卷烟，要么就已经卷好在抽了。反正他经常活动的地方，到处都是烟头。

老头子自认为没有烟瘾。他之所以吸烟，是因为吸烟让他看起来更老成。他说，如果家里有其他解闷的东西，譬如瓜子等零食，他很快就能戒烟。

奶奶信以为真，为了让老头子戒烟，她到商店里用自己省下的零钱买回来许多瓜子。刚开始的时候，老头子倒是控制得住自己的烟瘾，奶奶看着也高兴。

可是，没过几天，老头子便抱怨只有小孩子才会天天嗑瓜子，他已经是个老人了，必须抽烟才符合他的身份，再加上奶奶心疼买瓜子的钱，于是他又开始没日没夜地抽烟了。

早在那个时候，我便觉得老头子的这一套逻辑很滑稽。不过，他滑稽的事情太多了。

老头子的世界观中有这样一条道理：驼背才显得出身份，越是驼背，便意味着干过越多的活儿，意味着在村里能得到更多人的尊重。于是，在他的背还笔直的时候，他就有意识地把手放到背后，哈着腰，学那些驼背老人走路的样子。更荒唐的是，他即便不需要拄拐杖，也去找了一根干树棍拿在手里。

老头子自己虽然学别人驼背哈腰，但他对孙子们走路的姿势却非常在意。要是我们学他走路，他一定会生气地大吼，直到把我们吼哭。

在家里，老头子把自己当成了权威，他说的任何话，家里人都要言听计从。"到菜园子里把那些土翻了。""给我到山里背几捆柴火回来。""去屋顶换掉那些发霉的茅草。""雨停了清理那些水沟。"……老头子颐指气使地要求儿女们干各种杂活。如果大家对他那使唤人的口气感觉不舒服，发几句牢骚，他便会破口大骂，骂儿女们一个个都没良心。

父母结婚那年，老爷子六十一岁，身板还特别结实。那年，他做了一个重大的决定——从此不再干重活儿，因为他的长子已成家，有能力照顾老人了。他把姑姑和父亲叫到身边，告诉他们，成家的儿女该如何赡养老人。

"我对你们没有太多奢求，也不是让你们每天都供我大鱼大肉。但我现在不种田了，总得要口饭吃。每年，你们俩供我六百斤谷子，一亩地就产得出，你们这点儿粮还是供得起的。"

"我和你们分开生活，搬到厢房，我和你们的母亲自己开灶做饭，自己种菜。"

"母猪下崽的时候，你们要分我一只猪仔。不要问我们两把老骨头拿只猪仔干什么。我们可以自己养大猪仔，宰掉吃点儿猪肉，多余的卖点儿钱。该怎么做，我自己有分寸，你们犯不着管。"

"要是我和你们的娘生病了，你们得出钱。"

老头子像列家规一样，把儿女们应尽的责任一一列出来。要是谁在将来没尽到责任，他准会把这些不肖子孙用麻绳捆起来，让他们在祖先牌位前面罚跪。姑姑和父亲都知道老头子的脾气，当然不敢违背他的话。

每年，收完谷子后，父亲都会把最先晒干的谷子送给老头子。老头子那几天就会面带笑容，四处去炫耀儿女们的孝顺。

每年夏天，是农村一年中最忙的时候——"双抢"开始了。南方的农村一般都是种"双季稻"。第二季的水稻还是种在秧田的秧苗时，就必须在它们根扎稳之前赶紧移插到水田里。为了赶时间，农活儿便会非常繁重。连我和弟弟这样的小孩，也都会被逼到田里帮忙干活儿，更别说老头子这种会干农活儿的人了。

可是，自从老头子决定不干重活儿后，每年最忙的这个时候，他一定会出去钓鱼。在"双抢"开始的前一天，他会背上锄头，到丝瓜地里去挖蚯蚓。他尽量放慢自己的速度，挖一会儿就休息一会儿。如果挖到一条黑色蚯蚓，他便抓起来，放到手心，仔细地看蚯蚓怎样在他手里蠕动，然后再把蚯蚓放进罐子。可是，他转念一想，觉得鱼儿可能不喜欢黑色蚯蚓，最好还是挖红色蚯蚓当鱼饵。于是，他又抓起黑色蚯蚓，毫不可惜地扔回丝瓜地。

每年，当父亲在家召集所有人讨论"双抢"的日程时，老头子就会站在旁边捶打着背，抱怨儿子一点儿也不体谅他的辛苦："你们也不看看我多大年纪了，背都驼成什么样了。这么热的天气，我怕热，容易中暑，到田里也可能帮不上什么忙。这样吧，我到外面去钓几条鱼，你们干完活儿，回来好歹有个荤菜。也算我给'双抢'出了力。"

父亲听完老头子的这段话，觉得又气愤又好笑，可又不能反驳什么。于是，只得提醒他早点儿回来吃饭。"这是自然的事。可我也得看看那些鱼上不上钩。要是钓不到鱼，我回来有什么用呢？"老头子见儿子奈何不了他，便得寸进尺起来。

老头子钓鱼的地点就在自家农田的水塘边，离我们干活儿的地方仅有几分钟路。我那时候怀疑，他是故意挑这个地方来气父亲的。当我们头顶着毒辣辣的太阳，辛苦干活儿的时候，老头子却一脸悠闲地坐在水塘边，盯着鱼竿的浮标，一动也不动，丝毫也不像是个怕热的人。

我和弟弟这才发现，爷爷之前说他"怕热容易中暑"的话，全是忽悠父亲的，他只是不愿意干活儿罢了！

有一次，我和弟弟实在忍受不了爷爷躲懒的事实，于是气急败坏地向父亲告状："凭什么我们两个小孩累得像头牛一样，爷爷却可以悠闲地钓鱼？"

我们放下手里的镰刀，跑到老头子钓鱼的地方，试图叫他过来搭把手。

"你们两个小鬼头怎么不去干活儿？回去，快回去干活！"老头子看我们走过来，还没等我们开口，就急忙把我们赶回田里。

"田里活儿太多了，爷爷，你跟我们过去吧，我们要你帮忙才干得完活。"我们"盛情邀请"爷爷。

"我正忙呢！"

"你哪儿在忙呀？你不就坐在这儿吗？"

"你们两个小鬼头，是不是你们爸让你们过来的？回去，告诉那个没良心的，要是他再使唤你们过来，今天我钓到的鱼一条都不分给你们吃！"

"我们不要你的鱼，跟我们过去干会儿活儿吧。"

“小畜生，走开，再不走开我打人了！”

或许是因为老头子太闲，他养成了一些外人看起来很奇怪的习惯。

譬如说，某天他突然决定要把房子外的水沟填上。他这么做并没有什么特殊的原因，只是觉得那条水沟长得不顺眼，或是没他想象的直，于是便决定要填上。

他把水沟旁的砖头撬松，捡起来随手堆放在房檐下的长廊里，然后从不远处挖来泥土开始填沟。可是，没倒几筐泥土，他便觉得自己累坏了，于是撒手不管，丢给儿女们处理。

又或者，他某天突然想知道他的背还撑得起多少重量，于是决定试着背背老房子旁边那块很大的磨刀石。他背着磨刀石沿着老房子的长廊走了一圈，然后满足地放下石头，庆幸自己的身板还结实。老头子的这一习惯遗传给了父亲，不过，父亲不是背而是经常举起磨刀石，锻炼肌肉。

老头子不喜欢猫，小猫阴森的眼睛和臭脾气，让他看不顺眼。他只要看到小猫进了家门，就一定要把它赶走。他拿着扫帚，骂着粗俗的话，追着小猫四处跑。许多小猫一看到他都会远远地躲开。

有一次，老头子在房子旁边转悠——他被一根枯死的树干弄得心神不宁。他走到树边，使劲用指头敲了敲，然后分析那棵树的死因。

"总不可能无缘无故地死。"他像个预言家一样，"肯定是这棵树沾染了什么。"

"爸，你又在神神道道什么？这树就是再平常不过的枯死，有什么奇怪的？"父亲看不惯他没事找事的行为。

"你这个蠢家伙，没看到有鬼怪在作祟吗？不找出来的话，我们都过不安稳。快去拿工具把树砍了，挖出树根，我倒要看看是什么东西在作怪。"老头子只要被儿女们说了几句，就会特别犟，然后提出一些奇怪的要求，以惩治儿女们。

儿女们只能乖乖地立即照做，不然，老头子又会整新的幺蛾子。

父亲几斧头砍下去，枯树就倒了。干枯的树干裂开了许多缝隙，一些受惊的白蚁匆忙爬了出来。老头子似乎看明白了什么，示意父亲赶紧把树根掘出来。

父亲也知道情况不妙，急忙沿着树根使劲挖下去。很快，一条白蚁的活动通道就显现出来了。越往地下挖，通道变得越大，钻出的白蚁也越多。通道衍生出了许多分支，像个地下迷宫，紧紧盘踞在树根周围。

"沙沙沙。"成群的白蚁涌出来，发出了声响。老头子一把抓过锄头，更加使劲地朝下面挖。很快，他就挖到了白蚁的老巢，泥土被掘开，无数的白蚁堆在蚁巢里。"足足有一大木桶那么多。"

那股从地下喷出的气味像动物尸体腐烂了般难闻。白蚁本来就喜欢吃腐尸，经常啃食埋在地底的棺材。

老头子突然觉得，这一刻，仿佛看到了死人的世界。

他从家里取来一壶茶油，倒进蚁巢，然后扔进去一根点燃的火柴，熊熊烈火将白蚁爬过的通道烧得焦黑。

爷爷站在一旁，微笑地盯着眼前的一切，好像他烧毁的是死亡。

老头子共有六个兄弟姐妹，他排行第二。

大哥是三兄弟里日子过得最好的，人很聪明，也很勤快。大哥做过很多行业，从泥瓦匠，到弹棉匠，再到猪贩，样样都做得很不错，而且也挣了不少钱。大哥用他挣来的钱，供两个儿子上了高中，后来他的儿子都在镇上找到了挺不错的工作，有一个甚至进了县城，当了公务员。这在我们何家是很罕见的，也着实很长面子。

老头子对大哥家的成就，心里头自然羡慕。不过，每次他聊到大哥的时候，总喜欢挖苦一下，因为他一直觉得自己比大哥聪明多了。"他那个时候只知道存一点儿小钱，一分钱都舍不得花，没有大格局，赚不到大钱。"老头子酸溜溜地说着。

他仍记得村里合作社私有化招租时，当时的大哥完全有能力中标。因为担心投资有风险，大哥最终没有出手。几年以后，那些中标的人赚了不少钱，老头子便开始讥讽大哥没有商业头脑。

老头子的大弟弟，也就是家里的老三，生性似乎比大哥还要爱钱。任何和钱有关的事情，他都要左思量，右考虑，才下得了决心。

老头子一直觉得只有穷苦人家才会吝啬。他丝毫不觉得自己过的是穷日子，平时出手非常大方。当他看到老三存着钱舍不得花时，便觉得他给何家丢了面子。因此，他会尽量避免与老三出现在一起。

老头子和他最小的弟弟，家里的老五——我的五叔公，倒是走得很近。和老头子一样，老五也是务农，一辈子辛辛苦苦在田里干活儿，没挣多少钱。但老五生性随和，也看得开，即便家里穷得揭不开锅，他每天也都是乐呵呵的。

老头子很喜欢老五的性格，经常明里暗里地帮衬着小弟弟。

当冬天的寒风扫过村落，那些土砖房子再也抵挡不了寒气的时候，五叔公便到老头子家里来烤火，然后，兄弟俩坐在厨房中央的火堆旁开始拉家常。火炉是用几块土砖搭建的。火炉上方，有一个毛竹筒制成的挂钩，悬挂烧水的铁壶和煮饭的铝锅，虽然简单，但很实用。

老头子从他存放在墙角的柴屑里，取出一些引火的干茅草，放在松木下面，点燃后，大家便围坐在边上取暖。

两兄弟聊天的时候，奶奶一般会静静地坐在一旁，帮着老头子捡拾那些烧得差不多的柴火，或是拍拍掉落在老头子衣服和帽子上的灰尘，然后听这两个老家伙聊些什么。

"你大儿子出去打鱼多长时间了?"有一次，五叔公突然没由头地问起了我的父亲。

"有一段时间了吧。我没数日子，也记不太清楚了，好像有两个多月了。"

"他还在之前的那个地方吗?"

"应该是吧，他出去的时候也没和我说。这家伙，出发前应该和我商量下的。"

"和你商量也没用啊，又不是你去打鱼。"

"也是，我也懒得管那么多，只要他把钱寄一点儿给我用就好。"

"你儿子给你寄钱回来了?"

"还没呢。"

"那他说会寄钱回来吗?"

"之前经常在出去的第二个月寄钱回来。家里支出不少，得靠他补贴点儿才能过日子。"

"那你儿子蛮孝顺啊。"

"可这鬼崽子今年怎么还没寄钱回来？他是不是已经忘记屋里的老爹和老娘了？"

"可能寄钱不方便吧。"

"过去，他总是叫那些一起打鱼的朋友把钱带回来。咦，你这一说，我倒记起来了，前一阵子，好像有几个与他一起打鱼的人回来了，但是好像没人替我儿子带钱回来。这个没良心的，要是我发现他在外面胡混，回来后，看我不打断他的腿！"

"老头子，你在胡说八道些什么呀？"奶奶有点儿忍不住了，"你儿子每天都待在湖上，有什么时间去胡乱花钱？就算他想，又去哪儿乱花呢？"

"你个老婆子懂什么，不要随便插话！"火堆里有些松木已经烧完一大截了。老头子抓起还没烧完的另一截，往火堆中间推了推。木头在火堆里溅出火星，松油流了出来，发出一阵刺刺的响声。兄弟俩往后退了退，等待松油烧尽。

"你就不要瞎操心了。"五叔公劝说道，"我记得他从开始到外面工作起，就一直往家里寄钱。"

"那是做儿子的责任，我好不容易把他养大，到老了，也该由他来养了。"

"你现在全靠儿子女儿养着？村里像你这样年纪的老头，天天都在外面干活。你倒心宽，一点儿事情都不做了。"

"我想做也做不了啊，我现在老了，老弟，真的老了，做不动了。"

"可你比我也没大几岁啊。"

"老弟，你不懂，人上了年纪就老得非常快。前几天我醒来，发现我的脚没缘由地就麻了，大半个小时都动不了。老人家说，脚麻的人能活的日子不多了。我还能活多少年呢？"

"你个胡说八道的老家伙，那次是你睡觉的时候把脚放床边，姿势不对脚才麻的！"奶奶又插嘴反驳。

"我在想啊，在我最后的这些年，最好搬到新房子里去住一住。我儿子前些年新盖的那个新房子，本来说着给我留一间住的，可要是住在儿子媳妇旁边，他们免不了有些闲话，我就一直懒得搬过去喽。"老头子完全忽略掉了奶奶的话，"大哥倒真是运气好，儿子生养得好。我听说他现在没什么事情做了，天天打打麻将。真不知道他怎么想的，会花钱去做这些无聊的事情。要是我有他那么多体己钱的话，我倒想去买几包香烟来尝尝。"

"大哥又不抽烟，如果不打麻将，他的钱怎么花得出去？"

"这就怪不得我说他没脑筋了。他那么多钱，怎么就不记得体恤下几个兄弟？为什么不给你和我分点钱？"

"那是他自己的钱，他想怎么用，我们也管不着吧。"

"兄弟间本来就要相互照顾。以前我和你可没少帮衬他。现在他倒好，只知道自己享清福，不管几个兄弟了。"

"你大哥可没少给你送过钱，老倌子！讲瞎话的时候也要想想再讲，别弄得我们像个叫花子似的。"

"你个老婆子嘴里怎么就没有一句好话？叫花子？我们像叫花子吗？"

"你就不要骂嫂子啦。她又没说错，大哥的确给过我们不少钱，我们总不能靠着他过日子。唉，我倒是巴望着我儿子像你和大哥的儿子那样有出息，就满足了。"

"你儿子现在在干什么？"老头子问起了侄子的情况。

"他能干些什么，还不就闲在家里。"

"他前一阵子不是找到了打工的地方吗？"

"是的，可包工头嫌他没技术，辞退了他。"

"你该管教下你儿子，叫他踏实点儿，多学点儿技术活。"

"我儿子可不像你儿子那样容易管教啊。没说几句，他就会和我顶嘴。"

"那也是你惯的！要是我儿子敢跟我顶嘴，我不打断他的腿！你儿子现在十八九岁了，如果现在都没心思挣钱，到时候只怕指望不上他了。等你到我这个年纪，看你怎么过!"

"我晓得，但也没办法啊。"

"没办法? 我给你出点儿主意: 用扫帚赶他出去，告诉别人，儿子没有好吃好喝地供你，好让他在村里抬不起头，这样他就会想方设法去赚钱孝敬你了。要想让儿子服服帖帖听你的话，就得用非常手段。"老头子想教五叔公他自己管教儿子的方法。

"你听说过那个秦老倌吧?"老头子压低了声音。

"哪个秦老倌?"五叔公一时没想起来。

"前一阵子刚死的。"

"哦，他呀!"

"你知道他为什么突然死了吗?"

"不是说胃出血吗?"

"哪是胃出血。他是喝农药自杀的。他家后人怕人背后议论，就说是胃出血。"

"到底怎么回事?"

"秦老倌啊，"老头子凑到了五叔公的耳边，"是被自己的几个儿子气死的。几个畜生儿子都不愿意出赡养费，彼此推卸责任，吵了好些天。秦老倌实在看不下去了，就喝了农药。像我们这些老人，要是连自己养的儿子都降不住，到时候就只有被气死的份了。"

和解的人生

　　一九九八年的那场洪水过后，老头子得了一场感冒，感冒痊愈后，他一直咳嗽着。他觉得咳嗽应该没有什么大问题，便懒得去看医生。可能是拖得太久的缘故，他咳嗽得越来越厉害，几乎没有一刻停得下来。

　　就这样，老头子的身体大不如前了。

　　"好像喉咙里有条虫子在爬。"老头子左手抓住脖子，右手手指伸进喉咙，试图把喉咙里那条虫子抓出来，可是越抓，越是不舒服，咳嗽反而被刺激得更厉害。

　　"虫子躲得可深呢，你要用药才能熏出来。"其他老人告诉老头子他们从巫医那里听来的土方子，据说村里不少老人的咳嗽就是巫医治好的。

　　老头子决定到巫医那里去看个究竟。

　　"话先说在前头，"老头子一见到巫医，便把他的来意挑明了，"要是我的喉咙在你这里治了不见效果，我可不会给你医药费的。不过，要是你帮我把喉咙里的那几条虫子给捉出来了，我家里下次杀猪的时候，一定给你送十斤猪肉。"

　　十斤猪肉可不是个小数目，跟着一起去的奶奶听到老头子如此许诺，赶忙扯了扯他的衣服，示意他十斤猪肉太多了。老头子故意装作没看见，继续问巫医有没有把握。

可老头子不知道的是，有没有把握治好咳嗽，和有没有把握从喉咙里捉出虫子，对巫医来说，是两回事。

巫医当然不能保证治好咳嗽，可是，要从喉咙里找出几条虫子，他只要耍几个小把戏便够了。

巫医很爽快地答应了。

"我这儿有些中药做的熏香，"巫医把老头子领到药房，示意他躺到躺椅上，"一会儿我把香送进你嘴里，你记得多吞吐几下，让香料把你喉咙里的虫逼出来。"

老头子好奇地闻了闻巫医手里的熏香，一股刺鼻的味道扑面而来，他瞬间感觉鼻子通畅了许多，立即想打喷嚏，可又打不出来。心底的一股热气冲到他脸上，染红了他的脖子，他觉得喉咙似乎也舒服了很多，便示意巫医可以治疗了。

巫医拿起一把铁钳撑开了老头子的嘴，小心地把点燃的熏香送了进去。一股青烟很快充满了他的口腔，有些烟甚至从鼻子里冒了出来。

没过一会儿，巫医拿开铁钳，拍了拍老头子的肩膀，让他吞吐几次。老头子照做了，边吞吐边使劲咳嗽，这么反复了几次。巫医又拿了一把小铁勺，缓缓地在老头子的舌根处来回刮擦。当他把铁勺从老头子嘴里拿出来的时候，小勺子中间确实有几条小虫子在蠕动。

看到勺子里的小虫，老头子的眼睛都直了。似乎是仇人相见分外眼红，老头子骂了起来："老子早就知道你在那儿，还躲着不出来，现在好了，我要把你们一条条烧成灰！"老头子说完，就把勺子放在点燃的蜡烛上，想烤死那几条小虫。他的嘴角露出了胜利的微笑。

虽然家里其他人并不相信这个土办法有多少疗效，可老头子却觉得巫医很灵验，他决定不到村里的医生那里去看病了。有那么一段时间，他的咳嗽的确减轻了很多。可能是因为熏香里的中药成分缓解了他的咳嗽吧。

腊月将近，老头子又开始了无休止的咳嗽。老头子又去了巫医那里，第二回、第三回……到最后，巫医也无能为力了，他告诉老头子，他喉咙里剩的那些虫子已经能够抵抗他的熏香了。

好不容易熬过冬天，春天来了，老头子的咳嗽依然在继续。连续几个月的咳嗽，已经让他元气大伤，人也消瘦了很多。

老头子平常不喜欢说话，可是病久了，他似乎冒出许多话想和亲戚朋友说，好像不见到他认识的那些人，他的整个世界就不完整似的。

于是，他吩咐我们把他认识的老人一个个请到家里，强打起精神和他们唠家常。

那个时候，他应该尽量少说话，保存精力。他一说话就咳得越凶，一咳他就骂喉咙里的那些虫子，咒骂它们是来夺命的。

他似乎想通过不停地说话来止住咳嗽，让虫子无法安稳地待在喉咙里。

到了夏天，老头子已经消瘦得成了另外一个人的模样。他的背已经完全直不起来了，手不自觉地发抖，视力也变差了。

为了防止病情恶化，老头子找了一些中医方子，如用莲子、百合、陈皮、红糖蒸梨等，凡在乡下能够想到的止咳药，他都一一尝试了。

其中有一样，我印象特别深刻，因为那是我见过的最苦的一味药：用炭火烤得半熟的猪胆。

那年，只要村里有人家杀猪，老头子总会守在屠夫旁边，让屠夫把猪胆分给他。

他小心翼翼地用菜叶子把猪胆包好，放到炭火上烤至半熟。炭火的炙热很快逼出了胆汁，一般人闻到都觉得恶心。可是，老头子一点儿也不怕，他咀嚼猪胆的时候，就像吃蜜汁般享受。假设他的喉咙里真有虫子，那一刻，猪胆里的苦水也能将那些虫子苦死吧！

就这样，老头子不停地尝试听来的土方子，可是，没有一个药方有效。直到咳得不能动弹了，他才决定去县城的医院做个检查。

"晚期肺囊肿，"县里的医生指着老头子拍的片子，告诉他，"你的肺里长了不少东西，阻碍了呼吸，才让你感觉呼吸困难。"

"是不是虫子？"

"就当是虫子吧，"医生只能这样跟一个没有多少文化的老人解释，"虫子在吃你的肺，你必须吃西药了，再不治疗，你的肺就会坏死。"

"那你帮我把虫子弄出来吧。"

"我已经说了，要治的话，必须吃些西药。而且要长期吃。"

"要吃多长时间？"

"这个难说，慢性病一般很难治，你这已经晚期了。"

"你不是医生吗？怎么这个都估计不出来？"

"我也只能给你开这些西药了，至于有没有效果，只能看你自己的情况。"

医生开了两个疗程的西药。老头子拿着药单到药房去问价，一听价格，他的心就凉了大半截。西药太贵，一个疗程的药抵得上他一年的生活费，无论怎样，他都吃不起这些药。

他该怎么办呢？问儿子要医药费吗？儿子家状况也不是很好，手头几乎没什么余钱。他左思右想，觉得自己一大把年纪了，费那么多钱治好病又顶什么用呢？他那年已经七十二岁了，在村里已经算是寿命长的老人了。于是，他决定放弃西药治疗，继续用其他人推荐的土方子。

从医院回家后，他做了一件事情——给自己制备一副棺材和一套寿衣。

"爸，你怎么能够放弃治疗？我们就是去讨饭，也要筹钱给你看病。"父亲和姑姑听到他要给自己准备棺材的时候，一个个伤心欲绝，求着他改主意。

可是老头子心意已决，没人能够劝服他。

"我晓得自己身体的情况，你们就不要操心了。"老头子宽慰儿女们，"我这一辈子也活得够本了，苦吃了，福也享了，没什么舍不得的东西了。你们就由着我自己做最后这次决定吧，我不会怪你们不孝的。"

老头子在生命最后的半年里，要求儿女们满足他一个临终愿望——他希望自己在最后的日子里能吃点儿好东西。

这辈子他没有多少机会吃大鱼大肉，快要走了，他不希望自己做个饿死鬼。

为了满足老头子的愿望，家里人特地在饮食上多满足他的要求。亲戚朋友知道老头子的状况后，都纷纷过来探病，还捎带一些糖果等吃的东西。

看到儿孙和身边的人如此关心自己，老头子脸上总是挂满了笑容。他把别人送的东西藏起来，或是放在橱柜里，或是放进他给自己备好的棺材中。他说要是哪天他再也睁不开眼了，棺材里的那些吃的，好歹能让他在阴间饿不着肚子。

当老头子吃过了许多好吃的东西后，他开始想一些压根就没办法弄到的食物，譬如老虎肉。

"你知道老虎肉是什么味道吗？"老头子某天突然问。

"我们都没见过老虎，怎么会知道老虎肉是什么味道？"父亲回答。

"肯定有人吃过老虎肉，我不止一次听别人讲起过。"

"那些人瞎说的吧，我们这里好几十年都没有出现老虎了，怎么可能还有人吃得到老虎肉？"

"我年轻的时候见到过老虎，还是只瘸腿老虎，它可能是被猎人的捕兽夹夹伤过。那只老虎从山里跑到村里四处找吃的，还找到了我们家里。我当时正好在家，吓得腿都软了。我把米缸倒扣然后躲进里面，这才避过了老虎。如果我当时胆子大一点点，没准就能吃到老虎肉了。"

"我还是第一次听说我们这里曾经来过老虎。"父亲仍然一脸怀疑。

"是真的！那个时候动物多着呢。我好像还听说这里出现过凤凰。"

"怎么可能会有凤凰？那是神话里才有的鸟。"父亲觉得老头子有些神志不清了。

"好多人都说他们吃过凤爪，凤爪不就是凤凰的爪子吗？"

父亲哭笑不得："凤爪呀，就是我们讲的鸡爪子，只是城里人起了个文雅的名字。"

"唉，可惜了，要是能够吃到那些长生不老的鸟肉，没准我这病也会好起来。"

"世上根本就没凤凰，想抓过来孝敬您也找不到。"

有一回，老头子在家里午睡，他卧室的门恰好忘记关了。门外，一只老鹰正在猎杀野鸡，惊慌失措之下，野鸡不小心飞进了他的卧室，进来后却不知道怎么飞出去。

迷迷糊糊中，老头子看到房间里有一只五颜六色的鸟，他觉得自己是看到了传说中的凤凰。他猛地从床上跳了起来，叫着"凤凰，凤凰"，想让家里人帮他捉住这只"凤凰"。

其他人刚好都外出了，老头子只好自己到厨房拿了把扫帚，朝飞在半空中的野鸡当头一击，野鸡一下子就被敲晕了。家人回来后，他让母亲给他做了一碗"凤凰汤"，也算是圆了他要吃凤凰肉的心愿。

老头子在最后的那几个月里，经常会去村里的莫太公庙拜神。

有一回，他看着庙里供奉在神台的白酒，突然间起了喝酒的心思。他想，供神的酒是沾了灵性的，喝一点儿，没准能保佑他多活一些日子。

于是他便问庙里的道士讨杯酒喝。道士不好意思拒绝，便给他倒了一碗酒。他端起酒杯抿了抿，浓烈的白酒顺着他的喉咙流入胃里，他瞬间觉得肺脏很舒服，也没有那么想咳嗽了。他想，庙里的神酒没准就是治愈他咳嗽的神药，于是，他又问道士要了一碗，一口灌进嘴里。

那天，谁也不知道老头子在庙里喝了多少碗酒，当道士发现他的时候，他已经醉得不省人事了。道士们看他可怜，就把他送回了家。

老头子回来后，一直都迷迷糊糊的。家里人正担心他就此一命呜呼，可是，两天后，他又醒了过来，和大家重复地讲着一个故事：

"我有天在村里经过一个和尚庙，听到庙里有人叫我进去，叫的人声音很小，像是个熟人。我好奇，就推门进去了。可是，进到庙里后，我没见到认识的人，倒是有一个蒙了面的老婆婆，撑着一条船立在庙背后的一条河上。老婆婆看到我的时候，问我是不是想到村子外面去看看。我很少出村子，当然很好奇，就跟着她上船了。老婆婆撑起了船，慢慢地划着，周围都是大雾，我什么也看不清。我有点儿害怕，就叫老婆婆停船，快把我送回去。老婆婆跟我说，不要怕，喝掉她手里的一碗汤，就什么都不用怕了。我迷迷糊糊的，不知道怎么办，端起碗来就开始喝。可是，我不知道是不是事先喝多了什么东西，肚子胀得厉害，很想找个地方撒尿。找着找着，我猛地睁开眼，却发现自己躺在床上了。你们说，这怪不怪？"

一家人听完这个故事，都沉默了。老头子故事里的老婆婆很像传说中的孟婆。村里人常说，只有将死的人才会看到孟婆。

看样子，老头子在世的时间不会太久了。

父亲于是决定把家里的亲戚召集起来，商量着在老头子去世前，再办件能让他高兴的事情。老头子一生都喜欢看皮影戏，父亲便决定在家里请皮影戏师傅给他演一出他最喜欢的《杨家将》。

皮影戏戏班在家里搭棚那天，老头子心里高兴极了。他躺在躺椅上，看着眼前舞动的皮影小人，眼角泛起了泪光。他说，要是他能有戏里佘太君那般的武艺和胆识，带着家里这群小辈在世间拼杀一番，求个富贵功名的话，该有多好。

如果要问我的爷爷此生有什么遗憾，我想他一定会说，他粗人一个，对日子没有多少执念，自然也就没多少遗憾。人活一世，粗茶淡饭过一辈子，就够了。要是能把平淡的日子过出甜头，那便是一个人的福气。

　　他是在一九九九年夏天过世的，那年，我正好十一岁。我记得，他去世那天下着瓢泼大雨。我们一家人围在他的床边，等着他留下遗言。可是他什么也没有对我们说，他唯一挂念的，是他猪圈里的几只猪仔。"把猪仔喂肥了，到时候我就有肉吃了。"说完，他便再也没说其他任何话。

　　我记得奶奶趴在床边，握着爷爷逐渐冰冷的手，又哭又笑地埋怨他是个糟老头子。最后爷爷的手从她手里滑落，再也没了动静。屋外暴雨倾盆，雨滴从房顶渗透下来，落在爷爷的卧室里，砸在地上，声音显得格外响亮。奶奶看着已经闭上眼睛的爷爷，开始放声大哭。

　　父亲，母亲，婶婶，大姑，姑父……一个个都跪了下来，也开始哭泣。我年龄还小，还不懂人去世究竟是怎么回事，傻愣愣地站在那里。奶奶以为我被死去的爷爷吓到了，就把我拉到她旁边，告诉我不要怕。"老头子生前最疼他的几个孙子，你们都走近点，看爷爷最后一眼。"奶奶说。

　　我有点茫然不知所措，站在床边，看着刚刚过世的爷爷。躺着的他很是安详，就像睡着了一样。我不觉得他在那一刻已经离我而去了。我很想唤他一声，可是又叫不出声来。

"给你们的爷爷磕个头吧。"奶奶吩咐我和弟弟、堂弟、表哥、表姐。

我跪在地上，望着一动不动的爷爷。常识告诉我，亲人过世了，我应该痛哭流涕。可是在那个年纪，我并不懂得这份悲痛，我悄声问身旁的表哥：

"哥，你是怎么哭出来的？我想哭，可是我眼睛里流不出眼泪。"

表哥听后有点蒙，然后告诉我："你就想些让你伤心的事，肯定能把眼泪挤出来。"

我使了很大力气去想，可是，在那一刻，我怎么也想不起伤心的事。

很多年后，每次看着爷爷的照片，我的眼角总会自然而然地涌出泪水。这些泪水仿佛是我曾经欠下的债，是为了偿还爷爷过世那天没有流出眼泪的债。

- 7 -

沟伢子

黑户沟伢子

村里人常说，一个人出生时受了苦难，将来一定会有大成就。

沟伢子肯定是听说过这话的，不过，他倒感受不到出生时的苦难，也不觉得自己有什么过人之处。

他出生那天的情况，讲起来也有些辛酸。

一九九〇年的正月初二，一场大雪笼罩了停钟村，沟伢子的母亲正在家里剖分猪肉，准备用作春节时走亲访友的礼物。她挥刀的时候不小心，使大了力，动了胎气。肚里的孩子似乎有些沉不住气了，拳打脚踢地想要快点走进这个陌生的世界。

那个年代的农村，医疗水平低，胎儿多是由接生婆来家中接生。可沟伢子的父亲请了好几个接生婆，也没能把沟伢子从娘胎里接出来。沟伢子的母亲在床上疼得哇哇直叫，丈夫见状，只好决定把她送到县城医院的妇产科。

正当春节，进城的班车已经停运，医院远在好几十里路之外，加上路面积雪打滑，进城不是件容易事。

沟伢子的父亲好不容易才找到邻村一户有拖拉机的人家，并说服他们送沟伢子的母亲进城。

拖拉机开不到沟伢子家门口，只能停在离沟伢子家还有好一段距离的大马路上。

沟伢子的父亲在一张竹椅上绑了几根竹竿，然后把妻子扶到竹椅上，叫上村里几个力气大的年轻人，准备把她抬到大马路上去。

大家深一脚浅一脚地在雪地里往前赶，一会儿便走到了山边的一条水沟前，大雪覆盖了大地，没人知道水沟的深浅。沟伢子的父亲请大家暂时停下，他自己先跳了进去，用手奋力地拨开障碍物，准备开一条路出来。

就在这个时候，沟伢子的母亲突然在躺椅上大叫了一声。紧接着，婴儿的啼哭声响彻在山林间。

在一条水沟边，沟伢子出生了。

沟伢子名叫"蛟龙"。不过在我们那儿的土话里，"沟"和"蛟"同音，他又恰恰出生在沟边，于是，村里人便把"沟伢子"这个名字叫开了。

沟伢子左边的眉毛间，有一道伤疤。那是他小时候在家中水沟旁玩耍的时候，弄伤后留下的。

那天下着大雨，沟伢子的父母把家里的木桶放在水沟中，接住自屋檐流下的雨水，用来喂牲畜。沟伢子看见掉在木桶里的水花，觉得很是有趣，忍不住伸手过去拨弄桶里的水。可一个不小心，他从水沟边滑了下去，额头砸在了木桶边上。他站起来的时候，左脸全都是血，眉头被砸出一条大缝。要是额头接触木桶的部位再往下一点点，他的左眼可能就瞎了。

沟伢子从此不再喜欢和水沟有关的事情，也不爱听人唤他"沟伢子"。

他是我的弟弟。

在我们那里，兄弟间一般不会用"哥哥""弟弟"这类略显辈分的称谓，而是在名字后面加"伢子"，以示亲切（女生则在名字后加"妹子"）。在很长一段时间里，我都未曾叫过他的全名，而是唤他"沟伢子"。

沟伢子的故事，得从他的童年说起。

他是家中的次子，在何家大家族的男丁里排行第五。上一辈的老人曾给我们这一辈算过命，命数里，我们五行缺水，因此家人给我们这些男丁取名的时候，多半会在我们的名字里加上一个和水相关的字。

比我大几岁的几个堂哥分别取名为"海""勇"（取'涌'音），堂弟取名为"水"，我则排在了"海"的后面，取名"江"。既然沟伢子出生在水沟边，爷爷索性就给他取名"沟"。可是，"沟"字听起来终究太土气。迷信的爷爷从算命先生那里听说，小孙子命里需要他哥哥的扶助，而蛟龙潜游于大江大海，"沟"和"蛟"又在方言里同音，于是，一来二去，沟伢子被取名为"蛟龙"。

沟伢子出生那年，计划生育政策非常严格。父母已经生了我这个儿子，再添一个，是违反政策的。

在弟弟还在娘胎里时，村里的干部就经常到我们家来，做父母的思想工作，劝他们尽早打掉。可是，父母觉得家里多个孩子是一件好事。乡下日子艰难，尤其是干农活的时候，家里多个劳动力大有作用。另外，家中有两个孩子，父母年老了也多个依靠。

尽管沟伢子出生后，家里被罚得一贫如洗，但父母仍觉得这个儿子生得值。

既然下决心要这个孩子，父母自然得承担超生的后果。那个年代，超生的孩子没有户口，被称为"黑户"，这也意味着他没有田地，没有田地就等于没有安身立命之本——一个农民家庭的孩子，只有有了田地，才能养活自己，成年后才能娶到老婆。

各种闲言碎语纷至沓来：有人笑话我们家倾家荡产了，有人质疑我父母是否有能力养育两个儿子，甚至一些没有儿子的家庭提出了领养的想法……

以父亲的脾气，他自然咽不下这口气。他决心要让这个没有户口的儿子早长本事，即便将来分不到田地，也有能力成家。因此父亲对沟伢子的管教，比对我小时候的管教严格得多。

他巴不得沟伢子在智商上能超越同龄孩子，好在别人面前证明，这个上不了户口的儿子并不是那般"无用"。

父亲的自尊无形中影响了沟伢子的成长。

我那时年幼，记得的事情不多，可有几件小事，我至今还记忆犹新。

沟伢子用筷子吃饭，几乎是被父亲逼出来的。在我们那里，孩子区别于婴儿的一个重要标志，便是能自己用筷子吃饭。越早学会使用筷子的小孩，大家就越觉得他聪明。

为了让沟伢子显得更聪明，父亲一等他断奶，就琢磨着教他拿筷子。父亲在筷子上画条线，告诉他，手指就握在画线的位置，要是他拿错了，父亲就拿起自己手中的筷子朝他的小手一顿猛打。在饭桌上，沟伢子无数次因为没拿好筷子，或是不小心弄掉了筷子，而被父亲打得哇哇直哭，以至于很长一段时间里，一见到父亲拿筷子，他便本能地往后退缩。

值得庆幸的是，他的确比大多数小孩更早学会了使用筷子。

沟伢子学数数的经历也是如此。他还只有三岁多的时候，便被父亲要求背写数字。他那么小，对数字当然不敏感，更别说记住，每次他背着背着就会出错。

而父亲在沟伢子面前放了一把菜刀，一旦他背错了就拿起菜刀吓唬他，威胁说要切掉他的手指。沟伢子看着锋利的刀刃，又是怕，又是恨，一边哭，一边背。在长期的恐惧中，那一长串的阿拉伯数字他倒背如流。

农活也是沟伢子的必修课。

停钟村里，和我们同龄的小孩多是家中的独生子女，受长辈宠爱，少有去田里干活的。可父亲觉得，农事是乡下人的立命之本，守住了田地并学会怎么种田，就等于有了铁饭碗，将来不至于饿死。

种田这门技术活，父亲教起来一点也不含糊。我五岁左右便被父母带到田间，跟随他们一起劳作。而沟伢子，则比我更早——大概三四岁，他便下了水田。

三四岁的孩子自然出不了多少力气，父亲当然也明白这个道理。

可是，在他眼里，只要沟伢子待在田间，哪怕在泥里打滚，也能锻炼他吃苦耐劳的心志。

这个说法，我们两兄弟在很长一段时间里都不能理解。我们越年长，才越清楚面朝黄土背朝天的种田生活，不是那些吊儿郎当的人能受得了的。

起初，沟伢子并不觉得，在田里干活是件多么辛苦的事。他那时总喜欢跟着父母到田边挖黄鳝和泥鳅，或是堆泥人。父母偶尔催促、呵斥几句，他还会讨好地帮忙扯扯杂草，整整田埂。看着成片的水田，年幼的他以为，成年人口中所说的"种田"便是在水田里玩泥巴。

等到他七八岁时，他在田里的任务开始多起来：挖土、施肥、插秧、割稻……样样都是力气活，不管他愿不愿意干，这些农活就摆在他眼前。乡下人家一年的收成都在土地里，不种田，家中的谷仓就会空空如也。

为了让儿子明白这个简单的道理，父亲常常要求我们兄弟俩一起分担田间的重活，一来家中的男子本就应该多承担点责任，二来也让我们多学点干农活的技巧。

我从小便顺从父母的管教，再加上长子身份，父亲说什么，我多半便答应什么，可沟伢子渐渐地不情愿了。

尽管他仍然跟随父母到田间劳动，可到了真正干活的时候，不知是有心还是无意，他总会出一些状况：插秧时，只有他插的秧苗东倒西歪；他还经常踩到稻田里的小坝口，放掉蓄水……

每一个状况都让父亲头疼，但他以为那些只是小孩子的无心之举，便没有追究。

沟伢子十多岁了，父亲开始教他赶水牛犁田，让他独自到打谷机上打稻子。这些活儿原本是大人们干的，可我们家水田面积大，农忙的时候，父母忙不过来，我们便必须分担大人的活儿。

沟伢子本能地抗拒干这些重活。他会搬出一个小孩能想到的所有说辞，告诉父亲他无法胜任：他会伸出稚嫩的手掌，向父亲哭诉他的手心已经起茧，他的皮肤已被毒日头晒得黝黑，用手一搓，便能搓出一层皮；他会赖在地上打滚，说他的力气还不够大，扛不起那把铁犁……

父亲认为这些都是借口。

"哪个种地的不是这么过来的？"父亲呵斥道，"我十多岁的时候，能扛着一百多斤的谷袋子，在田埂上小步跑呢！"

"你要知道，你没有户口，现在不多学点本事，长大了给人打工都没人要！"父亲总会把沟伢子是黑户的事情挂在嘴边，"赶紧给我干活去，不干完活，今天就不准吃饭！"

最后沟伢子总是妥协的那一方。

他拗不过父亲，也不明白父亲老是念叨的黑户究竟是怎么回事。有时候，他会隐约觉得，上天对他很不公平。他这一辈子，因为出生比哥哥晚，就注定要成为过苦日子的人。

村里人看到沟伢子小小年纪便能下地，常会夸他有出息。父母听了，觉得脸上有光，可在沟伢子听来却不是滋味。

有时候，他会一个人跑到村里放养水牛的地方，在牛群里号啕大哭。不知情的水牛抬头看看这个伤心的孩子，不明白他的伤心事，又慢悠悠地低头去吃草，这让他哭得更伤心了。

不知道是不是因为他伤心时，都有水牛在一旁陪伴，沟伢子因此对这些动物有着一种莫名的好感。他喜欢站在水牛身旁，看水牛甩动尾巴赶苍蝇、蚊子的样子。要是牛尾巴打不到苍蝇，他便会折一根树枝，帮助水牛赶走那些讨厌的家伙。

水牛大概也知道这个孩子没有恶意，也就任由他在身边调皮。水牛吃草时，沟伢子在旁边或是捉蚂蚱、蜻蜓，或是采一些新鲜的野草，喂给水牛吃。

我家那时候也养了一头水牛。要是哪天兴致来了，沟伢子就会爬到牛背上，骑着水牛在村子里游荡。其他孩子都不敢骑，所以他每次骑水牛，都会引来一帮孩子围观。那一刻，他觉得自己是当之无愧的"孩子王"。

"孩子王"在村里可是个拉风的词，就连我这样的乖孩子看着沟伢子在牛背上的威风样子也很羡慕。可是，"孩子王"同样也意味着麻烦。

记得有一回，沟伢子牵着我们家的水牛在草地里玩，其他几个孩子看到了，便兴冲冲地叫他教大家怎么驯服水牛。他欣然答应了，放下缰绳，任由水牛吃草，然后轻轻地抚摸着水牛的肚腩，给它挠痒。水牛被沟伢子服侍得舒服了，对身边的几个孩子少了戒心。小家伙们一个个伸出自己的手，怯生生地摸着牛背和牛腿，有的拽着牛尾，不让水牛随意摆动尾巴驱赶苍蝇，还有的甚至第一次坐上了牛背……

正当一个个孩子玩得十分开心时，不知谁家里突然响起一阵震耳欲聋的鞭炮声。水牛受了惊吓，猛地往前跑。牛背上的孩子身体往后一倾，一使力，便勾住了缰绳。水牛鼻子被拉住，水牛打了个趔趄，跑歪了方向，冲进了旁边的瓜田，在瓜田里横冲直撞，将那些瓜苗踩得稀烂。等所有小家伙回过神来时，瓜田的一角已是狼藉一片。

沟伢子和其他孩子意识到闯祸了，知道瓜田的主人肯定会找麻烦。很快，小孩子四散逃开，留下沟伢子怏怏地牵着水牛回家。

不出意料，当天傍晚，瓜田的主人发现自家瓜田被踩坏了，并且打听到是我家的水牛踩进了瓜田，怒气冲冲地找上门来，要父亲教训那头不听话的水牛。

"不听话的水牛"，任何人都听得明白，那是拐着弯要父亲管教自家不听话的儿子。父亲挂不住面子，不问缘由，就从屋里把沟伢子拉出来，当即给了他一巴掌。

"哇！"沟伢子大哭起来。

"叫你不听话，叫你牵着水牛在村里找麻烦！"父亲朝他屁股上拍了一掌，沟伢子脸上的火辣还没消散，屁股又烫了起来。

"不是我把水牛牵进他家瓜田的，是其他小孩。"沟伢子很是憋屈。

"还嘴硬！"父亲又是一掌，掌声清脆，听得旁边的瓜田主人也不忍心了。"当初叫你看好水牛，你看好了吗?!"

"哇！哇！哇！"

"你是什么样的人，其他小孩是什么样的人，也不想想清楚吗？你是黑户，你晓得不？"

"黑户怎么了？其他小孩做错了事，就要怪到我头上？哪个人说的，我活该是黑户？"

"看看，还学会顶撞老子了！长大了你还不要翻天？"

父亲的火气越发大了。看着眼前哭哭啼啼的沟伢子，他觉得自己的儿子好没出息。他费尽心思，想把沟伢子教育得比其他孩子听话，好把别人家的孩子全比下去。父亲想让沟伢子明白，他和其他孩子不同，别人家的孩子可以在村里尽情玩耍，可他不行。

当然了，这一切，沟伢子在那个年纪是全然领会不到的。面对父亲甩过来的巴掌，他只能流泪和哭号。

那一夜，沟伢子躲进了山林过夜。他想在深山里找一个山洞，躲藏进去，就此度过他的一生。既然这个世界不给他这样的孩子该有的名分，那么，他便没有必要踏进这个是非之地，忍受甚至是来自至亲的不公平责罚。

"孩子王"的出路

村里的小孩要想走出乡村，最快捷的方式便是读书。

而要想入学，首先就得解决户口问题。

在沟伢子四岁多的时候，父亲曾带他去村里小学注册，可一查到沟伢子是黑户口，学校的老师就会告诉父亲说，目前还不方便注册。

一开始，父亲以为那只是学校领导搪塞他，被拒绝的次数多了，他才真正意识到事态的严重性。

他开始托人找关系，也学着说那些求人的话语，低声下气地找人帮忙。幸运的是，有一段时间，政府对户口的控制稍微松动了一些，那些有黑户口孩子的家庭，只要补交些费用，便可以登记入户。六岁那年，沟伢子终于正式登上户籍。

这对沟伢子来说，是一辈子的事情。虽说那个时候家里清贫，但父亲东拼西凑，总算补齐了登记费用，这才让沟伢子的户籍有了着落。而沟伢子本应分到的田地，直到爷爷过世，才补上。而这一年，沟伢子已经九岁了。

因为户籍原因，沟伢子入学比我要晚很多。我四岁就进入学前班，五岁便读一年级。可沟伢子的状况与我不同，等到完成户籍登记，他已有六岁，这个时候还未能去读学前班。

不过，按我们父亲一贯的脾性，即便沟伢子进不了学校，他也不会让沟伢子在教育上输给其他小孩。既然学校不允许他入学，父亲便自个儿教起了他。从三四岁起，沟伢子便学了数数，做简单的算术题。他会写的字不多，每学一个字，父亲就让他用木炭在家里的泥墙上一遍遍反复写，有的字甚至被要求写上百次、上千次。

沟伢子那时不明白父亲的苦心，他常望着墙上密密麻麻的涂鸦暗自哭泣。可等到他真正入学了，在一群连从 1 到 100 有时都数不清的孩子里，他简直就是个天才。

这时，沟伢子总算是扬眉吐气了。

沟伢子就读的小学叫竹山小学，在停钟以西的竹山村。停钟原本是有小学的，我便在那里读过一个学期。可后来，一场大雨毁坏了好几间教室。村里人觉得这事晦气，重建一所学校花费又太大，于是和邻村学校商量，把村里到了上学年龄的孩子全部转到邻村的学校。我在一年级的时候就转到了竹山小学。等到沟伢子入学那年，我已经读四年级了。

农村不比城市，那个年代，没有校车这一说法，父母也不经常接送，任由小孩子自己走路上学，放学了也是自己走回家。

那时，我已在停钟和竹山之间穿梭好几个年头了，对乡间的小路了如指掌。父母自然把接送沟伢子上下学的重任交给了我。

我们家离竹山小学有好几里路。从家出发，先得经过停钟村的几十亩水田，才能到村边的山头。过了山头，便是两村交界处，那里有几口大水塘。从水塘中间的堤岸上穿过去，便到了竹山村的山脚，再走一段路，才能上竹山村的主干道，还要走上一段，才到竹山村中心——竹山小学。这条路对大人来说不是很长，大概走二三十分钟就够了。可对小孩子来说却颇为漫长，经常要走一个多小时。

因为上学路远，沟伢子和我每天很早就得起床。要是父母亲有空，他们就会帮我们哥俩准备早餐。可要是家里农活多了，早餐便得由我们自己准备。酱油拌饭，再把菜园子里采摘的新鲜蔬菜在锅里翻炒一下，便是我们的早餐。我们哥俩那时个子矮小，做饭的时候得踩在板凳上才够得着炉灶上的铁锅。

兄弟俩一个烧火，一个炒菜，分工合作得很是默契。

去学校的路若是晴天还好走，田埂上的杂草被整修得干干净净，可以大步往前走，丝毫不用担心掉进泥巴里。可一到雨天，田埂被雨水冲得泥泞不堪，不论多小心我们都会踩到藏在草丛中的水坑，或是一不留心滑进旁边的水田。

要是到了冬天，上学的路就更难走了。天亮得很晚，可学校早读的时间并不会推迟，为了不迟到，我和沟伢子就得起得更早，上学时必须带着手电筒。我们摸黑走在上学路上，到了山头，若是听到林子里鸟兽的叫声，两人经常会被吓得紧紧挨着。若是天冷，沟伢子和我会用搪瓷缸盛上炭火，提在手上，好抵御冬天的寒气。

　　在沟伢子上学的头几年，或许是因为父亲早年严厉的家教，他在同龄孩子里显得格外优秀，常会在班级考试中取得很好的成绩，或是在课文背诵上快过其他学生。

　　这一切，父亲都看在眼里，打从心底里高兴。毕竟，他的小儿子曾经被那么多人看作是没出息的"黑户"，可这个"黑户"，在他的调教下，一点也不输于有户口的孩子。

　　沟伢子也得意于自己的成绩。他常常把学校奖励的红花挂在胸口，昂首挺胸地到处炫耀。要是碰到了家里的亲戚，他就把那些奖励摆出来，好让亲戚们给他额外的嘉奖。

　　就这样，沟伢子似乎有点飘飘然了。他觉得自己天生就比其他孩子聪明，比他们会读书。既然这样，他那么努力地读书，还有必要吗？

　　在这种思想的影响下，他常会做一些调皮捣蛋的事情，让父母和老师很是头疼。

　　有一次，在上学路上，天空中正打雷下暴雨，沟伢子和我经过村中水塘边，发现很多鲤鱼受了惊吓，从水塘里跳了出来，躺在草丛里。

一看到鲤鱼，他马上兴奋起来，像捡到天上掉的馅饼一样。

"我们没带东西装鱼，捡它做什么用呢？"我在一旁犯愁。

沟伢子想都没想，便把书包里的书倒出来，装进了我的书包里，然后把鲤鱼装进了自己的书包。

他把鲤鱼带到学校后，很快便被班上的同学发现了。好奇的孩子一个个争先恐后地跑到他座位旁，想看他在塘堤上捉到的鲤鱼长什么样。

班上一阵骚动，班主任觉得不对劲，就把沟伢子叫到了讲台前问话。

"你书包里是不是带了不该带的东西？"沟伢子的老师板着脸，想拿他开刀，警示学生。沟伢子没有说话。

"老师问你话呢，你有没有听到？去，把你的书包拿过来，老师要检查。"老师提高了嗓门，可沟伢子还是无动于衷。

老师生气了，一把扯过沟伢子的书包，放到讲台上，问沟伢子是否带了违纪的东西到学校。沟伢子觉得自己在全班同学面前被老师羞辱了，就更加不愿意说话了。

老师一怒之下把沟伢子的书包倒过来，十多条鲤鱼在讲台上蹦跳着，这让老师大吃一惊。

"谁让你把鱼带进教室的？"老师开骂了，"这么不听话的学生，我真是第一次见到。你的书呢？来学校上学，怎么一本书都不带呢？你还是来上课的吗？再说了，书包是用来放鱼的吗？你倒是说说，装这么多条鱼过来，是要做什么用？"

"当然是回家做了吃。"

沟伢子回答得倒是坦白，班上同学听了都哈哈大笑。

那个时候，我们家饭桌上难得见到荤腥，好不容易在路上捡到那么多鲤鱼，也难怪他舍不得。

他本想着回家让父母亲做一顿大餐。可是，这个计划就这么被老师给破坏了。更让他难受的是，老师把这些鲤鱼收起来后，居然自己带回家煮着吃了。他觉得被老师欺负了，心里头一点也不服气。

这不是沟伢子第一次在学校里因违反规定而被老师惩罚。大概从三四年级起，他的自大吞噬了他的上进心后，他便经常被老师叫进办公室训话。

一直以来，我在学校里都是个模范生，学习成绩好，也听老师和家长的话，因此经常受到老师表扬。

沟伢子则与我完全不同：他会在课堂上起哄，让男生去亲女生；午休时，一个人偷偷跑出去，爬到树上抓知了；放学了，他仗着哥哥在身旁，经常去找班里同学打架；他还会藏到学校附近的山林里，等同学经过时突然从林子里蹿出来，吓唬他们……

那些年里，沟伢子的老师经常到家里做家访，希望父母更严格地管教沟伢子。

"你们家的两个孩子都是穿同样的衣服，吃同样的饭长大的，怎么一个这么乖，一个那么顽皮呢？"老师抱怨，"再说了，他之前成绩挺好的，再这么顽皮下去，名次肯定会掉的。"

不只是老师，村里很多人也找到父母，抱怨沟伢子顽皮——或是因为沟伢子偷了他们的黄瓜，或是因为沟伢子摘了他们的桃子。

父亲每次听到大家的投诉都会感到不好意思，一逮到沟伢子便是一顿暴打。沟伢子似乎一点也不怕被打，被痛打一顿后，哭一顿，他又继续去菜园、果园里偷东西。

沟伢子被逮到的时候倒是表现得实诚，他会一把鼻涕一把泪地求大家放他一马："叔叔婶婶，你们行行好，不要惩罚我。"谁也不知道他的泪水是真还是假。"我是真的饿了才摘东西吃的。你们看我饭盒里带的中饭，除了白饭，就没其他东西了。好叔叔，好婶婶，我保证，下次一定不会到你们园子里来了。"

在沟伢子即将升初中的那两年，父亲每每想到自己的儿子成绩下滑，便很心急。他先是以耐心的劝导为主，他语重心长地告诉沟伢子："你刚刚从黑户口转正，要是不努力，将来就没什么出息。"他不知道的是，户口对沟伢子来说是个陌生的概念，他的良苦用心完全白费了。

他气急之下，就会来硬的——对沟伢子一阵毒打。但棍棒教育也没有发挥什么作用。

硬的不行，父亲就转变方法：沟伢子的作业多得几次优，父亲便会奖励他，让他周末不用到水田里干活；期末考试得满分，父亲就会奖给他两三块钱，好让他有动力继续学习。

"你不是喜欢看汽车吗？"有一次，父亲对沟伢子说，"你城里姑奶奶家的儿子马上就要结婚了，请我们去喝喜酒。要是你的成绩提高点，受老师表扬的次数多点的话，我就带你到城里去。城里可看的东西有好多呢，你肯定喜欢看！"

进城几乎是所有乡下小孩的梦想，沟伢子自然也不例外，他期待看看城市究竟是怎么样的。父亲深知这一点，因此以带他进城为诱饵，激励他用心学习。可即便如此大的奖励摆在眼前，沟伢子对学习还是提不起兴趣。

不过，他并没有放弃进城的想法，反倒打起了歪主意：

哥哥的学习成绩不是很好吗？要是哥哥肯帮我做作业，我不是很容易就能得优了吗？沟伢子于是拿着在村里偷来的果子，问嘴馋的哥哥能不能帮忙。

我没有抵制住诱惑——最终沟伢子得了好几次优。

就这样，在父母亲半逼半哄的管教下，沟伢子顺利小学毕业，升入了初中。

他的成绩一直不是很稳定，像过山车一般，时高时低，刚刚给了父母"儿子会读书"的幻觉后，他又会考出一个落后的名次，让他们的幻想破灭，以至于他们怀疑自己的小儿子将来是否还能靠读书走出去。

父母对孩子前途的焦虑，在我们这样背景的家庭里尤为明显。

可父母又不能真正帮上什么忙，或是提出什么建设性意见，因为他们本身受教育的程度有限。他们唯一能做的，就是希望这世间有一剂灵丹妙药，让孩子忘掉一切，只沉浸在书堆里。

这样，他们的孩子将来有一天就能出人头地了。

养蚕与高考

沟伢子似乎很难把身心沉浸在书堆里，若说他专心致志地做了一件事，那应该算是养蚕。那大概是我印象中，他童年里最上心的一件事。

有一年，他在邻村养蚕户那里买回了几十颗蚕卵，开春之后，蚕宝宝孵化出来了。看着这些蚁蚕一点点长大，蜕皮，成茧，化蛾，他觉得很有成就感。

他挖空心思地养蚕，把它们养肥后，就带到学校里当成宠物炫耀。小孩子们看到之后，觉得好玩，都想买几条。

沟伢子脑瓜很灵泛，马上便看到了商机。他在自己卧室里腾出一块空地，添置了好些个养蚕的竹盘。每天早晨和傍晚，他都会去附近山上采一袋桑叶，摊平后喂给蚕吃。他还知道，通过蚕的色泽可以判断它们是否生病；他分得出快结茧的和未结茧的蚕在蠕动姿态上有何不同……每条蚕都被他照料得白白胖胖。越来越多的小孩子来找他买蚕。

他把赚到的钱省下来，打算在来年添置一些新的养蚕工具。有一年，他甚至从很远的村子买回了能够吐出金色蚕丝的蚕虫。这让很多小孩子大开眼界，他们表示，这是他们见过的最神奇的蚕宝宝。

沟伢子在他养蚕的鼎盛时期大概养了好几千条。每天晚上，他躺在床上，听着蚕虫吃桑叶的沙沙声，就会感到十分满足。

那些赚回来的钱，他会给自己买点玩具、零食，有时候他也会给哥哥买点文具。分享他买回来的东西的时候，沟伢子显得特别有成就感，仿佛那一刻他成了家里的小大人。

可是，并不是每一个故事都会有美满的结局。小孩子的任务只能是学习，不会被允许有课余爱好。

父母看到沟伢子对养蚕的狂热后，觉得一定是这些蚕虫让他分心了。要是他少花些心思在养蚕上，多花些心思看书，没准他的成绩会提高，他也会受到老师的表扬。

于是，那一天，沟伢子去学校之后，父亲把所有蚕倒进了一个木桶里，然后淋下了一壶开水。

当他从学校回来，照例去翻看他的宝贝宠物时却再也看不到了。

他急匆匆地跑去问父母，谁拿走了他的蚕。

"想都不要想了，你的蚕都死了。"父亲毫无感情地回答。

"怎么可能突然死了？我去学校之前还好好的！"他难以置信地问。

"我弄死它们了。"

"爸，你不是和我开玩笑吧？是不是你把它们藏起来了？"

"没有和你开玩笑，我淋了一壶开水，烫死它们了。"父亲指着那个放在门口的木桶。

沟伢子惊慌失措地跑到木桶前，看到几千条烫得发黄的蚕浮在水面上。他瘫坐在地上，咽了几口口水，直直地望着死去的蚕虫。

那一刻，他觉得自己身处在噩梦中，看到的都不是真的。他俯下身去，用手小心地翻动着死去的蚕虫，希望出现奇迹，希望还有几条命大活着的。

当最后的希望破灭时，他发出了撕心裂肺的哭号。

"把……把我的……把我的蚕还给我！"他泣不成声。

"蚕都死了，喊有什么用？"父亲一点都不心痛。

"我不管，你还我蚕！它们又没碍你什么事，你为什么要把我的蚕烫死？"

"它们是没碍我的事，可你不想想，那些蚕有没有碍你的事？你的期中考试成绩又下滑了，要是你还养蚕，怎么考得出好成绩？"

"成绩好有什么用？成绩不好，我照样可以做蚕虫生意，我可以自己赚钱养活自己。"

"胡说八道，哪个人是靠养蚕过日子的？靠卖蚕虫能赚多少钱？要是你继续这样下去的话，将来有什么前途？不读书你将来能去哪儿？留在农村，像我们一样种田种地？到时候你养得活自己吗？"

沟伢子觉得整个世界都垮了。他拖着疲惫的脚步，走在林子里，松针插入他的脚板，他却丝毫没有疼痛的感觉，只顾漫无目的地走着。

握在他手里的，是那年的高考成绩单。成绩单上写着他四个科目的分数：语文112分，数学110分，英语115分，理综187分。总分524分。

分数怎么这么低呢？他怎么就不多做对几道题目，多拿几分呢？这一年的重本分数线是528分，他只要多做对一个选择题，都有可能上重本。

4分之差，把他关在重本的门外。

沟伢子把成绩单揉成一团，想扔到林子里。可是，他知道父母还在家眼巴巴地等着看他的成绩。

他其实没有料到自己竟然考不上重本。蚕虫被烫死后，他的成绩稳步上升，他考进了县城最好的高中，这只有成绩优秀的学生才做得到。

虽然他的成绩不如我，可进了高中后，也还算拔尖。他多次考进了学校前一百名。按往年考上重本的比例估算，他是完全有机会考上的。

也难怪父母对他这次高考信心满满。

"儿子，心情放松，考好点。"母亲在高考前对他说，"家里喂的那头猪已经养肥了，要是你考上了大学，我们就把那头猪杀了做酒席。"

沟伢子依稀记得父母早在大半年前就特意留着那头猪，特别花心思地喂养。想到这头猪不用被杀了，沟伢子心里说不出是什么滋味。

他在林子里折了几截树枝，又扔掉了，心里想着该怎样和父母解释自己为什么没有考上重点大学。

自从我进入大学后，父亲对沟伢子的期望越来越高。在他眼里，两个儿子都是家里的骄傲，都顺利地上了最好的高中。大儿子考进了大学，二儿子理所当然也应该读大学。

太阳西沉了，沟伢子还在林子里晃着。他不敢回家，不敢面对自己的父母。他怕父亲又会像从前那样，不停地念叨读书是唯一的出路，要是没读好，将来一辈子都只能在田里干活当农民。

他不愿意当农民，可高考没考好，他怎么才能摆脱这个宿命？难道像那些没上大学的同龄人一样，去广东深圳打工？他觉得自己还没到打工的年纪。可不打工，他又该怎么办呢？难道再复读一次？

这对爱面子的父亲来说，是个多大的打击啊！

一年前的这个时候，有一个学生在高考成绩公布那天，跳楼自杀了。他听说这件事后，心里一直有点抑郁。他坐在地上，满脸泪水，不停地问自己为啥如此不争气。

天黑了，星星逐渐亮了起来，野鸟飞进了山林，是该回家的时候了。

　　沟伢子拖着灌了铅般的两条腿，走在回家的路上，离家越近，他就越迈不开步子。

　　许多人家都亮起了灯，晚风吹过树林，灯光透过树叶时明时暗。

　　沟伢子希望此刻停电，因为漆黑一片，就没有人看得见他了。

　　他一路走走停停，到家的时候已是半夜，父母还坐在饭桌旁等他。桌上，都是他爱吃的菜。

　　"儿子，你总算回来了。快和我们说说，你考了多少分？"看到沟伢子的身影，母亲第一个喊出了声。

　　"524分。"沟伢子低声回答。

　　"多少分？"父亲也问了一遍。

　　"524。"

　　"考上了吗？"

　　"没，离重本线还差4分。"他倚在门口，不敢看父母亲。

　　父母的脸色一下沉了下来。父亲的眼里立即冒出了怒火，但很快又被失望掩盖。最后，他没说什么就默默地走开了。

几分钟后，沟伢子听到自家猪圈里传来了猪叫声。他知道，父亲正在对那头猪发泄怒火。他觉得父亲像是在踢他一般，心头一阵刺疼。

"儿子，你确定是这个分数？是不是评卷老师搞错了？我听说那些老师每天要改几千份试卷，他们会不会看错了呢？你可以去查查分的。"母亲仍不相信儿子没有考上重本。

"我不知道。"沟伢子难受得啜泣起来。

"那你知道在哪儿可以复查分数吗？"

"我……我……不知道。"他觉得复查也不能改变这一事实。

"唉。"母亲叹了一口气，不知道该怎么安慰沟伢子。"你打算怎么办呢？"母亲问他。

"我不知道！"

沟伢子放声大哭。他从地上站起来，跑进卧室，反锁了门，谁敲门也不开，把自己整整关了两天。

无论母亲在门外怎么哀求，他也不回应。

那几天正赶上"双抢"时节，在沟伢子反锁自己的第三天，父母准备下田干活了。他们告诉沟伢子，他们去干活了，厨房里给他留了吃的。

沟伢子听到母亲的话，似乎有点受触动，他终于决定打开门。他把自己高中的校服扔了出来，换上去田里干活的破旧衣服，然后，狼吞虎咽地吃了几碗稀粥，去后院里把镰刀磨锋利了，直奔稻田。

"把眼镜收起来！到田里干活，哪能还戴着眼镜！"父亲显然有点生气。他对儿子的失望无处发泄，一看到不顺眼的事情就骂起来。骂着骂着，他又想起了沟伢子小时候的种种劣迹，越骂越生气。

沟伢子不敢反驳。他在田里捞了点水，洗掉手上的泥巴，取下了黑框眼镜。

他有点近视，摘下眼镜，视线突然变得模糊。他踉踉跄跄地走向田埂，他没看清楚，不管不顾地抓住了身边的一簇野草。那簇野草其实是长满了刺的荆棘，沟伢子的手心被划开了好长一条口子。

他握紧拳头，试图止住血，可血还是不停地往外流，他想找块布包扎一下。

"看看这没用的家伙，连走路都会把自己弄伤，将来能有什么出息？"一旁正赶着水牛犁田的父亲，看着狼狈的沟伢子，怒火又冒了出来。经过沟伢子身旁的时候，父亲故意往水牛背上狠狠地抽了几鞭子。

沟伢子觉得，那几鞭子是抽给他看的。他无法平复自己的心情，觉得此刻自己就像个没用的人，受尽所有人的嘲笑。他该怎么办呢？

太阳升起来了，水田里的湿热裹住沟伢子，他觉得自己就要窒息了。他想站起身来，呼吸点新鲜空气，可是，他又怕父亲骂他偷懒，便强迫自己弯腰在田里忙活。

"这就是不好好读书的下场吗？"沟伢子不禁问自己。

他不敢相信，几周前他还是天之骄子，几周后他的生活就发生了如此翻天覆地的变化。再往后，他又会变成什么样子呢？

想到这里，他忍不住顺手抓起了一团泥巴，朝远处扔了过去。

"谁叫你站起来的？"父亲又开始挑剔起来，"要是你连这点苦都受不了，将来种地都养不活自己！"

"我手心流血了。"沉默了三天，沟伢子总算在父母面前说了一句话。

"流血有什么大不了的？你要做农民的话，流汗流血的日子多着呢，现在才知道日子苦，迟了！我早就跟你说过，在学校里要努力学习，像你哥哥一样。你哥哥现在读大学，你就只有种田的命。"

父亲继续唠叨着，沟伢子觉得父亲有点错怪他了，高考的不确定性很大，再有把握的人也有失手的时候。"我哪有不努力？每次模拟考试，我成绩不都挺好的吗？"沟伢子喊道。

"模拟考试成绩有什么用？我要的是你最后的高考成绩！"

他无话可说了，站在水田里，想大声尖叫，可又叫不出声来。

高考这个分水岭，对高中毕业生来说，就是这么残酷。中榜了，一家子高兴；落榜了，考生很有可能便是当农民或是打工仔的命。

沟伢子觉得命运同他开了个玩笑。要是他离重本线还差几十分，他可能不会觉得这么委屈。可是，他就只差 4 分，他要是再努力一点，再认真一点，他的命运可能就完全不同了。

为什么他偏偏就只差那么几分呢？他想不通，又抓了一把泥巴，随手扔了出去，正好落在水牛眼前。水牛一惊，往旁边挪了好几步，铁耙也偏了位置，卡在硬土堆上。

"畜生！"父亲以为儿子是故意扔过来挑衅的，看到无故受惊的水牛，他终于爆发了，一把扔开手里的铁犁，握着牛鞭，上前准备抽打沟伢子。他其实早就想教训一下沟伢子了，只是一直找不到合适的机会。

"你疯了吧？"母亲从不远处跑了过来，护住沟伢子。

"你走开！我今天就要教训这个没用的家伙！"

"教训儿子也要看时候，哪能在这个时候打人？"

"打他这样没出息的人还要看时候？你让他跟自家水牛比比，哪个更有出息？水牛尚且能犁田，我养了他这么多年，他能为家里干什么?! 你让开，我今天就是要教训这个没出息的。"

这时，正好几个村民从我家的田埂经过。

"你们在唱什么戏?"他们略带戏谑地问了一句。

父亲碍于面子，只得压住了火气。

"没什么大不了的事，我在教我儿子犁田。"他勉强露出笑容，"犁耙卡住了。"

"是天太热了吧? 水牛也要休息的。把犁耙卸了，让它休息一会儿，它自然又会有力气了。那是你儿子吧? 他现在不应该在上大学吗?"

"上大学的是我大儿子呢，这是二儿子。"

"你有福气啊，儿子都这么听话。现在几个孩子还听父母的话，跟到田里干活? 不过，犁田可是体力活，他们不一定干得过来。别难为他了，将就将就就可以了。要不你把犁给你儿子，我来教他两手?"父亲不情愿地把牛鞭和铁犁交给了沟伢子，叮嘱他干完才准回家。

沟伢子赶着那头疲惫的水牛，开始干活了。他几乎忘记了驱使水牛的号令，也不太明白究竟要把犁放在什么位置，水牛拉起来才会省力。他身板不是很结实，扶着犁耙的时候，腿被压得陷进了泥巴，每走一步都要花上吃奶的力气才拔得出来。

那一天，他硬是靠着一己之力，犁完了整丘田。

当他回家后，天已经完全黑了。他洗完澡，吞了一碗米饭，一言不发地冲进了卧室，躺在床上用被子蒙着头大哭。到了半夜，他决定给他哥哥打个电话。电话拨通的时候，他只说了一句话：

"哥，我要读书，我要重新回去读书！"

和弟弟聊天的时候，我经常略带调侃地和他说起童年那段无忧无虑的时光。

"还记得爸爸第一次带你进县城的经历吧？那年你应该是八九岁的样子，姑奶奶家的儿子结婚做喜酒，爸爸想从你和我之间选一个人带进城。他那个时候想了好久才做出决定。我记得当时你从学校领回了一张奖状，爸爸觉得应该奖励你一下，就决定带你去。你回来后，一个劲地向我吹嘘在城里看到的新奇玩意儿。不说那么多过去的事情了，爸前一阵子在电话里跟我唠叨，说想买台车放在家里。老弟啊，你觉得爸的脑袋是不是有点不好使了？他买台车放家里又不会开，干什么用呢？不是浪费钱吗？我一点也不懂车，也不知道他说的是啥，要不你有空了跟他通个电话，问清楚他想买什么车，要花多少钱。他没多少见识，很容易被那些车行的人骗。"

弟弟听到我的唠叨，在电话那头笑了笑。他说："哥，你这思维有点古板，得改改了。乡下人买车不就图个面子吗？父亲开不了车，还不是想着，你从国外回家的时候去开开，好在村里炫耀！"

我暗自笑了。弟弟高考过后，和爸爸闹过很长时间的不愉快，不过他还是很了解父亲的。高考失利，父亲最后还是让弟弟重读了高三。那年天灾很多，家里经济状况差，父亲勒紧了裤腰带干活挣钱才供弟弟读完了高中。复读那年，弟弟格外用功，他最终也没让父亲失望，考上了重点大学。

我和弟弟高考过后，都去了城里。水牛、稻田、牛车……这些农耕社会的物件渐渐从我们生活中消失，取而代之的是手机、电话、QQ、微信，还有时下流行的各种网络词汇。

对比小时候的沟伢子，弟弟现在长高了很多，人也变得非常壮实。乡下的那些苦日子不仅没有压弯他的脊背，倒是磨炼了他的心性。

闲聊的时候，他总会笑我在田里干活比他少，自然现在比他瘦。

我无从反驳，因为他说的都是大实话。我去美国留学后，他每年放暑假时还是会去田里搞"双抢"。

不过，他不再用水牛犁田了，而是改用犁田机。犁田机很重，进田的那段路，他和父亲要一起抬，才能把犁田机抬到水田里。父子俩在田里合作很默契，干活效率提高了很多。

家里的亲戚经常会把我们兄弟俩放在一起比，总夸我们兄弟俩现在有出息。细细想来，弟弟这一路成长得格外艰难，他走的路却又是许多孩子正在走或者已经走过的路。

我一路走来很是顺利，没有经历过什么磨难。如果我当时成绩没有那么好，没有考上心仪的大学，又或者，我考上了大学，却没有找到自己想做的工作，我是不是会对弟弟的经历有着不同的看法和认识呢？

我无从知晓，但我的假设却几乎是我们这一代乡下孩子成长过程中必须面对的困境。我们步履维艰，每一步都走得如履薄冰。

庆幸的是，弟弟最终通过读书走出来了，他考进了电子科技大学——一所国内有名的重点大学，也在那里读完了研究生，之后进入了上海顶级的生物医疗器械公司当工程师。他再也不用像曾经那样，担心某一天回家种地了。

曾经的坎坷磨炼了弟弟的心智，和他聊天时我都能感受得到。每次聊到对未来的规划时，他的话语里都会充满坚定。我想，这大概便是苦难带给人的成长。

弟弟常说，他梦想不大，只希望有一天能在他的领域做出一番事业——或是在大企业里谋个好职位，或是自己出来闯荡创业。

他常说，他小时候便很有商业头脑，靠养蚕挣了不少零花钱。他相信，现在学了些本事之后，加上原本聪明的头脑，他肯定可以闯荡出一些名堂。

二〇〇九年暑假，弟弟和朋友去了南岳衡山旅游。他们身上没有多少钱，住不起酒店，就在路边搭个帐篷，饿了就吃点饼干补充能量。

几个人在衡山游玩了很多天，最后那天，他们来到衡山山顶。在寺庙里，弟弟虔诚地焚了三炷香，把他的梦想告诉了端坐着的大佛。如果梦想成真，他承诺一定会回来再次拜谒。

我想，迟早有一天，弟弟会实现他的梦想。他也一定清楚怎样通过自己的奋斗，去追寻他的梦。

从乡下走出来的孩子往往比城里的孩子更能吃苦，经历了苦难，更明白今天生活的来之不易。要是真的闯荡出来了，弟弟说，他会存些钱，在城里买个房子，好把父母接过去，在城里享享清福。

对这些事情，我不用再给曾经淘气的沟伢子什么建议，我们俩也很少聊这些正正经经的人生大事。倒是有一件事，我们都记忆犹新。

沟伢子十岁那年，有一天，我们兄弟俩放学回家，走在山路上，天上忽然传来了鸟叫声。我们抬头一看，发现有上百只老鹰盘旋在上空，分成两队，好像准备打架。

老鹰扑腾着翅膀，时而高飞，时而向前滑翔，有的甚至俯冲下来，将要落地的时候，再扑打着翅膀飞上天空。

有一只领头的老鹰突然冲向另一队的领头，用爪子按住了它的头，被控制的老鹰拼命扇动翅膀，挣脱开后，立即转过身去回击那只刚刚主动发起进攻的老鹰。然后，更多的老鹰参与进来。两队老鹰就这么在空中追逐、厮咬，搏斗时发出的叫声回荡在山谷，惊飞了林子里的其他野鸟。

我们曾经看到过老鹰捕捉鸟雀的场景，可是，从来没有看到过老鹰间的打斗，更别说是好几百只老鹰的打斗了。我们猜测它们是不是在争夺地盘，或是在争食物。

我们跟着天上打斗的老鹰跑着，从东边的山头追到了西边的山脚，直到再也看不到它们的踪影。

那一天，沟伢子和我都觉得，我们在村里看到了神迹。要是有一天，我们在城里闯荡出名堂了，一定会向所有人描述这件神奇的事。

- 8 -

古钟停落的村庄

村落传说：停钟的古寺

父亲，你在哪儿呢？我怎么找不着你了？你是不是丢下我，一个人回家了？

我一个人站在山林里，朝远处的山脚望去：村庄的房屋，村北的乌江河，散落各处的水塘，那一片片的草丛，那一丘丘的稻田，夹杂在稻田中间的田埂，还有在田埂上吃草的羊牛鸡鸭，我都看得真真切切。

可你去哪儿了呢？

母亲前天说，家里的木柴不多了，让你到山里头多砍些，把过冬的柴火备足。她还帮你磨好了柴刀，缠好了捆柴的麻绳。出发的时候，母亲看着我，笑着问我要不要跟你一起去山林里，没准在那儿你还能帮我捉几只兔子。

我听完，当然毫不犹豫地答应了，高兴地跟你进了山。

可进山之后，你根本就没有帮我打野兔。

你把我带到一片树木最茂盛的地方，那里，高耸的松木遮住了天空，藤蔓四处攀附，肆意伸展，似乎要吸尽山林里的每一寸阳光。

你专心地砍柴，似乎把对我的承诺忘得一干二净。我不高兴了，闹了好一会儿别扭。可是看到你在忙碌，我也只能帮你把砍好乱放在地上的枯枝一堆堆地码齐。你见我不闹情绪了，还帮忙干活，欣慰地夸奖了我几句，许诺回家后带我去钓几尾鲫鱼来犒劳我。

我有了新的期盼，也就干得更欢快了。不一会儿，我感到有点口渴，想在附近找点水喝。你说，山里没有人家，最好到周围找找，看看近处是否有溪流。

我开始独自寻找水源。不过，我不敢走得太远，只在听得见砍柴声音的范围内寻找。

正当我为一无所获而感到苦恼时，突然，我眼前出现了一条青石板铺成的小路，循着小路的方向，我隐约看到一座寺庙。

我记得你说过，南山里确实有一座寺庙，可那儿好像已经荒废多年，并没有人住。

我想，荒废的寺庙总会有水源。于是，我沿着石板路，向寺庙走去。

到了寺庙门口，我发现里里外外都被打扫得干干净净，不像是荒废的模样。一个小和尚朝我走来，似乎正赶着去敲寺门外的铁钟，他见到我很惊诧，问我来干什么。

"我来讨水喝，你能给我一瓢水吗？"

"我师父在寺庙里，你去找他，他会给你的。"小和尚双手合十，朝我点了点头，然后指着寺庙里面，告诉我怎么找到他的师父。

我拍了拍身上的泥土，小心地走了进去。寺庙里很安静，只见一个老和尚正坐在佛像前打坐。山风吹起掉落在地上的树叶，树叶"沙沙沙"地朝着佛像滚过去。

不知道老和尚是听到了风吹落叶的沙沙声，还是听到了我的脚步声，他睁开了眼睛。看到我这个陌生人，他似乎一点都不意外。

"小施主，你打哪里来？"

"我住在山下的村子里。我和我爸在这附近砍柴。"

"哦，你怎么一个人跑到庙里来了？"

"我口渴，想找点水喝。老师父，我可以讨一瓢水喝吗？"

"原来你是要找水喝啊。也难怪，只有口渴了，一心想着找水，才会找到这个地方。小施主，跟我来，我带你去舀水喝。"

老和尚领我来到寺庙后的一个大水缸旁，水缸上方有根竹子，连着水源。泉水一滴一滴地从竹筒滴落到水缸中，"滴答、滴答"的声音传出，甚是好听。老和尚从水缸里抬起一个葫芦瓢，舀了一瓢水，递给我。我急忙接过，来不及道谢，便将瓢里的水往嘴里灌了进去，山泉很甜，我越喝越想喝。

老和尚见状，在一旁拍着我的背，笑着说："慢点喝，

慢点喝，别呛到了，水多的是，不用急。"

喝饱了水，我把瓢扔回水缸，瓢在水面转了几个圈，我看得入神。我沿着水缸边看过去，见靠山的那一面缸壁上长满了青苔，看得出这水缸放在庙里有些年头了。我又拿起瓢玩了一会儿，央求老和尚带我参观一下寺庙。

老和尚倒是心善，带我参观了寺庙里的大铁钟、诵经的佛堂和做斋饭的厨房。

我问他在这里待了多长时间。

"有好些年了。我记得我刚到寺里的时候，门前那棵松树还没你高呢。现在，它要好几个人合抱才抱得住了。"

这时，小和尚刚好在那棵挂着铁钟的松树旁，老和尚朝他走了过去，问他："你还记得第一次来寺院的时候，这棵树长什么模样吗？"

小和尚摇了摇头。

"听你这么说，你们应该在这里待了很久，为什么我从来没有听村里人提起过你们呢？"我问。

"村里人都是凡夫俗子，哪见得到我们的真身？"老和尚笑了笑，"再说了，我们平常也不会往山下走。"

"不进村子，你们吃什么东西过日子呢？"

"山里的野味多着呢，每个季节各不相同，我们吃也吃不完。"

老和尚带我去尝了尝他们的斋饭。那是用山里最常见的酸果做成的饼，蘸点酱料，吃起来极其爽口。我吃了一块，觉得好吃，又要了一块。吃饱后，我觉得有点困。老和尚问我要不要在禅房里睡一觉，等睡饱后再下山也不迟。我觉得他说的话在理，便欣然应允了。

　　当我醒来的时候，太阳已经快下山了，我这才意识到自己已经睡得太久了。

　　"哎呀！"我大叫一声，赶紧跑出寺庙去寻找父亲。可是，我发现，不论我在山里怎么走，都找不到他了。

　　我喊着父亲的名字，沿着走过的地方一处处寻找。可不管我怎么找，都看不到父亲的踪影。

　　"你去哪儿了呢，爸？"我在树林里哭了起来。远处的小鹿好奇地看着我，抖了抖耳朵，又慢悠悠地走开了。

　　见不到父亲，我只得独自在山里找回家的路，可不论我怎么走，我都会回到原点，好像这片山林被神仙下了符咒，不论我多努力，也绕不出这迷宫般的山路。

　　父亲，你也一定在着急地找我吧？你会到哪儿去找我呢？你会不会也找到那座寺庙里去了呢？

　　我沿着青石板路又回到了寺庙。在那儿，我没看到父亲的踪影，于是又急匆匆地跑开。就这样来来回回，我不知道跑了多少趟，直到天黑，我只得请老和尚收留我一晚。

日子一天天过去，我记不清楚自己在寺庙里到底待了多少天。我也不知道自己究竟找了多少次下山回家的路。

老和尚和小和尚看到我着急的样子，想对我说什么却欲言又止，似乎有什么不能说破的天机。

我问老和尚，除了我之外，寺庙最近是否还有其他人来过。

"上次找到这个寺庙的人，就是你眼前的小和尚。他那个时候，也是口渴找水喝，才找过来的。"

我不敢问小和尚，为什么这么多年都不下山。难道是这座庙里有什么神仙，一旦踏进了仙境，就再也不能离开吗？

我已经开始忘记我从哪儿来，忘记我是怎么找到石板路，怎么一步步进入寺庙的了。

再过一段时间，我怀疑我甚至会忘记自己是谁。

寺庙里的日子简单，和尚们对我这个俗家子弟没有过多约束，只是叫我管好自己。

无聊的时候，我会读读经书，或者扫扫落叶，做做饭。有时候，小和尚也带我到附近去玩，他很会吹树叶做的叶笛，吹出来的声音就像鸟鸣，清脆动听。我常央求他吹，想把附近的鸟儿招引过来。

我不知道自己是否喜欢寺庙里的生活，至少我并不讨厌。

有一回，老和尚告诉我，南山所有的生灵喝的都是从寺庙里淌下去的泉水。

滴到庙里水缸中的水珠汇成一股水流，流到山腰，又汇成一汪一汪山泉，流到山脚，便成了涓涓流淌的一泓溪流，最后汇聚成奔流不息的大江大河。

听完这个，我不禁想，山上的泉水是不是有什么魔力，所以才会永不枯竭？

有那么一两个月圆之夜，老和尚带着小和尚与我一起祭拜庙里的水神。老和尚让我们跪在水缸边上，告诉我们说，有修为的和尚能够看到神仙。他说水缸里住着神仙，我们小孩子修为不够，还看不到；但一定要虔诚，否则触犯了神仙，会招来灾祸。

老和尚边念经边跪拜，可水缸里的神仙似乎没什么反应。

听说水缸里有神仙，我很是好奇，可我并不知道神仙长什么模样。有一天，老和尚休息了，我打算偷偷去水缸那儿查探一番。我弯下腰，想把水缸里的水舀出来。就在那时，我发现，水缸里有个奇怪的东西在游动，像是一条泥鳅。"泥鳅怎么会出现在寺庙的水缸里呢？"我倍感奇怪，于是把"泥鳅"舀了上来。

"泥鳅"嘴边长着许多根胡须，跟我曾经见到的很不相同。我更加觉得，它不应该出现在水缸里。恰好，一只觅食的野鸟落在我身边，我玩性大发，把"泥鳅"扔给了野鸟。

可是，当野鸟吞下"泥鳅"之后，它的肚子突然膨胀起来，一条形状像龙的东西从它嘴里飞了出来，升腾到空中，很快那个东西又变成了人形。

听到这不寻常的响动，老和尚急匆匆地跑了过来，他看到显露原形的龙王，立即跪了下来，求他恕罪。

我完全没有想到，那条"泥鳅"其实是龙王爷。

"你们这些有眼无珠的凡人，居然用我来喂野鸟。"龙王爷怒不可遏。

"龙王爷，您大人有大量，"老和尚求饶道，"小孩子不懂事，惊了您的大驾。他不知道您屈身住在寺庙里。"

"不要狡辩了！我在寺庙里住了千年，所有和尚都知道我在这儿，这个小和尚怎么会不知道？"

"这个小施主还不是和尚。他前不久才来到寺庙，对这里的一切还不知情。"

"不用再多说了，错了便得受罚。"龙王爷又变成了一条巨龙，向我扑过来，想抓走我。

我吓得全身瘫软，不知该怎么办。老和尚一把推开我，挡住龙王的爪子。

"您要惩罚就惩罚我吧，小施主本是无心的！"

龙王爷冷笑了一声。他没料到老和尚会舍身救我。凡人在他这等神灵面前只有任由宰割的份儿，哪能讨价还价呢？老和尚想受罚，那还不容易！他收回了龙爪，盘旋在半空，聚起一股黑云，刚刚还晴朗的天空，瞬间狂风大作，电闪雷鸣，很快，倾盆大雨砸向寺庙。顷刻间，寺庙便被雨冲毁了，庙门不见了，佛像不见了，甚至连寺庙前的那口大钟也被洪水冲得不知所终。

　　我与和尚们就这样被洪水冲散了。

　　当我醒来的时候，我发现自己抱着一棵松树，漂浮在河面上。河水在我身边奔流，我打量了一下四周，发现自己看不到河岸。我没有力气游动，只能随着河水漂流。

　　不知道又过了多长时间，我醒来，睁开眼睛，发现河面已经变窄。沿河两岸满是桃树。微风吹过，花瓣纷纷落下，掉落到河里。

　　我被水冲到了岸边，四周没有路，可穿过桃树林，我发现那儿有一个洞口。

　　我个子小，一下子便挤进了洞口。起初，洞中没有光亮，岩石上满是水珠，摸上去冰凉冰凉的。我摸着洞壁，又往前走了一会儿，发现石头上的水珠越来越少，洞壁的一些地方还长出了苔藓，越往前走，苔藓长得越茂盛。

　　我估计自己离出口应该不远了。尽管疲惫不堪，我还是咬着牙继续往前走，只见洞中的空间逐渐开阔，前方还出现了一点点光亮。我像是看到了希望，不禁加快了脚步，最后终于发现了洞口另一边的新世界。

那是一个极其漂亮的村庄，四面环山，一丘丘稻田像是镶嵌在山坡上。稻田的周围环绕着房屋。有的水牛正在水塘边吃草；有的正潜在水塘里，只露出鼻子。

几个老人正坐在池塘边钓鱼。几个孩子一边嬉戏，一边逗弄小狗。小狗不知道是生气了还是觉得好玩，一直追着孩子们跑。水牛哞哞地叫了几声，叫声回荡在半空。

我沿着田埂走过去，试图进入村子找点吃的。几个小孩看到我的身影，觉得奇怪，拉着钓鱼的爷爷，指着我，似乎在问这个陌生人究竟是谁。

我垂下了头，村里的老人从我旁边经过，一个个好奇地注视着我，他们见我不说话，又摇了摇头，走开了。

我在一户正要做饭的人家前停了下来。

那户人家的砧板上有一条鱼在跳动着，一个女人正拿着刀子准备剖鱼，她看到了我。

"你是有什么事吗？"女人打量着我这个陌生人。

我指了指她家灶台。

她笑了笑："要吃饭的话还得等等，饭还没熟呢。"

女人的话带着很重的口音，是我没有听过的方言。这不禁让我好奇自己究竟被洪水冲了多远，以至飘零到了异乡。看到女人善意的笑，我点了点头。

过了一会儿，她盛出了一碗热气腾腾的饭菜，我一把接过，狼吞虎咽地吃了起来。

此刻，我的衣服全湿了，我冷得直发抖，想着要是有炉火就好了。

"你要不要换件干净的衣服？"女人好心地找了一件粗麻布衣，递给我。

我在这户人家里住了下来。

刚开始，我住得并不习惯。他们说的方言很难懂，我要花不少工夫，才能明白他们究竟在说什么。当然了，他们也听不懂我在说什么。有时候，我们只得打着手势交流。

这户人家的男人倒是识字，也能比画出一些字。可是，我并不认得那些字，感觉那些字都是古字。

他们聊天说起我的时候，总会提到外面的世界。我不知道他们话里的世界究竟是指什么，只期盼他们能多收留我一段日子，等我身体恢复了，再继续找回家的路。

每天，都会有很多村里人来看我。收留我的女人会一遍遍地告诉大家我的遭遇。碰到她不知道的，她就让大家直接问我。

"小家伙，你是从哪儿来的？"

"村子外的那座山里，我是沿着一个洞口进村的。"

"那和我们讲讲，外面的世界怎么样了？现在是什么朝代？哪个皇帝在朝？"

"皇帝？现在没有皇帝这个称号啦。"

"真的吗？外面的世界变得这么快啊！我记得我们的祖先进来的时候，也还没有皇帝这个称号。诸侯在中原争地盘打仗，有人说，西边的秦国将要统治中原。看样子秦国最终还是没能称霸啊！"

"秦国？那是两千多年的事情了。"

"有那么长吗？我还以为我们在这个村子里只过了几百年，没想到眨眼间两千多年过去了。你不要担心，我们祖先在很多年前为了避开战乱，便逃到了这里，一进来就再也没出去过。你要是愿意，也可以留在这里。这里的日子还是很舒服的。"

"可是，我要怎么做才可以在这里生活下去呢？"

"你只要学会种田和打猎，就足以活下去了。"

"还有其他东西要学吗？"

"没有了，我们这儿的日子很简单。"

于是，我下定决心要在这世外桃源学会生存，等我长大了，再沿着洞口重新回到外面的世界。我要找到那两个被洪水冲走的和尚。我还要跑回南山，找到自己的家。不过，我不知道我的家乡是否也被洪水冲走了。

要是有一天能够从洞口走出去，我一定要找到那个龙王爷幻化成龙的山谷，将那个山谷命名为"盘龙谷"，好让大家记住，龙王爷曾经栖息在那儿。

我要找到寺庙里被洪水冲走的大钟，将大钟停落的村庄命名为"停钟村"。

我做这一切，都是为了告诉世人，曾经有一位懵懂的少年，因为莽撞，触怒了神明而被封印在一座世外桃源。

停钟生活

小时候，要是学校放假了，我常会在村里帮着父母干农活。种地是个细致活，花费的时间也多。

每年春末的时候，父亲都会从前一年收好的稻谷里挑出最好的来当一年的种子，将它们和沙土混匀，洒上些井水，存在家里的育种箱中，好让种子能在短时间内发芽。种子吸足了水分，慢慢膨胀，胚芽新陈代谢散发的热量使得育种箱渐渐升温。不用几天，育种箱里几乎所有的种子都会吐出细细的白芽。这个时候，我们利用水的浮力把那些尚未吐芽的空谷壳分筛出来，保证最后撒进秧苗田中的都是发芽的谷粒。播种时，父亲会用麻绳系着一个竹制的簸箕挂在脖子上，把发芽的种子放到簸箕里，然后一把把地撒进苗圃。我们则在他撒种子的时候，帮忙整理苗圃里的泥土。

"把那边的土给整平了，这样谷子才撒得均匀。"他不紧不慢地说着。

我从田埂上拿起铁耙，卷起裤脚，踩进秧苗圃的泥巴里。播种时节气温还很低，在低温下湿泥土很容易结成块，踩上去就像踩到了冷石板。那些泥块是不适合秧苗生长的。于是，在父亲将要撒种的地方，我会拿着铁耙用力整一整旁边的泥土。我整好泥土后，父亲播撒种子，母亲则把竹条的两端插进泥土里，最后大家一起盖上塑料膜，以确保泥土的温度，保证秧苗生长得更快。

等到秧苗叶子长出来了，我们就往苗圃里灌水，防止田鼠在里面打洞。母亲会定时揭开塑料膜，好让秧苗叶多吸收些阳光。不到一个月，苗圃里便会长出绿油油的秧苗。

种植水稻的时候，秧苗移植这一步必不可少。有经验的农民常说，移植的时候，水稻根会被扯断，这能刺激水稻在移植后生出更多更长的根，水稻的长势因此会更好。

当秧苗长到差不多两个食指长的时候，便需要移植了。

一大清早，我们一家人会去苗圃里拔秧。拔出的秧苗带着沉沉的泥块，我们借着水田里的水冲走泥块，然后用稻草把秧苗扎成捆，再运送到已经犁好的水田里。

到了田埂，我们会像仙女散花一般，把板车里那些一小捆一小捆的秧苗抛向田中央。我和弟弟特别喜欢干这个活，我们经常比赛，看谁把一捆捆秧苗抛得更远、更高。

二十世纪九十年代，插秧基本还是靠人力。农民对插秧机这些高科技产品还不是很信任，大家都认为，自己亲手插下的秧苗存活率最高。秧苗虽说是长在水田里的，可新插的秧苗不能入土太深，否则很快便会窒息而死。同样，秧苗也不能入土太浅，不然会漂到水面上。

父亲说，水稻的根最好插进两个大拇指指甲那样的深度，把握好力度才能够把秧苗插好。南方种水稻的村庄有各自不同的插秧习惯，有的是倒着插秧，有的是前进中插秧。我们那边习惯倒着插，新插的秧苗在人的正前方，人倒退着往后在尚未插秧的水田里行走——这样能把秧苗插得笔直，也便于判断秧苗入土的深度。每棵秧苗生长的时候都需要一定的空间，所以，不能插得太深也不能插得太密；当然，插得太稀疏了同样不行，因为会引起水稻减产。秧苗之间的距离，最好控制在十多厘米，越规整，水稻的长势就会越好。

我和弟弟起初没有多少插秧经验，经常插着插着，秧苗的行列就变得歪歪扭扭了。为了帮助我们，父亲会事先用钉耙在泥土里画好格子，我们只要在格子的每个连接点插秧，便可以了。

水稻生长缺不了水。幸运的是，村北的乌江河四季都有水，村里人很早之前便修渠把河水引进水田。

停钟的水田很多都是沿山而整的，河水不会无缘无故倒流入水田。过去，村里人经常通过脚踩水车，把水渠里的水引进农田。

水车是一种古老的农具，它是用木板制成的，一排木质的叶片用麻绳连着贴在引水槽里。引水槽的一端连着水源，一端放置在高地。要抽水的时候，人站在木板片上，用脚踩着木轴，带动叶片转动，水便会源源不断地被抽送进水田。

水车抽水灌溉的效率很低，一个人要踩上一天，才能抽足一亩田需要的水量。大概到一九九五年左右，抽水机出现了，因为机器抽水效率极高，水车自然便被淘汰了。

我小时候特别喜欢到抽水机旁玩耍，因为抽上来的水里经常会夹杂一些小鱼或泥鳅，我在抽水机旁蹲上一小会儿，没准就能捡到够吃一餐的小鱼和泥鳅。

在水田里，我最怕的是蚂蟥。蚂蟥在冬天和初春的时候一般还蛰伏在泥巴里面，一旦到了插秧时节，一条条就像饿疯了似的，遇到人的腿，便会狂吸人血。

水田里的水很浑浊，人站在田里插秧时，看不清楚水里的状况，一不小心便会被蚂蟥叮上。这些瘆人的家伙有着极其锋利的嘴巴，它刺开人的皮肤时，人丝毫感觉不到疼痛。

它们还会在吸血时分泌一种特殊的化学物质，防止血液凝固。如果人血滴在水田里，很快便会引来更多的蚂蟥。有时候，我们从田里一抬脚，会发现小腿上吸附着十多条蚂蟥。

每次看到这些让人毛骨悚然的家伙附在我的腿上，我都会尖叫。我慌忙用手把蚂蟥扯起来。可是，蚂蟥的身体极其柔软，我一扯，它们就像橡皮筋一样变得细长，但就是不会从腿上脱落。于是，我只得用力去拍打它们，但它们好像没有痛觉，不论我怎么拍，它们仍然一动不动。

我被吓得不知所措，只得求父母帮忙解围。

"蚂蟥的肚子又吃不下你，怕什么？随它们去吸吧。"父母从来都懒得管这些"吸血鬼"。

"可我就是怕啊，你能不能帮我把蚂蟥弄走？"

"把腿伸过来，让我看看。"

父亲一巴掌重重地拍在我的腿上。蚂蟥好像被打疼了，缩成一团，然后从我腿上掉了下去。父亲捏起水里的蚂蟥，扔到旁边的水田里。

"你怎么不弄死它们？它们还会吸血的。"我有点埋怨。

"蚂蟥可不容易弄死，我也没办法。别担心了，这些蚂蟥已经吸饱血，不会再找你麻烦了。"

父亲说得轻巧，倒让我显得小题大做了。那些年里，我对这些蠕动的小虫有一种仿佛与生俱来的恐惧感。于是，水田里，经常会传来我歇斯底里的尖叫声，接着便是慌乱的抬脚声，我拼命拍打蚂蟥的声音，父亲的抱怨声……这些声音汇在一起，倒是给我们的插秧生活平添了不少乐趣。

有一年，弟弟想出一个整治蚂蟥的法子，我一直觉得这是我见识过的最聪明的主意之一：蚂蟥不是爱吸血吗？那我们为什么不先用血把田里的蚂蟥引开呢？我于是将一块沾了鸡血或猪血的棉布放在水田里，把蚂蟥钓走，然后一把火把它们烧死。

我和弟弟用这个方法试了很多次，每次都效果显著。

插秧的时节是村里忙碌的时节之一。另一个繁忙的时节，是收割稻谷的季节。那也是一年中最热的时候，也只有在这个时候，收回的稻谷才容易被晒干。

为了避开白天的酷热，我们喜欢在天微亮就起床出发去田里割稻子，到中午，我们会回家稍微休息一会儿，等最毒辣的日头过去，再到田里收割。

二十世纪九十年代，村里还没有收割机，几乎所有的工作都要依靠人力。水田里全是结满谷粒的稻穗，密不透风，再加上被太阳蒸发出来的湿气，人在里面工作就像在蒸桑拿一般。稻穗拂到手臂上，也容易引起皮肤红肿。

我一直觉得，收割稻谷是我这辈子做过的最累的活儿。或许也正因为这般辛劳，我们才更有收获的喜悦吧。

停钟的水稻分为两季，早稻和晚稻都需要三个多月才能长成。每亩水田能产出六七百斤稻谷，五六亩田便能养活一家人。在不外出打工的年代，村里人没有多少挣钱的门路，家里的那几亩地几乎就是一年所有的收入来源。因此，农民对土地看得特别重。

父亲常说，对待水田就得像对待自己的命一般细致耐心。这种朴实的思想，或多或少是源于资源匮乏，现在想来，其中也掺杂了些许无奈。

我在传统农业即将消失的那些岁月里成长，经历过那份辛劳，便能体会为什么那么多农民愿意背井离乡到城市里谋生，可同时，却又请人帮忙耕种家里的一亩三分地。

这份情感，多少能反映出农民骨子里对于土地的深沉的爱吧。

那些年里，乡下的日子看似平淡，可时不时也会被天灾扰乱。洪水或是干旱，隔三差五便会出现，费心费力播种的水稻在一场大水中很有可能会被完全毁灭。

可是，不论怎样，农民都得靠着田地过日子，水稻毁了，重新撒上种子，稻田干了，补种耐旱的口粮。

反正，乡下人总有乡下人过日子的方法，只要肯花力气，没有渡不过的难关。

我记得村里有个老太太，或许是因为担心家里的收成会受天灾影响，每年播种的时候，她总会在村里各处闲置的土地上种上杂粮、蔬菜。她大概是我们那边最会种瓜果的人了，因为不论土壤条件如何，她总能种出东西来。等到冬天，村里其他人家的餐桌上只有几样风干的蔬菜时，老太太家总还存储有瓜果。

有一年，老太太到我家闲聊，出门回家的时候，看到我家后面的林子里除了杉木便没有其他东西了。老太太啧啧地说着"可惜"，还告诉我的父母说，这么好的土地别浪费了，可以在那里种上些花生。父母之前没想过要把闲置的土地利用起来，便请求老太太指点一二。

老太太说，我家林子里的杉树长得并不茂盛，照在地上的阳光足够花生苗生长。

父母动了心，于是说干就干。

那年开春的雨水很足。杉林里的红土浸润了雨水，很快便粘成了块。松土的时候，锄头沾满了泥土，挖起来特别耗费体力。

我记得当时帮忙整理那片土地时，我向父母抱怨说这活儿太累："要把林子里的地松一遍，我们估计会累死的。"

父亲笑了笑，问我："你想不想吃花生？种上这些花生，到秋天，我们会收获好几箩筐的花生，到时候吃都吃不完。你不干活的话，到时候就吃不上喽！"

我觉得父亲说的话在理，便忍受着劳累，帮他们在山里忙活了整整两周。花生播种之后，很快就发芽了。可是，我们没有想到，山里的鸟雀时不时会来啄那些新生的花生苗。再加上林子里土壤贫瘠，等到秋天，我们去收获花生的时候，发现几乎所有花生壳里都空瘪瘪的。

"唉，力气白费了。"我又开始朝父母抱怨，"你们早听我的，就不用花这些冤枉力气了。"

"谁说这些东西没用？看看这些花生苗，一根根嫩嫩的，很好吃呢。"

"我可不想把花生苗当菜吃。"

"哈哈，傻儿子，不是喂给你吃，是把花生苗喂给家里的猪仔吃。"

母亲一把扯过地上的花生苗，好像她从那些花生苗里又看到了别的用处。

小叔叔跟我说起这个故事的时候，特地告诉我，这个故事发生在我出生前，之后村里便再也没有出现过类似的怪事了。

事情发生的那一年，村里连着半个月都没下雨，毒辣的太阳炙烤着每一寸土地，空气就像被火炉烫过一样。

"就像往年那样，又到了'双抢'时节，因为天热，水源也少，大家都各自顾着各自的水田。不过，有个特别吃苦耐劳的汉子，他想，天热没人愿意犁田，他可以从别人那里揽点犁田的活儿。往年雨水充足的时候，多揽活儿确实可以多赚点钱。可那一年，水田都干得起了裂纹，又没有水源灌溉，水牛怎么犁田呢？

"那个男人可没管这么多，他赶着水牛干了许多天活，人累坏了，牛也累坏了。有一天，水牛在田里再也走不动了，喘着粗气，趴倒在地上。男人非常着急，看着只剩下一点点地没有犁完，就想无论如何得干完活再休息，便用鞭子抽打起水牛来。

"不论他怎么打，水牛都只是站在那里，不愿意继续往前走。男人急了，走到水牛面前，拖着它的鼻子往前走。水牛挪了几步，又站住一动也不动。男人没了耐心，想着是水牛偷懒，又猛抽起了手中的鞭子。水牛流着眼泪，朝主人看了看，像是求饶一般。

"要是换了别人，看到水牛流眼泪，心也就软了，可那天，男人好像少了一根筋，一定要水牛犁完田再休息。他不停地打骂，水牛却再次瘫在了水田里。男人又抽了几鞭子，见水牛仍没有动静，才想着松开铁犁，让水牛休息一会儿。就在他去松犁的时候，突然间，水牛瞪起了涨红的眼睛，用角顶住了主人的胸口。

"男人被扔到了空中。他大叫一声，这才明白水牛被他打得发怒了。发怒的水牛是不会再听人的使唤了。男人赶紧爬起来，抓住拴在牛鼻子上的绳子，使劲往后拉，希望从背后控制住水牛。

　　"可奇怪的是，水牛就像疯了一样，根本就不怕痛。男人往后拉牛鼻子，水牛便往前走，直到绳子从牛鼻子上扯下来。水牛的鼻子里鲜血直流，把牛嘴里的白色泡沫都染红了。男人知道麻烦来了，赶紧逃跑。

　　"水牛朝着男人猛冲过去，用牛角把男人顶起来扔了出去。男人痛苦地往前爬着，水牛依然不放过他，再次冲了过来。这一回，男人再没有起来了。

　　"不过说来也怪，那头疯牛杀了它的主人后，突然就平静了很多。它在主人旁边嗅来嗅去，好像想把人叫醒一般。过了好一会儿，水牛确定主人已经死了，便用鼻子把男人推到了旁边的水塘里。刚开始，水牛的鼻子还露在水面上，可过了一会儿，水牛突然沉到水下去了，再也没有上来。

　　"有人说，水牛肯定是意识到自己杀死了主人，心怀愧疚，便殉葬了。动物和人一样，都有感情。你下次看到水牛红着眼睛的时候，一定要记得逃跑。"

传奇人物

小叔叔爱讲故事，在村里很受孩子们喜欢。我对他的印象特别深刻，因为他和其他农民不同，干了一辈子粗活，却很少抱怨自己的命运，懂得苦中作乐。我认识的农民里，少有像他那般活得潇洒自在的。

他个子偏瘦，比起其他男人，更像个大男孩。虽说小叔叔人显小，长得却神气，再加上他爱说话的性格，在村里常被大家称为"报新闻的"。他自己也满意这个称呼，讲起故事来更加神采飞扬。

小叔叔家一共有四兄弟，他最小。兄弟四人里有三个单身，这常常成为大家的谈资。迷信的老人说，这多半和他家房子的风水有关：小叔叔家的老房子坐落在村里的蛤蟆湾，蛤蟆"咕噜咕噜"地发出声音时不受人待见。老人们觉得，因为这个原因，小叔叔和他两个兄弟便一直单身。

我不知道小叔叔信不信这些风水之说。只是从我记事起，他在我眼中就特别开朗，不像其他单身汉，整天愁眉苦脸，好像低人一等。

他常说，单身有单身的好处，结不了婚，就一辈子是个自由身，倒落得自在。乡下日子清苦，他一个单身汉，倒也省却了不少人情往来。

家长里短的事任由别人说，他都不在意——像他这么豁达的性子，并不常见，他也常常被人嘲讽"脑袋里少了一根筋"。

我记得有一回，小叔叔家养的鸡丢了。一般情况下，村里人都会四处打听寻找。小叔叔却扯开嗓门，叫嚷着要发起一个比赛，说谁先帮他找到了鸡，他便把鸡给宰了，分一半鸡肉给找到鸡的人。

一时间，许多人都从家里走出来，四处帮他找鸡，小叔叔只是站在一旁乐呵。他说，一辈子苦短，能多找点乐子就多乐点，绷紧的脸世上没人爱看。

为了生计，小叔叔还种了两亩多的水田。不过，比起其他人家，小叔叔则省事很多：他会从其他人家的秧苗里，要来剩下的秧苗；请别人犁田。到收割季节时，他则会召集一些人帮工。

当然，小叔叔没有多少钱请帮工。他得先把自己的工分赊出去，在其他人家要干活的时候，帮忙干上一两天，轮到他家要干活时，再请其他人来帮工。

要是其他人恰巧忙不开，小叔叔就会打我们这些小孩子的主意。他利诱我们，如果帮忙干活，他会给我们买冰棍，或是给我们捕一些鲫鱼。小孩子见到这些东西都很喜欢，很容易乖乖就范。而且，干活的时候，他经常给我们讲故事，大家听得津津有味，干起活来也更有劲。

村里的老人常说小叔叔老不正经，像他这样子的汉子，一辈子只图自己快乐，一点也不思进取，会把村里的风气带坏。

要是看到小孩子跟他在一起，老人们就会遣散我们这些小孩子。

小叔叔对此总会嗤之以鼻。他常说，人不享乐，活着图个什么？再说了，像他这样的单身汉，再进取有什么用？能给他多挣碗饭吃吗？即便多挣了口饭，他一个人，多余的饭又分给谁吃呢？

成家立业生子，都是套在世俗之人头上的金箍。他这样一个自由人，是不用受这些条条框框管束的。这套理论似乎可以自圆其说，也让小叔叔将日子过得心安理得了许多。村里其他人笑话他没本事，他干脆就爽快地承认自己没本事，反正和人家争辩也改变不了自己的现状。

我不知道小叔叔究竟是个怎样的人，毕竟我和他差了一辈，乡下隔着辈分，很难平等地交流。可我知道，乡下人过日子，柴米油盐，都不是那么容易解决的。小叔叔能把这些事情看淡，说明他有足够的修为。

在乡下，对人最要紧的常是那些过日子的身外之物。可就是这些身外之物，有时能够把人压得喘不过气来，让人看不到平淡生活里最真的乐趣。小叔叔应该是属于能从简单日子里品尝到乐趣的少数人之一吧。

每当村里稻苗将要抽穗的晚上，他都会一个人，提着一盏灯，拿着一把鱼叉，斜挎着一个竹篓，四处去捕鱼。

夏天的水田里蛙声一片，附近人家的灯光在黑夜中时隐时现，在长满野草的田埂上行走，要格外小心，有时候，蛇会藏在草丛里。

可是，小叔叔一点儿也不怕那些个蛇虫，他拿着鱼叉光脚走在田埂上，一看到水田里游动的小鱼，便小心翼翼地走过去，用鱼叉拨开水稻叶，看准小鱼的位置，然后又准又狠地叉过去，把小鱼扎在鱼叉上。

小叔叔家菜园子小，也没种多少菜，平日里主要靠野味过日子。要是哪天晚上，他捕猎颇丰，便会到走得相熟的人家中，合伙把野味杀了，做一顿夜宵来犒劳自己。

小叔叔和我父亲很熟，晚上要是他来我家了，父亲一定会把我和弟弟从睡梦中叫醒，好让我们也能饱一饱口福。我们一边看着小叔叔处理新打到的野味，一边听他讲在野外经历的那些事，这是我们童年记忆里非常开心的一幕。

我记得小叔叔曾经讲过一个故事。那个故事的始末，我一直没有弄清楚，但从他的叙述中，我大概也能还原整个故事：

有一次，小叔叔正在水田里捕黄鳝，一头野猪从山上跑了下来，冲进了水田。野猪见到刚抽穗的稻苗，便开始啃咬，不巧，惊扰了田中浮在水面上的黄鳝。

看见快要到手的黄鳝溜走，小叔叔不高兴了，他随手捡了块石头，朝野猪扔了过去。可他没有想到，自己面对的是一头会攻击人的野猪。

被打疼的野猪"嗷嗷"地叫了几声。

"畜生！"小叔叔骂了一句，打算换到另一片水田去捕黄鳝，野猪却从水田里冲了出来，一头撞到小叔叔身上。小叔叔被撞到了地上，胳膊上还流了血。

想到要上钩的黄鳝被吓跑，自己此刻也被弄伤，小叔叔有点儿恼怒，他爬起来，捡起叉鱼的铁叉，想要报复野猪。

野猪可能也很生气，主动发起了进攻，对着小叔叔冲了过去。

看着气势汹汹的野猪，小叔叔没有转身逃跑，而是举起手中的铁叉，对着跑过来的野猪扎了过去。

野猪被狠狠地扎了一铁叉，痛得直号叫，从小叔叔身旁折身跑开了。

刚开始，小叔叔只是想发泄一下怒火，可看到野猪受伤，攻击力减弱，他想没准自己可以干掉这头野猪。于是他拿起铁叉，在后面追赶野猪，受伤的野猪慌不择路地跑进了村子。

"起来了，起来了，抓野猪了。"看见野猪进了村子，小叔叔边跑边喊，不少村民被抓野猪的叫声吵醒了，披好衣服出来看热闹。

"快快快，拦住这头野猪，不要让它跑了！捉住它，我们今晚就把野猪杀了，大家都来分着吃！"越来越多的人加入了追赶的队伍。他们有的拿着扁担，有的拿着锄头，有的拿着铁耙，随小叔叔一起，拦堵着惊慌失措的野猪。

野猪四处乱撞，最后跑得实在没力气了，在一口水塘边上停了下来。"看紧了，看紧了。"小叔叔悄声叮嘱旁边的人。

大家一步步地靠近野猪，扬起各自手上的"武器"打野猪，直到野猪再也爬不起来，大家才停下来。

小叔叔坐在被打死的野猪身上，一边喘着粗气擦着胳膊上的血，一边像个山大王一样得意洋洋。

要是有人问我是否做过些富有传奇色彩的事情，我一定会告诉他，我像小叔叔一般，曾徒手抓过蟒蛇，也用火把击退过山里的黑豹。

村里曾经来过一只跛脚的老虎，老虎出现的时候，所有人都吓得紧闭房门，不敢出去。可那天，我拿着锄头，和老虎对峙了一上午。"畜生，你过来，看我不把你打扁！"我站在土砖墙上怒吼，挥舞着手中的扁担挑衅眼前的野兽。

老虎轻蔑地望了我一眼，似乎没把我这个小毛孩放在眼里。

我被激怒了，猛地从地上跃起，挥舞着手中的锄头，锄头的刀刃砍进了老虎的脊背。老虎痛得在地上打滚，想把我甩开。我跳起来，举起锄头又朝老虎砍了过去，最后我把老虎打趴了。

我是不是又做在那个世外桃源里的梦了？要不然我怎么会突然变得如此勇猛？

还是我在真实的世界里本来就有如此勇猛？

二〇〇六年夏天，我从大学回家过暑假，正好赶上"双抢"，我问父亲，有什么能帮得上忙的。

"你现在一个书生，能干什么活儿呢？还是待在家里吧。"父亲的语气里带着几丝不信任。可是，他越不信任，我越想证明，我是农民的儿子，不管我长大了是什么身份，干农活儿都像是与生俱来的一种能力。

天微微亮，我就起床了，带上早就磨好的镰刀，前往自家的水田。

酷暑的早晨，却是凉风阵阵，风吹在脸上，非常清爽。

看到一片片金灿灿的稻穗，我心里涌起收获的喜悦。我俯下身子，谨记着父亲教过的话：割稻子的时候要从高往低走，这样，人才会吹得到风，感觉得到凉爽；割好的稻穗要一小堆一小堆按顺序排列整齐，这样，扮禾的时候，才省时省力。

上大学后，我离农耕生活越来越远了，可父亲教过的这些规矩，我现在都牢牢地记得。

镰刀割到稻穗的时候，会先划开一条细缝。要是刀快，我们能看到稻穗划口流出的汁液。稍微用力，稻穗便会断开，留下平整的划口。我习惯从左边往右边割，当手里聚满了一把稻穗的时候，再顺手放到身旁，一般割四五把的样子就能堆成一小堆。

割下的稻穗在太阳底下晒一会儿后，会流失很多水分，到时候谷粒很容易就能在打谷机上被打下来。一想到这里，我就恨不得一瞬间割完好几亩稻子，好让它们多晒一会儿，让父母更省力。

我越干越有劲，直到有点儿口渴，才停下来，去喝了点儿水。

早晨的阳光打在脸上，虽然并没有那种灼热的感觉，但我们也能预感到阳光的毒辣。要是到了中午，我估计自己会被烤得皮开肉绽。趁着早晨的温度还不高，我得赶紧干活儿，尽量多割一些稻子。

突然，我感到手臂有点痒。我想挠痒，可又怕把手臂上的皮肤抓破。太阳已经烤干了水稻田里的露水。稻叶也被晒得卷了起来，当我弯腰的时候，它们擦过我的额头，像砂纸般粗糙。

稻叶里的蛾子也飞出来了，盘旋在空中，时不时地碰到我脸上，蛾子身上一些白色的粉末还掉入了我的眼睛里。

我站起来，揉了揉眼睛，顺便往后看了看自己收割稻子的面积，又打量了一下四周没有割完的稻穗。我不禁想，什么时候才能割完呢？

我又俯下身，继续割稻苗。

太阳炙烤着我的身体，似乎要榨干我身体里的每一滴水。汗水浸湿了衣服，很快又蒸发了，只剩下些白白的盐渍。我已经想不起自己喝了多少水，只知道越喝越感到口渴。

我觉得自己好像待在蒸笼里，四周密不透风，我被一层层热浪包围，无论我往哪儿走，都躲不过那股热浪。我不知道在这大热天里，父母是如何忍受的。难道他们感觉不到热吗？一点儿也不觉得渴吗？

在没有上大学前，也是这种天气，也是这种活，我为什么就没觉得如此炎热？是厄尔尼诺让地球变得更热了吗？

我有点儿想念小时候的水稻田，想念在水田里抓泥鳅的时光……我好像什么都记起来了。

等我醒来的时候，我已经躺在了稻田旁边的树荫下，父亲正在给我刮痧。

我这才知道，自己中暑了。

"果真成了书生，在这不算太热的天气里居然中暑了。"父亲叹了一口气，拇指划过我的脊背。

- 9 -

秋天的访客

秋风吹过停钟山谷

秋天，收割完晚稻，我喜欢在稻田里与父母一起捡拾稻穗。

这个时节，村里很多人家都会拿着铁耙，翻动稻田里那些已经晒干而变得蓬松的稻草秸秆，再一把一把扎起来，码成草垛。

浓浓的秋意就在田间，在四散的秸秆里，在像城堡的草垛里散播开来，直到冬雪覆盖这满世界的金黄。

秋天，这是多么有情调的一个季节！

在这个时候，天上已然没有了灼热的太阳，田间也没了那些看似永远也干不完的活儿。

村民收割完稻田的谷物，会将它们铺在自家门前的晒谷坪里，静等着温热的阳光把稻谷里的水分一点点烘干。

大家卸下重担，终于可以享受难得的清闲时光了。

当秋风吹过停钟的山谷，林子里的老鹰在村落上空盘旋时，父母一定会说，这是个扬谷子的好天气。

我们把晒谷坪上快晒干的谷子收起来，装进竹篓里，然后挑到一口对着山谷的水塘边，借着风力把谷子里的稻草屑、空瘪的谷壳吹出来。

我们不停地翻动竹篓里的谷子，看着大风把稻草屑吹起来，连成线往水塘的水面上飞过去。

水塘里那些饿坏了的鱼儿，浮出水面争抢着草屑。躲在水塘边的翠鸟趁机飞了过来，啄起一条小鱼，立马又飞走，剩下的那些受惊的鱼儿，不知道该不该再次浮上来，吃那些掉在水面的草屑。

每每看到这个场景，我都会朝翠鸟追过去，希望能从它们口中救下小鱼，可是翠鸟飞得很快，我根本就追不上，只能骂它们"可恶"。看到我的抱怨，父母都乐不可支。"管那些干什么，赶紧帮我们把这些谷子扬完才是正事。"

不过，我知道父母此刻不会强求我帮他们干活，接下来的时间很多，扬谷子也不是什么急活儿。

农活儿少了，村里的农场也变得特别好玩，稻草垛垒得像一个个城堡似的，成了小孩子的游戏天地。

我们从稻草垛的顶端爬进去，在中间钻一个洞，然后把草垛中间的草掏空了，做成玩枪战游戏的碉堡。有时候，我们也会躺在草垛上，拿上一本书，一页一页地翻看。

草垛里的世界很是安静，玩得累了，还可以在上面睡一觉。有的小孩睡得很沉，天快黑了都没醒，吓得父母挨家挨户地寻找。别人家里没找到，他们便会到草垛里去找，找到了后，他们会发泄一番，把孩子从草垛里提起来，照着屁股就是一顿猛打。看着挨打的小伙伴，旁边的我们一个个笑得非常开心。

收完晚稻，水田就不再蓄水，这个时候，我们最容易在田里边发现田鼠洞。

我们沿着干涸的地面寻找田鼠洞，发现后，就在洞口点上一把火，然后用竹筒把烟吹进田鼠洞里。田鼠洞一般都不深，很快，洞里的田鼠被烟熏得受不了，都往洞口逃了出来。我们守在洞口，等着田鼠探出脑袋的时候，一把扑上去抓。

"有人抓到吗？"一堆孩子的许多只小手都扑在洞口，也不知道是谁抓到了，大叫着。

"抓到了，抓到了，在我手里呢。"

"你抓着的是我的手，哪是田鼠？"压在最底下的小伙伴抱怨。

于是，大家四散开来，重新寻找鼠洞。之前那个洞里的田鼠，看到人群散了，决定逃走。它从洞口爬了出来，找到了一簇水稻根做掩护，看清了人群的位置后，飞蹿着往反方向爬走了。

田鼠身躯虽小，可爬动的速度特别快，会在地上弄出声响。眼尖的小孩，看到田鼠的踪迹，大叫一声，召唤自己的同伴反扑过去。大家一边跑，一边扔出手里的泥块，很快，田鼠又被包围了。胆大的小孩猛地一脚踢晕了田鼠："快快快，去抓住田鼠的尾巴！"

"提着尾巴在空中甩一甩，不然它会醒来的。"

"来，放进布袋子里。"

小孩子们抓到田鼠后，就兴冲冲地找大人要奖赏。田鼠偷粮，是害虫之一，抓田鼠，也算是我们做的一些力所能及的事情吧。

除了抓田鼠，秋天的稻田里也很适合挖黄鳝和泥鳅。我没有多少经验，经常看不出哪丘田里有黄鳝、泥鳅，所以只能跟着父亲挖。

黄鳝、泥鳅在水稻生长的时候，是生活在泥水里的。等水稻快要成熟，水田变干，它们便会潜到泥土里冬眠。它们躲藏的位置往往很深，为了方便呼吸，它们会在稻田隐秘的地方留呼吸的洞口。有经验的人很容易在田里找出那些呼吸孔，然后沿着孔一点一点往下挖。刚挖的时候，黄鳝的洞很干，可越挖到深处，洞壁就会越湿润。冬眠的黄鳝在泥土里不怎么动，只要挖到了下面，很容易就能把黄鳝从泥土里捉出来。黄鳝放到水里，过一会儿就会游动了。

我们一般会让它们在木桶里存活几天，等它们把口中的泥土全吐出来，再宰杀。

那个时候，因为年纪小，看着游动的黄鳝，我和弟弟都非常喜欢，经常舍不得吃它们。

我们偷偷地从父亲存放黄鳝的桶里，偷几条出来，放在玻璃罐里，蓄上水，藏在床铺底下。每隔几天，我们就给玻璃罐换水。刚开始，养在罐子里的黄鳝非常活泼，每次抱起罐子的时候，它们都会一个劲地绕着罐壁游动。

可是，不知道是不是因为我们没有放吃的，还是因为天气逐渐变冷，黄鳝慢慢地蔫了下来，很快便死了。

黄鳝尸体发出的腐烂味道，弥散在卧室里，很快，它们就被父母发现了。他们生气地拿起扫帚往我们屁股上打，直到打得我们开始求饶，保证下次再也不偷黄鳝为止。

我的秋天夹杂着欢笑和泪水，一年一年地就这样过去。

童年的日子有时很是清苦，可每到秋天，我都能卸掉身上所有的重担，尽情享受本该属于我的时光，即便挨打了，受委屈了，我也很快忘记。

我觉得，这个季节是属于我的，没有人能够从我的身边把它夺走，直到多年以后，我仍会在某个深夜梦到那些在深秋田野上的岁月，梦里一切如初，而我已经远离故土。

赶鸭人

或许是因为丰收后的秋天是一年中难得的清闲时光，所以乡下人喜欢在这个时候串串门，唠一唠这一年田地的收成。

村里也比往常多了很多新面孔。

小孩子天性喜欢热闹，要是陌生人来了，都喜欢跟着他们走动，不为别的，只是单纯觉得好玩。因此，我也认识了很多有意思的人，这其中，包括一个赶鸭子的叔叔。

第一次认识赶鸭子的叔叔，是我和父亲在水田里挖泥鳅的时候。

秋天的田野，非常空旷，人可以看见很远的事物。那天，我们俩挖得累了，坐在田埂上休息，忽然看到远处有个人影，父亲觉得无聊，就想把他叫过来聊一会儿。

叔叔拿着一根细长的竹竿，时不时地吹几声口哨，赶着鸭子朝那些有碎谷粒的稻田里走。他看到我们招手呼唤，便慢悠悠地赶着鸭子走了过来。几百只鸭子摇摇晃晃地走在他前面，"嘎嘎嘎"地叫着，叫声回荡在田野上，很是好听。

"你吹的口哨是什么调？"父亲看到叔叔过来了，便扔了根烟过去。乡下男人见面时打招呼的方式，就是递根烟。

叔叔笑着接过香烟，拍了拍手里的尘土，然后从口袋里掏出打火机。他背着风，用手掌裹住那团火，小心地点燃了香烟。看着烟雾升起，叔叔舒了口气，把香烟夹在指头间，开始跟我们攀谈起来。"这是鸭号子呢，就像使唤水牛犁田的号子，只是音调变了。"

叔叔看起来有四十多岁，身着深色布衫，光着脚，背着个竹篓子，人很精神。父亲不认识他，但寒暄几句之后，大概知道他是从一个叫白鹤村的地方过来的。他说这几百只鸭子不好使唤，只有学会了鸭号子，才能控制得住。

"这么多鸭子，你应该能赚不少钱吧？"父亲好奇地问。"没多少赚头，都是辛苦活儿。"叔叔把肩上的竹篓放下来，"年成好的时候，鸭子能卖个好价钱。碰上年成差了，镇上的买家压低价钱，就赚不了多少。比不得种田，年年都有个稳定的收成。"

叔叔边说边从竹篓里抓出一把谷子，扔给了正在找食的鸭子。鸭子见到吃的，一窝蜂地跑了过来，谁也不让谁地争抢食物。它们看起来一点儿也不怕生，大摇大摆地走在我们身边。父亲看见有几只鸭子长得肥，就想估摸估摸重量。

他伸手往前一抓，可没料到，鸭子非常灵活地跳开了。他只好起身往前追了几步。鸭子看见有人过来，一下子四处逃开了。父亲扑了个空，于是更加好奇叔叔如何控制这群机灵的鸭子。

叔叔说，光自己跑得快，没什么用。"你要先管住那只领头的公鸭，"他拿着竹竿指了指，"那只鸭子领着鸭群走，控制了它，一切都好办。"

"这样看起来养鸭子也是个技术活儿啊。"

"现在这个季节倒是好养，我每天赶着它们在外面找找吃的就行。"叔叔朝着远方指了指，"我家里种的田少，不能老是把自家吃的稻谷拿来喂鸭子，所以经常要赶它们到野外，去让它们自己找吃的。"

"那其他时节呢？"

"开春那阵子田里东西少，我得把鸭子关在后院。等田里的草长出来了，我会放它们出去吃草。那阵子正好也是水稻秧苗长出来的时节，大家怕鸭子糟蹋秧苗，一般不让鸭子进水田，我就赶着鸭子在乌江河转悠。仔细想的话，我要做的活儿不多，就是每天赶着它们找食，走很长的路。"

"大概每天要走多远？"

"很难说。就说今天，我已经走了很远了。碰到水田里有吃的，就待久一点；没有吃的，就只能赶着它们到另一块水田里去。"

话音刚落，叔叔又吹起了口哨，把鸭子引到另一块谷粒比较多的水田中。"这群蠢家伙，一点儿都不知道自己找食吃。"他边说边笑，说话的时候不紧不慢，看上去很有耐心。

从他和父亲的谈话中，我了解到叔叔家还种着水稻田。因为养鸭子的活儿比较重，他不能种两季的水稻，便在自家种上单季稻，这在当时的农村是不多见的。

田里收成少了一半，每年收获的粮食成了一家的口粮，而收入则靠卖鸭子和鸭蛋。每只成年的鸭子能卖到二十块钱左右，除掉本钱，叔叔说他一年大概能赚好几千块，这在二十世纪九十年代末的农村算是比较高的收入。他把挣到的钱都存了下来，好供自己的儿子读高中。

"我家那小子已经读初三了，成绩蛮不错，要是能够考上县城的一中，我做牛做马也得供他读完，将来他就不用像我这样在村里赶鸭子了。"叔叔讲起儿子的时候，一脸的自豪。

他和父亲都是真正体会过艰苦生活的一辈人，把所有的希望都寄托在自己的儿子身上。

"我干这行已经许多年了，做久了，有时也便不觉得那么累。我们这种出身的人反正也赚不到什么松快钱。"赶鸭子的叔叔打开了话匣子。"讲起养鸭子，在起头的那几年，我没多少经验，不知道什么时候要给鸭子的翅膀剪羽毛，还闹出了个笑话。那一年开春，我从镇上买了许多只鸭子。开春后，鸭子的羽毛都丰满了，我便打算带着它们到附近的河里去找吃的。到了河边的时候，恰好起风了，鸭子一个个迎风扑着翅膀，我还以为它们只是闹着玩。可没想到，不一会儿，鸭子一只只地飞起来了。它们飞得好快，我根本追不上，飞走的鸭子又很难找回来，我在岸边急得破口大骂，旁边的人都像看笑话一样地看着我。"

他笑了笑，有点儿尴尬。

"回家后，我老婆二话没说就骂我。可我真不知道，养鸭子要定期剪掉它们的羽毛。我老婆心狠一些，拿起一把剪刀就把剩下的鸭子的毛剪了个精光。没有羽毛，它们好长时间都下不了水，看着也是可怜。"

我们听完这个故事，都忍不住哈哈大笑。

父亲和叔叔越聊越投机，从鸭子聊到种田，又聊到了打工。边聊，父亲边盘算着家里的收成，想着自己是不是也可以试着养点儿鸭子，赚点额外收入。

"要是你愿意的话，当然可以试试啊。养鸭子比种田还是要简单点儿。"叔叔建议，"你看这么办行不，我明年买鸭子的时候，多买一点儿，分给你们，你们先养着，看看能不能养得活，要是养活了，来年再多养几只。"

"好啊，那就这么说定了！你明年这时候还会回来吧？"

"会的，我们隔得远，可我每年都会到这里放鸭。明年开春我一定带鸭子来。"

就这样，父亲和这个认识不久的陌生人达成了约定。

在农村，很多事情都是在几个人的闲谈中定下来的。现在想来，满满都是乡里的人情味。不过，那个年纪的我体会不到这份情感。我只记得，当得知我们家来年要养鸭子的时候，我特别兴奋。

第二年，赶鸭子的叔叔如约来到了我们村子，我们家从他那里买了二三十只小鸭子。父亲看见我和弟弟非常高兴，就把养鸭子的任务交给了我们。

我们天天赶着小鸭子在附近的草地上吃虫子、野草。如果鸭子想要玩水了，我们会把自己洗澡的木盆装满水，把小鸭子放进去，让它们在木盆里欢快地游泳。

没有碰过水的小鸭子刚接触水，还有些害怕。可当它们知道自己不会沉下去后，便大胆地玩了起来。它们时不时地潜下水，露出黄色的小鸭掌，很是可爱，赚足了我们的好感。

当家里的母鸡带着小鸡仔在附近走动的时候，听到母鸡的叫唤，小鸭子以为是自己的母亲，便一个劲地往母鸡身边跑。母鸡当然认得出这些家伙不是自己亲生的，于是拼命地驱逐小鸭子，直到它们可怜兮兮地走开。

母鸭长大后会下蛋。每天放学回家，我做的第一件事情，便是到鸭舍里去看有没有新下的鸭蛋。新下的蛋带着鸭子的体温，令人很有成就感。拾起鸭蛋后，我会把它们小心地放进家里的瓷缸里，之后，母亲会把一些鸭蛋放到盐水里泡上一段时间，制成咸鸭蛋。这些自制的咸鸭蛋煮熟后，蛋黄特别金黄，蛋白也特别细嫩，和我后来在外面吃的咸鸭蛋味道大不相同。

要是鸭蛋剩得比较多，母亲还会把它们制成皮蛋。她用草木灰、石灰粉、黄泥巴加上井水，和好之后，把一个个鸭蛋糊上一层混合物。鸭蛋与混合物里面的碱性物质发生反应，过一阵子，蛋白便会变成果冻状，做好的皮蛋加上自制的辣椒酱，特别爽口好吃。因为这些额外的收获，我对鸭子照顾得更加细心了。

秋天，赶鸭子的叔叔再次来到了我们村里，我家春天进的第一批鸭子虽然一大半没有成活，但成活的都长得很肥。看着这些成年的鸭子，叔叔一个劲地夸赞我们头一回养鸭子就养得这么好。我跑到赶鸭子叔叔的面前，跳着告诉他说，这些都是我的功劳。

"真的吗？"赶鸭子的叔叔笑着说，"你很厉害啊。怎么样，喜不喜欢养鸭子这件活儿？要是喜欢的话，好好干，没准你将来可以赚大钱哩。"

货郎和铁匠

除了赶鸭子的叔叔，秋天里，村子里还会出现其他有趣的陌生访客。

每年，现制爆米花的小贩会定期来到村里。他们来自很远的地方，推着人力木板车，上面放着沉重的打爆米花的机器。

他们一来到村里，所有的小孩都会蜂拥而来，围着他们，好奇地问这问那，然后大家抑制不住喜悦地争抢着把小贩拉到自己家里。

小贩们往往没办法抉择，最后在村中挑了个位置，让大家各自回家取大米。

村里能买到的零食种类偏少，新鲜的爆米花在杂货店里一般不会有存货。好不容易看到能打爆米花的，小孩子们当然很是兴奋。

我们冲回家，直奔放米缸的地方，急匆匆地打开缸盖，舀了一瓢又一瓢米，仍觉得还不够。

小贩们做爆米花用的是一个极其笨重的工具，我只在村里见过，长大后便再也没在其他地方看见过了。那是一个葫芦状的空心铁球，铁球的一端有一个可以打开的盖子，把米和糖从盖口放进去，然后拧紧盖子，再把它架在炉子上，用炭火慢慢烧烤。因为大米很干，要做成爆米花的话，热量一定要足，但也要掌握好火候。小贩们一只手拉动风箱，另一只手则会匀速地转动铁球，尽量让每一粒大米都均匀受热。就这样加热一会儿后，铁球里会冒出一些白气，一股诱人的米香味弥漫开来。

在这四散的爆米花香里，我们享受着丰收的喜悦，也盼望更多这样的小贩出现在村里。这其中，我印象很深的，是在村里兜售衣服或是生活用品的小贩。

我们村是有杂货店的，可里面的货品有限，而且质量有时也不好，因此大家便喜欢在那些小贩手里买东西。久而久之，这也成了乡下一个特殊的职业。

货郎担大都是附近村里的农民在闲暇时间做的一项副业，他们专挑那些处理品，然后用扁担挑着，在乡里挨家挨户贩卖。

"卖衣服鞋袜喽!"

"剪子、菜刀、锅碗瓢盆喽!"

他们卖力地叫喊，声音回荡在村子的山谷间。孩子们要是听到了，一般会学他们的腔调，拖长声音，喊着同样的话。要是看到了货郎，孩子们则会把他们拦住，让他们放下担子，看看里面有什么好玩的东西。

在这些货郎里，有一个叫丁富的人，常到我们家歇脚。他长得不高，可能因为常年挑担子，背都驼了。每次到我家的时候，他总会笑眯眯地摸着我的头说，又长高了，然后问我要不要看看他包里的东西。母亲知道他挑担子辛苦，不管有没有要买的东西，总会叫他进门歇一歇。

"进来喝口茶吧，你这嗓子肯定也干了。"母亲把家里的椅子搬出来给他坐。"你已经叫'富'了，还这么辛苦地干活儿做什么呢？赚那么多钱有什么用？"

丁富看到母亲在说笑，便也跟着笑了起来。"嫂子这就是在笑话我了，要不，你看看我的担子，一天都卖不出几件东西哩。要是再不多走几趟，我老婆肯定又会骂我。"

"你老婆心要放宽些。这十里八乡的，哪个有你这般能干？"母亲边说边打开了他的货担，想看看里面有什么家里需要的东西。爱美之心人皆有之，尽管生活艰难，但母亲最喜欢看的还是货担里的衣服。

"嫂子好眼光啊，看上的衣服多是这担子里最上乘的。"货郎看到母亲开始翻东西，便开始奉承，好让母亲心动。

母亲似乎看上了一件给儿子穿的 T 恤。

"这件多少钱？"她拿着衣服在自己身上比画。

"这可是件好衣服，三十块钱。"

"三十块？你这价开得也太高了吧！我看到其他人买了

件类似的，比你这价格低多了。"

"嫂子那你说说，多少钱卖给你合适？"

"我看这衣服就值十多块的样子。十块钱，行不？"母亲压价压得太狠了，我站在一旁都有点儿不好意思了。

"十块钱！我进价比你出的价高多了！最低二十五块钱卖给你，一分钱也不能少。"

"二十五块也忒高了，我看只值十多块钱的样子。"

就这样，在接下来的一段漫长时间里，丁富和母亲不停地讨价还价着，从衣服的质量、衣服上的瑕疵、类似衣服的价格、进货的难度等等方面进行讨论，双方各不相让。

我知道家里的生活一直都很拮据，母亲自然对花销非常在意，对她来说，省几块钱，是一件重要的事情。

而货郎也要盘算自己的本钱和想获得的利润，他咬定最后的底价，无论母亲怎么说，都不再松口。

我在当时自然是不明白这些大人为什么要争论那么久，只是看见他们你来我往的样子，觉得好玩。

许多年后，我进了大学，才从母亲那儿知道货郎更多的底细。他家里有一个女儿和一个儿子，妻子生病身体不好，不能干活儿，女儿好像也遗传了妻子的病，打小就泡在药罐子里。

货郎为了撑住这个家，不得不风里来雨里去地挑着货担走家串户。他卖的东西比村里杂货店的便宜，赚的都是些小利。

除了丁富，经常出现在我们家的另外一位货郎是一位年岁比较大的爷爷。

他是一位铁匠。他经常用草绳把那些打好的菜刀、锄头、钉耙系好，挂在肩上，然后挨家挨户问是否要铁器。要是哪家有坏掉的铁锅或铁壶，他也会收回去修补。

打铁的爷爷和我爷爷是朋友，可能因为这个，他来我们家的次数很多。某一天他到我们家来了。他解下挂在身上的那些铁器，舒展舒展筋骨，便和爷爷聊起天来。

"老倌子，你在家倒是过得清闲啊。"打铁的爷爷伸了伸手脚，羡慕地望着爷爷，"我这日子过得苦啊，每天背着这么多铁在身上，肩膀都勒出印了。也不知道怎么回事，没多少人问我买铁器了，也没多少人家要我来补锅了，我这日子以后还怎么过啊？"

爷爷叹了口气，劝他要保重身子："人老了，就只能靠膝下的儿女了，你这么辛苦也挣不了多少钱啊。"

两个老人就这样漫无边际地聊了起来。聊天的时候，我总喜欢待在旁边摸一摸那些铁器。他的菜刀没有卖出去之前一般不会开锋，看起来还很钝，炭火烧过的痕迹也在上面。我拿在手上往空中挥了几下，爷爷看我玩刀，一把喝住我。

他拿过刀，用手碰了碰刀刃，然后眯着眼看看敲打过的痕迹。"打的都是好刀，功力未减啊。"爷爷说着，便拿着刀，走到了门口的磨刀石边。他往磨刀石上洒上水，磨利了刀子。铁刀和磨刀石擦出的声音，至今似乎还回荡在我耳边。

打铁的爷爷大多数时间不是在走家串户，就是在他的铁匠铺里。除了打制新的铁器，他还有一个重要的工作，就是帮乡亲们修补那些穿孔的铁锅或铝壶。

那个时候，很多人家做饭烧水的锅壶坏了，舍不得扔掉，一般会送到他那里，补块铁皮，再继续使用。

补铝壶的时候，他会先用一个小锯子切断穿孔的地方，用砂纸磨平，然后贴上一块新的铁皮。他用锤子小心地捶打着铁皮，好让铁皮与铝壶接合，然后再放到火上去烤。炭火很快烧红了铁皮，最后，他用铁锤不停地敲打，让新的铁皮和铝壶融成一体。

我十二三岁时去过一次他的铁匠铺，因为父亲想麻烦他做几个捕鱼的铁叉。我看见他围着黑色的围裙，站在烧红的炭火旁，一手抓铁钳夹着烧红的铁，一手握铁锤打铁，铺子里火星四溅，烧红的铁浸在水中后产生的蒸汽，飘散在房间里，很是闷热。

我跟他说明了来意。

"你爸打鱼厉害啊，你有没有从他那儿学几招？"他看着眼前的我，似乎记起了什么。

"我喜欢钓鱼，不过还没到湖里去打过鱼，还不知道怎么打鱼呢。"

"我来教你几招吧：在水里叉鱼的时候，最重要的是耐心，看准水里的鱼了，不要急，要等到鱼放松戒备时候，你再快速地把鱼叉扎下去。这是技术活儿，要不停地练才有长进，就像我打铁一样。唉，也不知道怎么回事，你们这些小年轻啊，一个个都耐不住性子了，没人愿意做这些细致活儿喽。"

我不知道他话里的深意。

打那之后，没几年，他关掉了自家的铁匠铺。我听说，他常年打铁，吸多了铁匠铺的潮热之气，肺部出了问题。我以为这只是个小病，过一阵子便会好，可是他却再也没有好起来，很快就过世了。

他打铁的手艺没有传人，因为没人愿意继承这不赚钱的手艺活儿。那个铁匠铺，那些"叮叮当当"作响的铁器，自此尘封在我的记忆里。

近年我越来越怀念乡下的日子了。有时候，看着城里的车水马龙，我便会想起曾经在村野，在山间，在水田里，在江边的简单生活。那时的生活虽然平淡，但总有一种难言的淳朴感浸润在里边。

大概在十年前，我最后一次看见那个赶鸭子的叔叔。

那个时候，我已经上大学了，他赶着鸭子又到了村里。叔叔的样貌一点儿都没有变，而他赶鸭子经过的村庄，则发生了翻天覆地的变化。收割机、犁田机出现了，农业开始现代化。冰箱彩电也出现了，每家每户都在努力奔小康。我不知道叔叔的生活改变了多少，不过，我听说他的儿子没有考上大学，已经南下到广州打工，可以给家里挣钱了。

我想，有个儿子挣钱，他家里的生活应该要好很多了吧。那天，他看到我，便招手叫我过去。

"拿几个鸭蛋，刚刚下的呢。"

我沿着田埂跑了过去，问他这些年养鸭子的生意做得怎么样。

"难说啊，钱越来越难赚了。小家伙，你不是读大学了吗？应该学的知识多啊，帮我分析下，为什么愿意买我鸭子的人越来越少了？"

我摇了摇头，告诉他我在大学里学的是生物，没学经济学。

叔叔叹了口气，把鸭蛋塞给了我，让我回家后做成咸鸭蛋吃。他自己领着那些鸭子，又到村里其他的水田里去了。

那一年回校后，我很快便听说国内南方爆发了禽流感。

因为恐慌，城市里鸡鸭的销量骤然下降了很多，我这才明白叔叔的生意为什么不好做了。接下来的几年里，禽流感时不时地会出现在村子里，我便再也没看见过叔叔了。

至于那些打爆米花的小贩，他们好像彻底从乡下消失了，而消失的时间，我一直没有个确切的印象。可能是因为乡下杂货店里卖的东西逐渐多元化了；又或者是大家对这种纯手工做的东西不喜欢了，而更喜欢那些店里卖的包装食品。

我和弟弟经常会聊起当时打爆米花的情景，也会顺便抱怨一下，当时要父母掏几块钱给我们打爆米花，怎么就那么费劲呢？新打出的爆米花很是好吃，每次从小贩手里拿到后，我们就会不停地往嘴里塞，直到吃得喉咙干得不行，连说话都要舔着嘴唇，我们才会停止。

叫丁富的货郎，我倒还会时不时地撞见。这么些年下来，他的背已经被压弯了，人也老了很多。村里最近新修了水泥路，其实他可以骑摩托车，但他仍然愿意挑着担子四处叫卖，或许是他已经习惯了。这些年他赚了不少钱，听说他的儿子没有出去打工，有可能会接替他的活儿。

"这世上就没有轻松的活儿，我那小子有一天自然会习惯的。"他还是习惯在我们这儿歇歇脚，与母亲聊上一会儿。

- 10 -

捕蛇者

每当梅雨季节过去，夏枯草在田埂上盛开，捕蛇者总会溜达到乌江岸边，和那些正在垂钓的人聊着停钟更替的季节和几乎一成不变的生活。

这个时节，河水丰沛，垂柳已长满了绿叶，柳枝在风中摇摆，时不时拂过水面，引得鱼儿跳出水面，抢食松软的柳絮。马唐草也覆盖了岸边的空地，一簇簇的，恰好遮住垂钓者的身影。乌江河里，螃蟹正忙着摆弄小石子，好给自己找个安身之所。野鸭游在水面，争抢着鱼儿。

捕蛇者喜欢坐在草丛旁，点上一支烟，默默地看着水里的浮标，还有随水流摆动的水草。

在这看似安逸的世界里，处处都上演着生活的残酷，捕蛇者自然明白其中的酸甜苦辣，他倒也并无多少抱怨。只是生活艰难，而他所做之事又风险重重，眼前这难得的闲暇，反倒让他徒增了几分伤感。

捕蛇者的故事，我一直想写，可每次提起笔，却不知道从何写起。

大概是因为关于捕蛇者的故事，多为传奇，而我又未亲历，写出来难免让人怀疑我是杜撰。可是，捕蛇在村里本就是少有人会的手艺，若连一个在村野长大的孩子都讲不出捕蛇者的故事，那外人更无从得知个中细节了。

于是我决定把我所知道的关于捕蛇者的片段拼贴起来，

尽量还原一个职业捕蛇人的真实状况。

要讲捕蛇者，先得弄明白为什么存在捕蛇这个职业。

旧时，大家捕蛇多为药用，捕蛇者也多为一些中医。湖南多山，偏南地带在古时候被称为南蛮之地，生长着许多有毒的蛇虫。中医文化里自古就有"以毒攻毒"的思想，毒蛇、毒虫常常被中医用来入药，譬如用来制作祛风湿的药酒。

可是，并不是所有的中医都愿意到深山老林里捕蛇，替代他们的中介——捕蛇者——便出现了。不过，这份职业在乡下一直有些边缘化，因为中医每年所需的蛇并不多。于是，捕蛇在那个时候很难形成气候。

后来，餐饮业在城市蓬勃发展，不知怎么的，口味蛇在南方许多城市成了一道名菜，人们对蛇的需求也越来越大。相较于那些饲养的蛇，野生蛇口感更好且更受欢迎，身价自然也就更高。这似乎是一条谋生之路，于是更多的人开始冒险捕蛇。

有捕蛇者，自然就会有贩蛇人，这是蛇宴供应链最底层的两类人。有的时候，捕蛇者又身兼贩蛇人，在我眼里，两者并没有多少区别。

我所要讲的这个捕蛇者，其实是我舅舅。他是我们那里的职业捕蛇者，因为捕蛇，他认识了不少餐馆的厨师，也做过一段时间的贩蛇生意。不过，舅舅并不承认自己是职业捕蛇人。他说，捕蛇是他误打误撞捡到的一门手艺。恰巧，村里有胆识捕蛇的人不多，他因此可以凭着这门手艺，赚点钱贴补家用。

关于舅舅是怎么学会捕蛇的，母亲曾对我讲起：舅舅原本并不想学捕蛇，因为那个时候蛇宴产业链还没有发展起来，他开始接触捕蛇是因为在一位老中医那里拜师学了艺。

那大概是舅舅十六七岁的时候，快成年了，家里人希望他学点手艺，好在将来赚钱谋生。

拜师那天，他提着一只公鸡，还有一尾从乌江河里钓上来的鲤鱼，跟着外婆到了邻村的老中医家中。一见到老中医，外婆便让舅舅跪在地上，求老中医收他为徒。按辈分，老中医是舅舅的远房叔公，他年事已高，已经很久没收过徒弟。见到自己的侄孙跪在地上，老中医不好意思推辞，便问外婆为什么要让自己的儿子学医术。

"儿子就要成人了，总得学点本事。"外婆回答，"我这儿子不太想种地，只得学点其他的手艺了。"

"学医要跟师父学很多年，侄孙有耐心跟我那么多年吗？"老中医有点不确定舅舅是否耐得住学医的寂寞。

"天下的真本事不都要学很多年才能学得会吗？立马就

能学会的本事学了将来也不够用。您就收了这个侄孙，教他一点真本事吧。"

老中医看了看还跪在地上的舅舅，见他身板长得厚实，看样子能吃得了苦。碍于情面，他点了点头。外婆脸上笑开了花，按着舅舅的头，对他说："赶紧给师父磕头。"舅舅整了整衣服，对着端坐在椅子上的老中医，虔诚地磕了三个头。老中医点了点头，让舅舅站起来。他拿过外婆递过来的公鸡，拔掉公鸡颈上的鸡毛，揪住鸡冠，横刀划过鸡脖子。鸡血从鸡脖子里喷薄而出，流进放在舅舅面前的瓷碗里。老中医把鸡血捧到祖师爷的神牌面前，点上两根蜡烛，算是给舅舅办了入师门的仪式。

那个年代，传统的师徒礼节很被看重，师父收徒弟，求的是自己手艺的传承，要么不收徒，一旦收了，便会用心将自己的功夫传给徒弟。徒弟待师父如父亲一般，不仅要到师父家学手艺，还得照顾师父的吃住。每天早晨，忙完自家事情后，舅舅便到师父家，帮着师父从乌江河里挑上几木桶河水，生好火，好让师父师娘能够做早餐。吃完早餐后，老中医便会让舅舅读一会儿医书，还要研读平常开出的一些药方，药品搭配的禁忌等。

传统的医学传承全凭师父亲授，师父说了啥，徒弟就记下啥，师父的话就是金科玉律，最好一个字都不要改。要是病人来了，徒弟便在旁边站着，学师父怎么给病人望闻问切。

舅舅说，师父擅长跌打损伤的治疗。要是哪个小孩胳膊脱臼了，师父只要用手摸一摸就能找到脱臼的位置，然后一把抓住小孩的手，用力一拉，再一按，骨骼准能复位。他的劲道拿捏得很准，小孩子甚至感受不到疼痛，脱臼的手便已复位。

老人的病多是经年累月积下的，或是颈椎突出，或是风湿性疼痛，师父这个时候就会用针灸治疗。他点上蜡烛，摊开针灸的袋子，用火灼烧那些长短不一的细针，再一根根地插进病人的穴位里。进针后，师父会捻着针头转几圈，等到针头提气了，再慢慢把针从病人身上取出来。针灸消痛很见效，治疗的费用又不是很高，很受大家欢迎。

舅舅在师父那里看到的最有意思的治疗跌打损伤的方法，应该是水蛭吸食瘀血的疗法。村里有些病人舍不得花钱看病，瘀血积在皮肉下，皮肉几近腐烂了才去找医生。这个时候要是剜肉的话，造成的伤害太大，师父便喜欢用田里的水蛭吸食病人脓肿处的血浆。水蛭一条条趴在伤口，吮吸着血浆，直到脓肿退去。

为了给病人开药，师父需要时不时到野外去采药。罕见的中药一般只能到县城的中医店购买，可那些常用的中药，野外山林里到处都是。为了降低医馆的运营成本，师父每隔一阵子便会带着舅舅到附近的山里去采药。

在进山的路上，舅舅会跟师父学习怎么区分不同的草药，以及不同草药的用途，如白茅草根晒干了可以止血，肉桂的树皮可以暖胃驱寒，牛膝草能够用来抗感染……有时候，舅舅和师父甚至会爬进蝙蝠栖息的山洞，在洞中刮取夜明砂，用来治疗那些有眼疾的病人。

也是在采药的路上，舅舅开始跟着师父学习捕蛇。那个时候没有多少人吃蛇，一是因为蛇的腥味很重，去腥味要用很多油，乡下人舍不得；二来，吃蛇肉的风气在城里还没有兴起，蛇的主要用途是入药。

炮制蛇酒的蛇最好是毒蛇，蛇越毒效果越好。捕到的蛇，先要放在瓶子里饿上一阵子，等到蛇肚子里的脏东西全部排光，再用井水冲洗，然后将它放进度数较高的高粱酒或是米酒里。一开始酒里的蛇都是活的，因此捕蛇的时候，需要捕蛇者有高超的技巧和非凡的胆识。

据传，曾有一个没有多少经验的农夫捕到一条银环蛇，把它扔进度数不高的白酒里。几天后，农夫以为蛇死掉了，就在没有任何防备的情况下打开了酒坛盖，在开盖的那一刻，银环蛇从坛子里跳出来，咬到农夫的脖子上，很快农夫就一命呜呼了。

"看到毒蛇的时候不要慌。"师父向舅舅传授一些捕蛇的基本要诀，"正常情况下，蛇其实是怕人的，只要你小心，它一般不会主动攻击你。你看到一条蛇，首先得判断它是毒蛇还是无毒蛇，这很关键。从蛇头的形状、蛇身的花色上，基本可以判断它的毒性。

"毒蛇看起来厉害，身体却也柔软，很容易缠上身，但这些蛇照样有弱点。老话说，打蛇打七寸。制住了蛇的七寸，蛇便无力还击。

"抓蛇的时候，最好从后面入手，背后伏击的成功率要比迎面抓捕高很多。有些性子烈的蛇，譬如松花蛇，会反击捕蛇者，但大部分蛇碰到人都会落荒而逃。你看到蛇逃跑了，一定要追，但又不能追得太紧。当你感觉到蛇在你可以掌控的范围里，你就快速出手，抓住蛇尾巴，往后一拉，然后另一只手迅速抓住蛇的七寸，它就无法脱身了。

"这套技巧不论是对无毒蛇，还是毒蛇，都奏效。关键就是要快准狠，要像老鹰从天上飞下来捉兔子一般精准。学会了这一招，你就可以对付任何蛇。"

为了锻炼自己的技能，舅舅开始试着在乌江河边捕捉躲在草丛里的水蛇。这些带着保护色的小水蛇藏在草丛里伏击青蛙或是麻雀，它们对人一般没有多少戒心。每次看到水蛇，舅舅就会安静地站在一旁，观察水蛇如何伏击猎物，以此来了解它的习性。舅舅仔细观察蛇身，判断七寸的位置，以及它们游动的速度、方向。等到蛇开始捕猎了，舅舅也会从一旁猛然跃起，一把拽住蛇尾巴，狠狠一拉，蛇在空中被拉得笔直，无法动弹，舅舅趁机用另一只手死死掐住蛇的七寸。

在成功地捕了多条小水蛇后，舅舅开始捕捉那些松花蛇、菜花蛇、乌梢蛇等。他已经逐渐学会了如何辨识蛇洞，如何通过山林草地上蛇的痕迹判断蛇活动的地盘，也熟知了不同种类的蛇经常出没的地方。

偏大的蛇难捉，哪怕有时候抓住了，蛇身扭动几下又从他手里溜走了。即使失败，舅舅也不气馁，他慢慢总结了捕不同大小的蛇所需要的力度，也摸清了不同种类蛇的脾性。舅舅学习捕蛇后的第二年，师父终于让他开始尝试捕捉毒蛇了。

"常言道，淹死的都是会水的。真正的捕蛇者，即便对一条无毒的蛇，也会心存戒备。"师父说着说着便和舅舅聊到了很多年前的一个捕蛇能手。有一回，那个捕蛇能手在山里捕蛇时，碰到了一条双头蛇。双头蛇在野外极其罕见，制成蛇酒是上品中的上品。双头蛇的蛇身看上去很小，那个捕蛇能手以为闭着眼睛就能抓住双头蛇。于是，他冲上前去，一把抓住了蛇尾，并且狠狠地掐住了其中一个蛇头下面的七寸。可他没有想到，双头蛇的另一个蛇头照样有攻击力，蛇头一口反咬，毒素很快便进入了他的体内，他最终未能走出那片山林。

师父想用这个故事告诉徒弟，毒蛇能避开就尽量避开，除非救急，不然没必要冒着生命危险去捕蛇。可师父没想到的是，舅舅似乎对这些危险毫不在意。在他学会捕捉最毒的银环蛇后，他甚至告诉老师父，他要弃医，以捕蛇为生。

"徒弟，你可想清楚了？"师父不愿看到自己的徒弟半途而废，他更不希望有一天听闻自己的徒弟命丧毒蛇之口。他有点后悔当初教会了徒弟捕蛇的手艺。

"师父莫怪徒弟不学无术。没有多少人像你我这般有捕蛇的手艺，有了这门手艺，我应该能闯出点名堂。"

"捕蛇能闯出什么名堂？现如今也赚不了多少钱，没准你养家糊口都有问题。"

"师父，我听说城里流行吃口味蛇。许多人都在乡下贩野生蛇，我把蛇卖给他们，比拿蛇来做药酒要赚钱。"

"徒弟，我们虽然会捕蛇，但毕竟每年捕的数量很少，危险系数也小。要是你成捕蛇者了，天天都到外面捕蛇，危险系数会高很多。"

"我学了师父的看家本领，应该能应付。"

师父看着徒弟的神色，知道无法劝他回心转意，便让他磕了三个头，算作是谢师礼。他告诉舅舅，村中有种解蛇毒的神草，名曰"七叶一枝花"。

相传有户人家家里有七个男孩、一个女孩。有一天，七兄弟一起到山里砍柴，碰到了一条巨蟒，七个人都被巨蟒吞进了肚子里。见自己的哥哥一直没有回家，妹妹急了，只身一人来到山中。她看到肚子胀得已经无法动弹的巨蟒，明白哥哥们被巨蟒吃了。妹妹愤怒之下冲向巨蟒，决意为哥哥们复仇。可是，巨蟒的威力实在太大，很快把妹妹也吞进了腹中。在巨蟒腹中，她掏出了袖兜里的绣花针，朝巨蟒猛戳，直到耗尽自己最后的力气。巨蟒死了，死后，巨蟒的身边开出了一种神奇的花，这种花有七片叶子，七片叶子围簇着中间的一朵白花。据说所有的蛇都怕这种花，因为它的任何一个部位都有解蛇毒的功效。师父告诉舅舅，外出捕蛇的时候，一定要带这种花。万一有一天遇到危险了，咬住这种花，兴许能逃过一劫。

舅舅决意成为捕蛇者，反对得最厉害的是外婆。

"你个蠢东西，干什么不行，偏要去当个捉蛇的？"外婆破口大骂，"做个铁匠、漆匠、瓦匠、木匠……样样都比捕蛇强。"

"话可说在前头，要是你被毒蛇咬了，少了一条腿，可别指望我和你爹来照顾你。"外婆只有这么一个儿子，她担心有一天，舅舅当真出事了，她和外公的生活无以为继。

舅舅执意要当捕蛇者。他觉得外婆的反对更说明了捕蛇是个好行当："村里所有人都像你一样怕蛇，那不就说明，我做这门生意，没有多少人和我竞争吗？"

　　就这样，舅舅开始了他的捕蛇生涯。

　　当舅舅把抓回来的蛇贩卖出去的时候，他偶尔会帮助买家宰杀。杀蛇的时候，他用刀子在蛇的腹部先划一刀，抠出蛇的内脏。接着，他用菜刀斩断蛇头，用铁钉把蛇身固定在砧板上，然后拉住蛇尾，扯直，捏住蛇皮猛地一撕，这样蛇皮便会从蛇肉上被撕下来。这时，他会换上一把小的剥骨刀，沿着蛇的脊背骨，用力一划。他还会寻找蛇胆，小心地用刀把蛇胆与肝脏剥离，或是泡进酒里制成蛇胆酒，或是塞进嘴里生吞。

　　"要是你想取蛇毒的话，"舅舅向别人传授经验，"可以先拿一个搪瓷缸，用塑料包住口子，然后抓住蛇头，让蛇去咬那层塑料。蛇的毒牙会往前翻出，喷射毒素，这样你便可以取到蛇毒了。"

　　舅舅的方法非常奏效，有些人后来甚至用这招取了活蝎子的毒。

　　初夏到深秋是蛇出没的季节。舅舅经常带着一个布袋，在村里转来转去。有时候，他会到陌生人家，询问是否可以到他们的房梁上去看看，说他想在房顶上找新生的红皮老鼠。村里人家巴不得有人能帮他们捉老鼠，于是都欣然应允。

那个时候，农村许多人家的房梁上经常堆放着过冬的草垛。舅舅爬上房梁，趴在草垛上，轻手轻脚地向前爬，要是看到草垛里有异样，或是听到响动，他就会立马停下来，分辨清楚响动的来源。要是响动停了，他会再轻轻敲击房梁。若是耳边响起了滑动的声音，他会一把挪开草垛，出现在他眼前的，一定是他寻找的"红皮老鼠"——菜花蛇。

菜花蛇和人共居一室，在村里并不罕见，只是一般人平常看不到家里的菜花蛇。通常情况下，舅舅不会让房子的主人查看他究竟在房顶捉到了什么。要是碰到了好奇的主儿，他就只好将袋子里的蛇亮出来。许多女人因为看到了寄居自家的菜花蛇，吓得不敢在家里睡觉。

凭着这些房檐下的菜花蛇、野外游走的乌梢蛇、在墙缝间钻洞的灰蛇，以及在樟树底下乘凉的赤链蛇，舅舅捕蛇贩蛇的名声慢慢传播开了。许多贩蛇者频频光顾舅舅家，纷纷从他这里收买野生蛇。

舅舅的捕蛇生意终于做起来了。

在我八九岁时，舅舅每个月能捕到好几十条蛇，家里的米缸再也无法容纳他的猎物。于是，舅舅把自家的一间房子腾空了，做成了一间专门养蛇的房子。他用木板钉住窗口，用水泥封住地面的洞口，把房间的墙壁刷得非常光滑。他把蛇放到了房间里，远远看去，房间像极了一个蛇窟。

"要是哪天有蟊贼闯进了我家里，我敢保证他有来无回！"舅舅得意地说。

"我最近一直在做一个同样的梦，我梦到自己在村里的水井边打水，刚提起水桶的时候，桶还很重，可越往上提，桶就变得越轻。当我把桶抓到手里的时候，我发现我的水桶变成了一只竹篮，而里面的水一点也没有了。"

要是有人告诉我，外婆是村里的神婆，我一定不会觉得奇怪。每次外婆唠叨起自己的儿子，还有这些年的日子，她总能从那些外人看起来正常的小事里找到线索，印证舅舅是如何一步一步走上捕蛇的邪路，最后搅得全家都不安生的。

按外婆的说法，她儿子命里是会挣大钱的，只是魑魅魍魉半路扰乱了她儿子的心志，使他最终走上捕蛇这条邪道。她常说，舅舅曾有机会成为渔民，他甚至随着捕鱼队在江西、湖北打了好几年的鱼。舅舅不愿靠着捕鱼的微薄收入过日子，他说他还年轻，应该要多闯荡，便辞掉了捕鱼队的工作。

舅舅的第二份工作在外婆看来，也并不太差。辞掉捕鱼队的工作后，舅舅便随着村里的手艺匠人学着弹棉花。那个年代，村里的棉被都是弹制的，弹棉花不失为一门稳靠的手艺。舅舅从师学了一段时间，也靠着弹制棉被赚了些钱。可是，舅舅不喜欢弹棉花这种细致活，他觉得他的才华被浪费在了那一丝一线之间。没干多久，他再次请辞了弹棉花的工作。接着，他拜师学医，后来又半路辞师，成了捕蛇者。

自此之后，外婆竹篮打水的噩梦便一直没有停止过。

二十世纪九十年代末，多数人家都建了红砖房，房檐下再也没有寄居的菜花蛇了，舅舅只能去灌木丛或是山林捕蛇。他更喜欢到山林里捕蛇，因为那里的蛇更大一些。

舅舅对自己捕蛇的技巧极其自信，可外婆却对他一点也不放心。她劝说儿子不要贪心，能捕多少看天意。可舅舅却野心勃勃。

有一回，舅舅在山里碰到了一条大松花蛇，很想把它抓住。可松花蛇性子烈，舅舅还未下手，它便反扑过来攻击舅舅，舅舅吓得退了几步，一不小心踩到石头上，滚下了山坡。醒来后，舅舅发现自己躺在山里的一个土坟堆旁，他吓傻了，回家后，好几天都不能言语。

外婆看到他受惊吓到魂魄出窍，便又是哭又是骂，把他关在房间里好多天。自此之后，她严格控制舅舅捕蛇，提了很多要求，譬如只能捕捉无毒蛇，每个月的捕蛇量不能太多。

"这么多限制，我怎么靠捕蛇养家呢？"舅舅抱怨。

"我不管那么多，捕不了蛇，你还有其他的门路。"

"我可以保证不捉毒蛇，可是你总得在捕蛇的条数上放宽限制吧？"

外婆骂道："要是你敢多捕一条回家，我就躺到养蛇的房间里。"

外婆说了狠话，舅舅也不敢违背她的要求。

舅舅捕蛇初期，蛇价被贩蛇者压得很低，捕蛇者并没有多少话语权。而贩蛇者将蛇转卖到城里的餐馆，价格却要翻五六倍。得知这个消息后，外婆很不甘心。她知道自己的儿子捕蛇辛苦，而那些贩蛇者，不要承担一点风险，凭着自己的渠道居然能赚高出几倍的利润。不过，她也只能无奈地接受这个事实。

二〇〇〇年左右，外婆家的家境愈发艰难，老房子年久失修，急需钱来建新房子。舅舅捕的那些无毒蛇卖不出高价钱，于是，他便想着到野外去捕些毒蛇。外婆尽管担心儿子在外头的安危，可是，生计窘迫，她和外公一时又想不到其他门路，深思熟虑之后，总算对舅舅松了口。

有一回，一位妇人找到舅舅，说想请他帮忙捕一条银环蛇。

"银环蛇是最毒的蛇，你要它干什么？"外婆担心自己儿子的安全。

"我家男人得了癌症，医院的医生不给治了。听说中医有以毒攻毒的方法，我想找齐五种最毒的蛇虫，炖了给我男人治病。事已至此，任何方子我们都得试试。"妇人说的五毒是毒蛇、毒蜈蚣、毒蝎子、毒蟾蜍和毒蜘蛛。

"要是你帮我捕到银环蛇，我愿意一斤出四五百块钱。"

妇人的价格开得出奇地高，外婆听了有点动心，更别说舅舅了。一想到可以用这些钱来修房子，外婆就同意舅舅接了这单生意。

银环蛇一般不会出现在村子里，它们通常隐藏在深山里。为了找到银环蛇，舅舅带了铁钩、木棍、手套这些他平常根本不用的捕蛇工具。他在山里找了好些天，总算找到了一条。他用铁钩钩住蛇尾，用木棍抵住蛇头，抓住蛇身，将蛇背回了家中。

那是一条粗壮的银环蛇。银环蛇被放出布袋的时候，房间里的无毒蛇竟被它的气势所震慑，纷纷躲开。妇人几天后来到了舅舅家中，付了钱，拿走了蛇。

这件事情让外婆开了窍，她发现捕捉毒蛇的收益要比捕捉无毒蛇好多了。一个月捕一两条毒蛇，几乎抵得上捕几十条无毒蛇的收益。这样的生意谁不愿意做呢？

外婆放宽了自己当初定下的规矩，而家里的生活条件也大大地改善了，不但盖起了楼房，还买了电视机。舅舅甚至还买了一辆摩托车，方便他到更远的地方去捕蛇。

看见舅舅家的生活过得越来越红火，村里有些人眼红，便开始故意捣乱，他们会趁舅舅一家熟睡的时候，来到养蛇的房间外，用铁锹撬开窗户，试图放走那些蛇。

外婆听到屋外的声响，立马爬起来，走到屋外，才惊走了那些人。

为了看好这些蛇，外婆特地养了一条黄狗。黄狗很通人性，家里人过来一般不会吼叫，可要是陌生人过来了，黄狗便会叫个不停。有一段时间，家里消停了不少，外婆也睡了一阵子安稳觉。可是，过了不久，居然有人用拌了老鼠药的肉块毒死了黄狗，外婆为此伤心了好一阵子。

还有一回，舅舅在野外抓了好多蛇，屯在家里等着卖出去。突然间，家里出现了一批自称是林管局的人，说是接到群众举报说"有人私自贩卖野生动物"，他们进了养蛇的房间，搜走了所有蛇。外婆只能心痛地站在一旁看着。舅舅回来后，外婆让他去打听打听，一查，原来是一批流氓地痞冒充公职人员。外婆听到这件事情的真相后气愤不已。

尽管生活中出现了各种不如意，但日子还得继续过下去。

几年后的一个夏天，一条银环蛇跑到一户人家的后院。

那家人惧怕极了，央求舅舅捉走那条毒蛇。舅舅成功地捕到了蛇，围观的人看到舅舅敏捷的身手，都交口称赞，并起哄让舅舅再展示一下捕蛇的过程。舅舅有点得意忘形，从布袋里放出了银环蛇，又给大家展示了一遍捕捉的过程。可是，就在他把银环蛇放回布袋的时候，银环蛇从布袋里猛然跃起，一口咬在了舅舅的右手掌上。银环蛇毒性极强，尽管舅舅立即咬住了那朵神奇的花，但他仍然昏迷了几天，许多人都以为他再也醒不过来了。

舅舅不再捕蛇了，他告诉所有人说他从此不再捕蛇。

待伤口痊愈后，舅舅将所有之前捕到的蛇放了生，他撬开了封住窗户的木板，把房间的每一处地方都用石灰粉重新粉刷了一遍。因为长年养蛇，房间里弥漫着一股浓烈的蛇腥味，在外人看来这里似乎弥漫着一股蛇的怨气。为了彻底把怨气清除干净，舅舅甚至请了道士到家里驱邪。不过，舅舅说，他并不怕蛇，还说，世间事物，有因便有果，他之前捕了那么多蛇，最终被毒蛇伤到就是报应。

每次看到小孩子在乌江河边玩弄水蛇的时候，舅舅仍会记起曾经的捕蛇时光。他有点手痒，想再次试试身手，可一看到孩子们抓在手上的蛇，他便会本能地往后退上两步，引得孩子们讥笑他。

舅舅变得疑神疑鬼。他自己并没有察觉，可家里其他人老觉得他对任何事情都有点反应过度。有一回，外婆叫舅舅到田里去捆稻草，田里横着的一条草绳也把他吓出了一身冷汗。他似乎也难以集中注意力了，脾气变得暴躁，经常无缘无故地朝家里人发火。到了晚上，他会从梦中惊醒，一遍又一遍地重复着白天说过的话，或者唠叨过去发生的事，直到说累了才慢慢睡去。

舅舅的变化，外婆看在眼里，疼在心里。她知道舅舅肯定是因为被蛇咬伤后，留下了严重的心理阴影，用老话说，就是受了惊吓。按村里的说法，受惊吓的人若是不治疗，心智会逐渐减退，将来说不定会变成傻子。外婆当然不希望自己的儿子变成傻子，她铁了心要给舅舅找到治疗方案。她把舅舅带到了村里的老中医家，想让舅舅的师父看看能否用中药定一定舅舅的神思。师父虽会治病开方，可对治疗心理疾病却并不在行。他给自己的徒弟开了几剂安神的中药，效果并不明显，他只得劝外婆另寻他路。外婆有点担心了，便带着舅舅去看村里的西医。可是，西医并没有治疗惊吓一说，舅舅又不像精神病人，医生诊断了好几次，也没诊断出个所以然。

外婆有点绝望了。穷苦人家的日子经不起折腾，一场疾病或者一个事故，有时便可以把一个家庭折腾得支离破碎。

人在走投无路时，便会相信超自然的力量。外婆没有多少文化，她唯一的救星就是神佛。她带着舅舅，来到了寺庙，求庙里的和尚给舅舅诵经祈福。

"你儿子怎么了？"和尚询问情况。

"儿子作孽去捕蛇，到头来被毒蛇报复，咬了他一口。唉，怕也是他命里该有的劫数。老师父，你能否给我儿子诵经祈福，好让他的心智快点恢复？"一想到自己的儿子在壮年遭了罪，外婆便老泪纵横。

和尚知道自己并没有什么灵丹妙药，也并不像村里的医生那样能够给病人开方抓药。见着眼前哭成泪人的老太太，他不好意思回绝，便答应从佛祖的香台上为舅舅请茶治病。

请茶是寺庙中常见的仪式，大抵因为来庙里拜谒的村民总得从神仙菩萨那边请得些沾了灵气的物件才会觉得心安。于是，村里的和尚、道士便用佛像面前的香案里烧尽的香灰和茶叶混匀，制成茶包，分给信徒泡水喝。

掌事叫外婆和舅舅取了几根香，点燃，然后命二人跪在佛祖面前，他在一旁盘膝坐着，打开经文，诵唱完，便到神龛里，用铜制的小勺刮了一点香灰，轻轻洒进茶叶里。和尚把放了香灰的茶递给舅舅，说："小伙子，常言说，大难不死，必有后福。你被毒蛇咬伤，尚且留下了性命，还担心什么呢？你呀，只有把自己照看好了，才能让一家子过得舒坦。"

这次拜佛的经历对舅舅起了很大的作用。回来后，他变得平和了，也收敛起了戾气。他回想了许多事情，也开始谋划未来的日子。此时的他已经上有老下有小，一家人都指望着他。捕蛇的路被堵住了，他该干点什么呢？

他没有太多文化，因为家境清苦，小学还没读完便帮着家里操持家务，因此他没有能力去干体面的活儿，却又不愿远行打工。

于是，舅舅只得开始学习种地。在被毒蛇咬伤后的两年里，他踏踏实实地当起了农民，还租种了别人的水田，希望通过种水稻来给家里创收。种水稻不像捕蛇，收益没有那么快那么好，收成好坏很大程度上取决于种田人的耐心和所下的苦力。舅舅自然不太习惯这样的工作，可他不得不接受现实，忘掉捕蛇时代的辉煌。

这不是一个简单的转变，对他来说，靠高风险高回报的方式挣钱的日子一去不复返了。好在家里人都坦然地接受这种转变，愿意齐心协力渡过难关。农闲的时候，舅舅会和我父亲一起，帮助别人打井，赚点额外的收入。他们用的仍是最简单的铁锹和铁铲，靠着自己的蛮力，把地下的土一桶桶挖出，提到井外，堆积成山。井水从泥土里渗出的时候，舅舅喜欢用木瓢在井壁接着。看着滴出的井水，舅舅会想到自己的日子，想到那些永远算不清的柴米油盐的细账，想到他这平淡而又卑微的生活。乡下人家过日子，图的便是红红火火。舅舅没有多少宏大的志向，只是觉得，他这一生，要让家里老小过舒坦日子。可舅舅不觉得此刻他正在做的事情，能够在未来让全家人过上好日子：

"都说种田是个稳当活，可这稳当活又究竟能赚多少钱呢？"碰到种田的人，舅舅喜欢递上一根烟，和他们在田埂上谈田地的收成，"你就算算，要种上一季的水稻，得花多少时间和精力，才会有个好收成。"

"村里最好的水田，一亩地能产八百斤粮食，算是非常不错了。这样的产量还得看老天的意思，要是碰上年头不好，收成还要大打折扣。"

"八百斤粮食，换算成钱的话，大概是多少呢？差不多一千块钱，对吧？这数字听起来蛮多的，可是，要是算上种地的成本，一亩地的收入其实少之又少。"

"种一亩地先得有好种子，一亩地的种子估计得花掉二三十块吧。再是犁田的费用。现如今，请人犁田，一亩地估计要花掉一百块。水稻种上了，要打农药，随便又是一两百块钱支出。再就是施肥，估计也要两百多块钱。算上农业税，一亩地一千块钱的毛收入，进到自己口袋里的就更少得可怜了。自己辛辛苦苦几个月，就为了这几百块钱，值得吗？"

没人告诉舅舅这样的辛苦钱挣得值还是不值。平常人家过日子，没有跟生活讨价还价的余地，能挣到一块钱便是一块钱。

这样的日子，舅舅过了好几年，也算是捕蛇职业结束后的休整期。有那么一段时间，舅舅甚至喜欢上了这样简单而又平凡的生活。他按时地在田地里施肥、除草、收割，曾经的捕蛇生涯，在青山绿水间，好像和他已无多少瓜葛。

可是，生计永远会逼迫那些行走在社会最底层的人。眼前的日子虽顺心，妻儿老小的生活却是舅舅无法回避也不能摆脱的现实。他的心思再次活络起来，他开始寻找其他的赚钱门路。

那个时候，舅舅还有点儿积蓄，他用这些钱从养猪户那里购买了一批小猪仔，他寻思着通过养猪挣点儿钱。他很是用心，知道大家开始讲究吃绿色食品，于是，每天从野外割回来最新鲜的野草野菜调制猪潲。在舅舅的悉心饲养下，猪仔们长得特别肥壮，最后也卖了个好价钱。舅舅尝到了甜头，觉得畜牧养殖是个挺赚钱的门路。

他似乎看到了改善生活的曙光。

他决定扩大养殖规模。他用挣下的钱扩建了猪圈、鸡圈，买回更多的小猪仔、小鸡仔。猪仔、鸡仔多了，家里因此粮食不够用，舅舅便花钱买了大量的谷物和饲料，家里堆满了猪和鸡的食料，每天需燃起五个炉灶煮猪潲、鸡潲。舅舅把它们当成了宝贝，当成了好日子的希望。

可是，这个世界没有多少一帆风顺的故事。猪流感、禽流感的消息四处传散开来，猪肉鸡肉的价格很快便降了下来，收购肉猪、土鸡的商贩也少了很多。偶尔来的，也拼命地压价。

舅舅不甘心把自己的心血贱卖出去，他宁愿把猪养在猪圈里，可是，猪越大，胃口就越大，到后来，实在养不下去了，他只得把它们宰了，廉价卖给村里的屠夫。

大笔的投入让舅舅一度在养殖业上亏损了很多。他耗尽了所有的积蓄，最终却换来了空荡荡的猪圈和鸡圈。他有点儿不甘心，想再奋力一搏，让自己从穷困中脱身。他亏本卖掉所有的牲畜后，又租种了更多的水田，在种田的过程中，他偶然发现了粮食倒卖的生意。那个时候，村里总会有些人家因为家境不好急需用钱而低价卖出自家新收的稻谷。而有些人家，因为种地不多，在收成不好的年份经常需要买进粮食。舅舅决定倒卖粮食，赚取中间的差价。

这是个听起来非常不错的生意，不过要做的话，需要交通工具运送粮食。他借钱买了个三轮车，开始到处收购粮食。有那么一段日子，舅舅的粮食生意做得相当红火，也回了不少本。

可是，命运就像和他作对一般，老是在他意气风发的时候，给他迎头一击。有一回，舅舅骑着三轮车在乌江河边运送粮食。那天正好下过一场大雨，他骑车回家时一不小心踩重了刹车，三轮车一滑，从乌江岸边斜插下去，沿着陡峭的河堤翻滚，直到撞上河边的一棵柳树，所幸车最终没有滚入河中，但车上近千斤的稻谷都倒进了河里，三轮车也破损得比较严重。唯一庆幸的是，人没有受伤。

很多年后，当舅舅站在城里新建的高楼大厦上，望着脚下车水马龙的景象时，他总会不由自主地回想自己如何被现实一步一步地逼着走出农村，最终成为打工者中的一员。他在城里建过很多高楼大厦，可他却不知道哪一天自己能够在这些建好的房子里住上一晚。

三轮车翻车以后，外婆细细想了舅舅这些年做过的事情，越想便越觉得邪门，因为每次舅舅都是以失败告终的。于是，她便找村里的算命先生给舅舅算了一卦。算命先生说，舅舅需要远行，才能消灾避祸。外婆并不知道算命先生所说的远行是什么含义。

村里去外地打工的年轻人越来越多，有些人甚至靠着在外面打工，挣了不少钱，一个个地把家里的房子装修得特别体面。舅舅觉得，他没准也可以像这些人一样，到外面的城市去闯荡一番。凭着他的努力，没准苦日子就到头了。

他好不容易联系上了一个包工头，成了建筑队里最底层的工人。

就这样，舅舅从最简单的粗活干起，在建筑队里扎脚手架、和水泥、搬砖。慢慢地，他可以与那些高级的建筑工一起下地基、砌砖头。当建筑工的时间久了，舅舅也逐渐读得懂建筑图，算得明白工程的用度。可是，他并没有彻底改变自己的家境。他加入建筑队的时间最短，拿到的工钱也少。开始几年，舅舅只能忍着，到最后，忍无可忍了，他便跳槽到另外的包工头手下。他遇到过出手阔绰的包工头，也遇到过克扣工钱的包工头。

有一回，他所在的建筑队里的包工头，拿着本该发给员工的工资在赌场里赌钱，结果把钱输得精光。过年的时候，舅舅和其他的员工想找他讨还工资，他闭门不出。想着自己需要这些血汗钱回家过年，舅舅非常气愤地跑过去讨说法。包工头见舅舅闹得最凶，便派几个保安把舅舅打了回去，并解雇了他。

就这样，在被银环蛇咬伤的第九个年头，舅舅仍是一贫如洗，不得不重操起了捕蛇的旧业。

他曾是，而且至今是我们村里最传奇的捕蛇人。

- 11 -

乌江边的故事

一

每隔一段时间，乌江岸边就会有人给刚刚过世的亲人举行"请水"仪式。在南方的丧葬风俗中，"请水"是不可或缺的一环。按老一辈的说法，刚刚逝去的人的魂灵会在尘世游荡几天，像活人一样会饿会渴。葬礼进行到一定阶段，要引着魂灵到湖边或是河边喝水。尘世和阴间在中国人的眼里，永远都充满了人情味，也算是活着的人给自己找到的慰藉。

"请水"仪式一般由道士主持，他们穿着黑色长袍，戴着道士方帽，哼唱着经文，在水边祈求阴间的神佛赏这即将离去的魂灵几口水喝。道士边唱边把法杖插入土里，用拂尘在水边拂上几下，焚上香，虔诚地跪在河边，请求神明的回复。风拂过水面，吹动道士手中的拂尘，伴着那些凄厉的哭声，还有丧葬乐队的唢呐声、锣声、铜镲声，一切都显得那么庄严肃穆。经文诵完了，道士会点上一炷香，拿着一个碗，走到水边，再从河里舀起一碗水，小心地端上岸，递给那些痛哭的亲人，让每个人都有机会尽最后一点儿心意。

尘世阴间，那些活着的和死去的人，因为这个特殊的仪式，在这一刻好像被联结在了一起。死亡对每个人而言都是个神秘又可怕的存在，望着那流淌了几百年、几千年的江水，活着的人很容易被此生的短暂触动。一世繁华，到头来谁又不是化作了一撮尘土呢？世间又有谁能抵挡得住时间流逝的力量呢？对尘世的眷恋，在这一刻只能化作悲痛；而这悲痛，却也给了人这种渺小的存在一股神秘的力量，让活着的人好像看到了生的意义。

小时候，我对"请水"仪式一直心怀畏惧。我不明白死亡是一个什么概念，也很难理解大人为什么会发明这样一个奇怪的仪式来祭奠那些见不到摸不着的魂灵。每次看到那些道士扔进水里的祭品——那些浮浮沉沉的水果，那些被水泡得发肿的猪肉块，我就会想到从书里读到的鬼怪故事。我怕那些游荡的鬼魂会在半夜突然出现在我眼前，我担心"请水"仪式招来阴间更多的鬼怪。望着水面，我有时甚至怀疑，乌江下面是不是就连着大人们所说的阴间，要是某天盯着水面看得久了，水里的鬼魂便会飘上来，把人拽下水去。

中国人对大江、大河总会有一种复杂的情感。多少才子文人吟咏过奔流的江河，多少诡谲的逸事也因河水而起。

那些诗词传奇在村野山林中自然没有多少人懂。在乌江边，大人对小孩子唯一的忠告便是：河里有水怪，千万不要一个人到乌江河里去玩。大人告诉我们，水怪长着红色的眼睛，嘴里满是獠牙，潜藏在乌江河底，要是哪天看到小孩下水了，它们便从河底的水草里钻出来，迅速地扑向小孩，死死地抓住小孩的腿，直到把小孩拖入水底，把他们的精气全部吸光才肯罢休。

村里每隔几年总会传来小孩子溺水的消息。接着乌江旁边便会举行"请水"仪式。半夜里，仪式上那些凄厉的哭声经常吓得我不敢睡觉。

于是，对乌江，我更加地恐惧。

二

乌江河在我们村的北面，是停钟村和兴无村的分界线。我家住在停钟山脚，离乌江有好几里路的距离。外婆家居住在兴无村的乌江河畔，每次去外婆家的时候，我都要经过乌江河。乌江河面上每隔十多里路就会有一座桥。两村之间本来是有桥的，但在我出生的时候，一场大水冲垮了桥梁，之后也没人愿意出资重修，因此，要到对面的村子，得绕好几里路到下一座大桥。

夏天的乌江河水不是很深，尤其是流经我们村庄的那一段，最深的地方只有三米多的样子，浅的地方则只有半米多。河水清澈，一眼就能望到河底。要是水不深，人完全可以蹚水过河。

不过到了雨季，河水就涨得很快。河水夹杂着从山里冲刷下来的泥沙，河面时不时会泛起一层泡沫。村里人管这个时候的河水叫"黄泡子"，是会要人命的水。在我的印象中，最猛的黄泡子水出现在一九九八年，那时河水足足有二十来米深，冲击着河堤，人走在堤上，能强烈地感受到水流的冲撞。

因为隔着的乌江河，我们一年里去外婆家的次数并不多，每次去的时候，多是逢年过节，或是家里农活儿忙完了，父母想过去看看外婆家是不是还需要帮手。

每次要去外婆家，我和弟弟都会特别地高兴。我们从家里出发，经过水田，然后走到乌江岸边。在河边，父亲会下河试探水的深浅和湍急度。他挽着裤脚在河中走上几步，四处查看河水的颜色。要是水色浑浊，父亲会摆摆手，领着我们往下游走五六里路找一座石桥过河。要是水浅，我们一家便会随着父亲蹚水过河。

小时候，父母总是背着我们过河。河底覆盖着一层流沙，脚踩在上面，时不时会陷进去，而被背在背上的我们则会趁着这个机会用脚踢踢水。等我们稍大了些，河水没不到腰了，我们也会独自涉水过河。

夏天里，河水被太阳晒得温热，而河底的泥沙还很凉，踩在上面，一热一凉，非常舒服。河里时不时会有成群的鱼儿游过，有时候，我们会在浅水区追赶鱼儿。如果我们不小心跟着它们到了深水区，这个时候，我们就站在原地不动，等着父母领我们走出深水区。冬天里因为雨水少，河水有时比夏天更浅，这个时候蹚水，冰冷的河水像针一样扎在脚上，我和弟弟在水里是一刻也不能忍受的。不过有时为了省事，我们也会照常蹚水。这时，我们只想尽快走到河对岸，到外婆家里，在温暖的柴堆旁烤暖自己的身体。

因为河里有流沙，那些看似浅的区域其实也潜藏着危险。老人们说，流沙下面藏着水怪。要是有人不小心踩到流沙口了，里面的水怪就会把人拖下去。人越是挣扎，就越容易被吸走。我一直以为那是大人编出来吓小孩子的，便没怎么放在心上，直到有一次，我亲历了流沙吃人的场景，才明白大人的警告是有缘由的。

有一年端午节，父亲带着我去外婆家的村子看龙舟赛。我们从家里出发得有点儿晚了，心急地想在比赛结束前赶到赛场，父亲于是毫不犹豫地决定蹚水过河。端午节的前一天，下过一场大雨，河里涨水了。可父亲觉得，凭着他的好水性和多年的蹚河经验，不至于有太大的危险。

他在河边脱了长裤，卷起来扔到我手里，然后下到河里试了试水。河水虽急，但不是很深。父亲把我背在肩上，小心翼翼地走进了河里。离河岸近的地方原本有些石板放在河底，可河里泥沙变多，覆盖了不少石板。父亲凭着记忆，在河里踩着石板一步一步地往前走。刚开始父亲走得很稳。可是，到了河中间，水逐渐变深，水流也急了许多，他似乎找不到下一个落脚的地方了。他环顾四周，用脚试探着河底哪个地方更加稳固。可河底流沙很多，从每一个地方踩下去人都会往下沉。一不小心，父亲踩到了一个流沙孔，他人猛地一倾，差点把我甩进了水里。

"哎呀！"父亲慌张地叫了一声，他猛地一抽脚，把脚从流沙眼里抽出来，找回平衡，可是再次落脚的时候，周旁的流沙松动，让他陷得更深了。父亲往河里下沉，水开始没过他的腰，逼近他的胸脯。父亲知道他再也不能动了。他在河里站定，用双手紧紧抓住坐在肩上的我，告诉我不要乱晃。

看着身边湍急的河水，我吓得大哭起来。

"哭什么哭！"父亲骂我，"男子汉，别哭！"

我擦干眼泪，看着我们身边漫过的河水，满眼绝望。我想喊"救命"，可环顾两岸都没有看到人影。

父亲屏着气站在河里，他稳住自己的步子，不让河水破坏自己的平衡。一分钟，两分钟，我们就这样在水里站着，静静地等着奇迹发生。可是奇迹什么时候会来呢？河水什么时候会退去呢？

过了好一阵子，上游漂来了一个东西。到我们跟前时，我们才发现那是一根长竹竿。父亲似乎看到了希望。他小心地伸出手，抓住竹竿，然后用竹竿抵住河底的流沙，一步步把自己撑了上来，我们这才脱离险境。

上岸后，父亲和我躺在岸边的草地上，我又是叫又是笑。父亲脸上挂满了水珠，水珠里，似乎也有父亲因绝处逢生而淌下的泪水。

很多年后，我仍常被困在乌江水里的噩梦惊醒。

三

乌江河现在大约有五十米宽的样子，可是，据村里上了年纪的老人说，在半个多世纪前，乌江河最宽的地方宽度超过两百米。那个时候，乌江河没有河堤，一下大雨，河水便会淹到村庄里，两岸百姓苦不堪言。新中国成立后，政府组织村民筑造河堤，才将乌江河的宽度缩减成了现在的五十多米，原先的大部分河床则被改造成了水稻田，被称为"老河里"。

筑堤治水，功莫大焉，后来村庄里很少遭遇洪涝灾害。

听老人说，那个时候修筑河堤，远近许多村子的好几千人都参与了。这样浩大的工程，全靠人力完成，在科技发达的今天看来真是奇迹。河堤筑好后，村民种上柳树，帮助稳固河堤，而周边的水田则分给了农户。我们家在老河里分了两亩半的水稻田，从爷爷那辈起，一直到现在，都还在耕种。

每次到老河里干农活儿，我便有了到乌江河边玩耍的机会。我和弟弟经常会跑到河堤，爬到柳树上，去捕捉那些躲在柳叶底下的知了。我们沿着树干，悄悄地爬到知了旁边，等待着下手的机会，时机一到，便猛然出手，将正在树干上吸树汁的知了抓个正着。

我们用一根细线绑住知了的腿，然后比谁的知了飞得更快更高。知了在我们的细线上挣扎着，偶尔也会鸣叫几声，我们听到后，反而笑得更兴奋，田里劳作的辛苦也在瞬间消散。等到我们玩累了，就趴在柳树上，折一根柳树枝拍打河面。柳树下的水面经常栖息着水蜘蛛，我们的柳条一扰动，它们就在水面跳来跳去。我们看着水面的蜘蛛、天空、云朵和自己的倒影，有种天人合一的感觉，直到水里的鱼儿突然跳出水面，溅起的水花才打碎了如镜的水面。

在我小时候，乌江河里有很多鱼，所以不管什么时候，河边都有垂钓的人。他们戴着草帽，坐在草丛里，握着自制的钓竿，静静地等鱼上钩。河岸蚯蚓也多，要是没了鱼饵，大家可以就地取材，随便在草丛里一翻，便可以抓一大把蚯蚓。

我特别喜欢看其他人钓鱼，因为我自己钓鱼的水平并不是太高。为了钓到鱼，钓鱼的人一般会将泡过酒的米粒撒进河里，闻到酒味的鱼儿会循着味过来。他们根据浮标下沉的速度和频率来判断鱼儿何时上钩。鲫鱼吃食的时候，浮标会下沉得很快，沉沉浮浮两三下，便得起钩。河鳗吃食，浮标只会往下沉，因为吃食后河鳗一般都会躲进河床底的泥沙里，这个时候你只要猛拉钓竿就可以了。不同的鱼吃食有不同的习惯，懂鱼的人自然钓得也多。

母亲常说，她做姑娘家的时候，乌江边的鱼多得数不清，那个时候想要捉鱼，连钓竿都是多余的，你只要拿一根柳树枝，在浅水区朝着水面拍打就可以了。河里的鱼儿因为水流的运动，往往会朝着柳树枝抽动的方向游走，甚至跳出水面，因此，很容易被捉到。有时候，要是用力得当，一些水里的鱼儿也会被柳树条抽晕，人直接就能捡到鱼。

母亲说的这些场景在我听来很是梦幻，因为到我们那个时候，河里的鱼少了很多。没有人知道为什么鱼儿变少了，村里的人便想着改变捕鱼的方式，好让自己在河里多捉到一两条鱼。譬如说，我小时候常用的捕鱼的方式就非常简单实用：拿一只大碗，碗底装上些米饭，用塑料薄膜包住碗口，在中间开个小洞，埋进河床的沙子里。米饭会吸引河里的鱼钻进碗里，一旦钻进去，鱼便很难从洞口再钻出来了，到时候，只要去收那些埋在沙子里面的碗便可以了。

乌江边住着一个老木匠，是我们家的远房亲戚，按辈分他是我的叔公。我经常到他家去玩儿。

老叔公是传统的手工艺人，他做木工的时候，用的全是最简陋的工具——墨斗、直尺、锯子、斧头、凿子，样样看上去都很粗糙，可老叔公却用这些粗糙的东西打磨出了村里最漂亮的八仙桌或是柜子。他做木制家具的时候很少会用钉子，乡亲们都夸他手艺好，哪户人家要请木匠打制木器，叔公总是第一人选。

老叔公凭这个手艺养活了一家子，只可惜，他的儿子嫌木匠手艺麻烦，没有继承他的衣钵。

这位木匠老叔公做工的时候，经常会用剩下的木材或竹料做一些竹鸟或是陀螺，因此许多孩子喜欢到他家里玩儿。大家拿到的玩具多了，就会打一些歪主意。我们想象，叔公家除了那些送给我们的玩具之外，一定还藏着玩具的模型，要不然，他怎么每隔一阵子就可以做出不一样的玩具？有一回，我们在乌江边玩累了，决定偷偷溜进叔公家。那天，他正好不在家，他家的门又是半掩着的，很容易溜进去。我们事先制订了周密的计划：哪些人进去找模型，哪些人在外面放风。

就这样，我们进了叔公家，挨个房间地翻找玩具模型。在厨房里，我们看到了他做的那些八仙桌、椅子、长凳和木桶；客厅里，摆着还没完工的一些凳子、木柜和木箱；卧室里，立着大大小小的衣橱、木柜，可就是没有我们想象中的玩具模型。

我们把叔公家翻得凌乱不堪，越是没找到想要的，我们越是不甘心。

突然间，我们听到了口哨声，门外放风的伙伴发出了信号，随之而来的，是越来越近的叔公家的那条黄狗脖子上的铃铛声。我们慌了，随手把那些翻乱了的东西稍微整理了一下，然后飞奔出去。叔公在家门口的不远处见到我们从他家里跑出去，以为我们偷了什么东西，追着我们大骂："你们这些小坏蛋，小小年纪就学着偷东西！"

我们像是受了惊的麻雀，拼命地往河岸跑过去。身后，叔公一直在追赶我们，大有不把我们剥皮不罢休的架势。我们拼命地逃，叔公因年岁大了，实在跑不过我们，只好停了下来。我们也累得趴在河堤上，但一个个都舒了口气，傻呵呵地大笑起来。

四

村里人说起巫医的时候，指的是住在乌江边上的那个人，只是后来，巫医的儿子在其他地方新建了房子，他也便随着儿子搬走了。他是村里很特别的一个人，光是长相便足以让小孩感到害怕：他的皮肤很黑，和村里其他人的样貌很不相同；他经常穿黑色的布衫，深色的布鞋，冬天里蓄着胡子，到了夏天则会剃掉胡子。

他应该是读过些老书的，认识繁体字。关于他如何成为巫医的故事，流传着各种版本，我知道的版本是这样的：大概六七十年前，村里来了个流浪汉，他在巫医家里住了一阵子。流浪汉感激他家的施舍，临走时传给了当时还是小孩的巫医一本秘籍，并告诉他，秘籍里记载的都是些高深的法术。可能是这个缘故，巫医年轻时便学会了一些道法，并开始用这些道术给人看病消灾，他的名声也一点一点地传了出去。

当然，真相无法考证。

巫医似乎是个喜欢搞恶作剧的人，尤其是面对小孩子。他远远地看到小孩子时经常一动不动地站在原地，凝视着小孩子，似乎是要检验小家伙看到他时有什么反应。

而小孩子们必定会感到害怕，他们站在那里不知道该往前走还是往后退，只好停在路边不停地张望，看附近是否有大人。

巫医这个时候仍不动。他目不转睛地盯着小孩，眼光变得阴森恐怖。小孩子越看越慌，胆小的经常被吓得号啕大哭，这个时候，巫医会露出笑脸，但仍然站着，不会用言语安抚小孩。

这出恶作剧的缘由很是简单，据说，巫医可以通过小孩子的反应判断出他的性格。一些胆大的会从地上捡块石头砸过去，他们长大后会是莽夫。一些踟蹰不前的，长大后心思细密，日子会过得安稳。巫医特别不喜欢那些见到他就哭的孩子，因为哭意味着那个孩子没见识没智商。很不幸的是，头一次被巫医拦在路上时，我便被吓得大哭起来。

巫医还会到乡亲们家里，给孩子出一些题目，譬如鸡兔同笼，根据笼子里的脚的数目来算鸡和兔子数目的算术题，还有古代传下来的对联以及诗词，以测试这些小孩的智力。

小孩特别讨厌他到自己家里来，因为回答不上他的问题的话，会被父母逼着做作业。当然，他很受父母欢迎。

巫医家四代单传，不像那个年代出生的其他人有许多兄弟姐妹。可能是因为没有兄弟姐妹，所以他感到有些孤单，他和另外一个也是几代单传的男人结成了拜把子兄弟。几十年过去了，两个人各自成了家，可他们的盟誓没有发生改变。哪家有困难，另一家都会过去帮衬。大家都说，他们这对拜把子兄弟比有些亲兄弟还亲。

巫医之所以被称为巫医，是因为他在村里依靠占卜算命为生。他的那些占卜和算命之术看上去没多少章法，但许多人都很相信。要是哪家走丢了鸡、鸭，甚至是人走丢了，都会到他那儿卜上一卦。

在帮别人占卜找东西时，巫医会先询问一下信客东西丢失的时间，看信客是不是犯了禁忌。然后，他会焚上香，请出卦，闭上眼，在案前祭出灵符，烧完灵符后，他扔出手里的卦，读卦象，告诉那些信客该怎么办。

"猪冲了灶王爷，往村南的山里跑了。"

"灾风在西，犯了火金，要在家里防火灾。"

村里人常说，信则有，不信则无。巫医知道，那些来找他算卦的信客，不是为了找个确切的答案，他们只是要从他这里找到希望罢了。于是，巫医决定给他们希望，让他们在惶恐中至少能得到些慰藉。一些信客幸运地找到了丢失的东西，这种"误打误撞"的巧合吸引了更多的人跑到他这里，求他给自家占上一卦。

除了卜卦帮信客找寻东西，巫医还可以帮人看病。当然，巫医从不说自己能替代医生治疗那些大病，他专治些疑难杂症。譬如说哪家的小孩受了惊吓睡不着，巫医可以镇住那些捉弄小孩的促狭鬼给小孩子安神。又或者，哪家老人受了风寒，舍不得花钱看病，便会到他那里求一些施了法术的酒水喝。

老一辈迷信的人多，得了病，他们认为并不一定是身体的问题，很多人相信是鬼魂在作怪，这个时候就需要巫医这样的人来施法治病。还有一个重要原因，就是在巫医那里看病，要比在医生那里便宜得多。因此，巫医的生意一直都很红火。

我记得有一年，我的弟弟得了腮腺炎，脸颊肿大，人也烧得迷迷糊糊。我们家舍不得到医院去买药，母亲就带着弟弟到了巫医那里。巫医让发烧的弟弟躺在床上，检查弟弟的脸颊，他告诉母亲，弟弟是因为最近在村子里玩耍，冲撞了某个鬼怪，鬼怪钻进了他的脸里，才导致脸颊肿大的。治这个病，很简单，只要把那些鬼怪从脸颊里赶走就可以了。

他拿来一张红纸，在上面用毛笔画了个人脸，放在地上，告诉弟弟那是他的脸。弟弟茫然地点了点头。巫医又拿出灵符，烧上香，请出神灵给他法力。接着，巫医用灵符包上一枚铁钉，朝着画上脸颊的位置猛扎下去。

"疼吗？"他问弟弟，"鬼怪钻进了你的腮帮子里，我用施了法的钉子在扎他们，你感觉到了吗？"

弟弟不知道该怎么回答。

"没关系，我再施点儿法力，鬼怪很快就要从你腮帮子里面跑出去了，你要是感到疼了，就大声喊叫。"

巫医拿起铁锤，往红纸上一砸。

"啊呀！"弟弟突然叫了一声，好像他真的感到了铁钉穿破脸颊的疼痛。

巫医收好他的法器，把地上那张红纸烧成了灰，撒在茶叶上，递给了弟弟："你回家后把这些茶叶泡水喝了，早晚喝上一碗，过一阵子，你的病就会好的。"

那天巫医的法术究竟有没有用，我是无从得知的。好在过了一阵子，弟弟的腮腺炎也慢慢好了，于是家里人更加相信巫医拥有神秘法力了。

有意思的是，学校那个时候教我们要破除迷信，不要信奉鬼神之说。可到了家里，长辈们教的又是另一套。

小孩子对这种神神鬼鬼的事自然很好奇，于是对巫医有了复杂的情感，既害怕，又崇拜。我并不相信巫医所说的，但也不排斥他所做的。"子不语怪力乱神。"我们年轻一辈对这类事都不太相信。

巫医最常做的事情是帮人驱鬼。很多老一辈人相信人死后是有灵魂的，那些游荡在村野的鬼魂一不小心附了人身，便会在短时间内让人性情大变，或是让人变得寡言少语，或是让人在不经意间说些胡话。如果不及时驱走附在身上的鬼魂，人会丢失魂魄变成行尸走肉。若是被鬼魂附身了，这个人唯一能做的便是赶紧找巫医驱鬼。

驱鬼的时候，巫医是要作法的。他会穿上道袍，手持木剑，点上灵符，在被鬼附身的人家里做半天的法事。作法的时候，最好杀一只鸡，剥几个橘子，鸡血和橘子汁混在一起可以防止鸡血凝固。巫医用那些新鲜的鸡血在黄色的纸片上画灵符，贴在家里所有的门窗上，好镇住那些游荡的邪祟。接着，巫医会拿着木剑，在家里各个位置点来点去，凡是点到的地方，他都会喷上酒水。等到大功告成了，他喝满一口酒，朝着点燃的灵符一吐，火花升了起来，看起来极其壮观。

村里的老一辈看到这场景，自是感到畏惧，而小孩子看见巫医作法，则充满了好奇。我们这些围观的人，在那一刻，都像被施了法一样，在跳动的火光里看到了逃跑的邪祟。躺在床上的被鬼附身的病人，看着周围所有的人，不知道自己是不是已经远离了鬼怪的骚扰，于是虔诚地闭上了眼，祈求神佛给他平顺安康。

这些病人真的会好起来吗？我常常疑惑不解。

一定会的。不然他们还能再做些什么呢？村里人常说，阴雨天的乌江河上，常会有个人影在河上撑船，耳尖的老人会听到人影发出呜咽的声音，可走近一看，人影便消失不见了。这是不是巫医驱走的千百个鬼怪中的某一个呢？

五

我常常会想，我被取名为"江"，是不是和村里的乌江有着莫名的关联。我并未出生在乌江边，虽从小常去乌江边，但一直也没学会游泳，算不上真正江边长大的孩子。不过，人的名字总会给人一些遐想，我想，奔流的江水似乎有着一股神秘的力量，而这神秘力量在冥冥中护着我成长。

近年来，父亲常和我抱怨村里的河沙涨价了，不像我们小时候，流沙四散在河里，去乌江河里挖那些流沙都是免费的。他想在家里建一个小阁楼，可是，那些沙子要上百块钱才能买回一车，父亲觉得不值，建阁楼的事情也就搁置了下来。

我记得二十年前，村里刚刚开始流行盖两层的小楼房。大家都自己制作红砖，自己到乌江挖河沙。夏天水浅的时候，沙子露在河床底，很容易就能挖满一车。

河里的流沙足足有一两米深，谁都觉得沙子是挖不完的。可是，时间一年又一年地过去，河沙渐渐变少了，现在只有在深水区才挖得到。乌江边便有人做起了挖沙的生意，他们先是人工挖沙，再后来，挖沙机架在河岸上，用传送带把沙子从河底运送上来。又过了很多年，到如今，河里几乎没有什么细沙，人很容易就能踩到河底的石板上。

人的力量有时候也让人感到恐怖，连填满河底的细沙都会被人挖光。

乌江里没有流沙了，村里人开始打两岸土地的主意。老河里原是属于乌江的，地下自然蕴藏着无数的细沙。很快，有些在县城做建筑生意的商人便想挖老河里下面的河沙。他们先是到政府去游说，然后劝说拥有老河里地产的农户卖田地，并承诺在村里建一口鱼塘。

村里自然会有反对的声音，老河里是老一辈人辛辛苦苦填出的田地，老人们不愿意看到田地被糟蹋，于是大家一起守在老河里，对抗那些外来的淘沙商人。可是，老人的苦心并不被村里的后辈们所理解。年轻人觉得老人们死守着没用的田产，思想一点儿也不开化。

他们更希望通过卖田卖地获得现金。

有了钱，他们便可以盖新房子。很快，阻拦的声音消失了，村民分到了钱，没有了地，又继续外出打工。

于是，村里又开始了一项堪称奇迹的工程：掘地为湖。据说，那些建筑商人要在村里挖出一个百多亩的人工湖，湖里蓄上水后，他们准备在村里进行水产养殖，这样可以搞活村里的经济。河沙从老河里被挖了出来，堆在河堤口，一座座像小山头一般，很是让人震撼。

可是，这项工程并没有开展多久便停止了。好像是几个月后，挖沙机在倾倒沙子的时候，包工头的老婆在一边帮工，没有注意到沙子，被活埋在了沙子下面。等到包工头发现他老婆时已是一周之后。村里人说，这是河神对他们的惩罚，要是他们继续在老河里挖沙的话，没准还会有更多的事情发生。而那些承包商因为工地出了人命，赔了很多钱，再加上村里的一些流言，便不得不中止了这个项目。

老河里的田被毁了不少，可是再也没有人把沙子填回去，重整成水田了。

乌江河里的流沙被挖光之后，蹚水过河时，再也不用担心脚会陷进沙里了，倒是给大家出行带来了不少方便。河床裸露，很快便有人发现河底蕴藏了煤，于是，附近的村民挑着扁担，一个个都从河底挖煤去卖。煤炭在附近的村里卖得挺贵，挖煤比一般的手艺活儿赚钱。那些年里，老木匠也放下了手里的木工活儿，跟着其他的村民加入了挖煤的大队伍。乌江河底被挖得千疮百孔，有的地方被挖下去很深，比流沙口更加危险。

又过了些年，老木匠老得做不动苦力活了，便撑着自己做的木船，在河上给想要渡河的人撑船。

听说村里的巫医现在已经金盆洗手了。据说有一年，他的妻子突然发疯了，巫医花了很大力气给他妻子施法，可就是没能把附在他妻子身体里的鬼怪驱走。巫医想，是不是自己已经年迈，功力不如从前了？于是他丢掉了所有的法器，开始过平常人的日子。

不过，一个巫医退隐了，村里又会有不同的人借着一些鬼怪之事宣扬自己具有异于常人的法力——只要有人信，就会有人干。

站在乌江边，望着奔流的江水，我不禁好奇它究竟见证了多少的荒诞不经，又见证了多少的沧桑变化。

河水奔流不息，这片土地上的悲欢离合也在不停上演，几十年，几百年，几千年……

- 附录 -

哈佛毕业演讲

蜘蛛咬伤轶事

（中文版）

在我读初中的时候，有一次，一只毒蜘蛛咬伤了我的右手。我问我妈妈该怎么处理——我妈妈并没有带我去看医生，而是决定用火疗的方法治疗我的伤口。

她在我的手上包了好几层棉花，棉花上喷洒了白酒，在我的嘴里放了一双筷子，然后打火点燃了棉花。热量逐渐渗透进棉花，开始炙烤我的右手。灼烧的疼痛让我忍不住想喊叫，可嘴里的筷子却让我发不出声来。我只能看着我的手被火烧着，一分钟，两分钟，直到妈妈熄灭了火苗。

你看，我在中国的农村长大，在那个时候，我的村庄还是一个类似前工业时代的传统村落。在我出生的时候，村子里面没有汽车，没有电话，还未通电，甚至也没有自来水。我们自然不能轻易地获得先进的现代医疗资源。那个时候也没有一个合适的医生可以来帮我处理蜘蛛咬伤的伤口。

在座的各位如果有生物化学背景，你们或许已经理解到了我妈妈使用的这个简单的治疗手段的基本原理：高热可以让蛋白质变性，而蜘蛛的毒液也是一种蛋白质。这样一种传统的土方法实际上有它一定的理论依据，想来也是挺有意思的。但是，作为哈佛大学生物化学的博士，我现在知道在我初中时，已经有更好的、没有那么痛苦的、也没有那么有风险的治疗方法了。于是我便忍不住会问自己，为什么我当时没有能够享用到这些更为先进的治疗方法呢？

蜘蛛咬伤的事情已经过去大概十五年了。我非常高兴地向在座的各位报告一下，我的手还是完好的。但是，我刚刚提到的这个问题这些年来一直停在我的脑海中，而我也时不时会因为先进科技知识在世界上不同地区的不平等分布而困扰。现如今，我们人类已经学会怎么进行人类基因编辑了，也研究清楚了很多种癌症发生发展的原因。我们甚至可以利用一束光来控制我们大脑内神经元的活动。每年生物医学的研究都会给我们带来不一样的突破和进步——其中有不少令人振奋的、极具革命颠覆性的成果。然而，尽管我们人类已经在科研上有了无数的建树，但是在怎样把这些最前沿的科学研究带到世界最需要该技术的地区这件事情上，我们有时做得不尽如人意。世界银行的数据显示，世界上大约有 12% 的人口每天的生活水平仍然低于 2 美元。营养不良每年导致

300万儿童死亡。将近3亿人口仍然受到疟疾的侵袭。在世界各地，我们经常看到由于贫穷、疾病和自然匮乏导致科学知识传播的受阻。现代社会里习以为常的那些救护常识并未在这些欠发达或不发达地区普及。于是，在世界上仍有很多地区，人们只能依赖于用火疗这一简单粗暴的方式来处理蜘蛛咬伤事故。

在哈佛读书期间，我切身体会到先进的科技知识能够既简单又深远地帮助到社会上的很多人。二十一世纪初，禽流感在亚洲多个国家肆虐。那个时候，村庄里的农民听到禽流感就像听到恶魔施咒一样，对其特别恐惧。乡村的土疗方法对这样一个疾病束手无策。农民对于普通感冒和流感的区别并不是很清楚，他们并不懂得流感可能比普通感冒更加致命。而且，大部分人对于科学家所发现的流感病毒能够跨不同物种传播这一事实并不清楚。

于是，在我学习到这些知识——简单地将受感染的不同物种隔离开来就可以减缓疾病传播——并决定将这些知识传递到我的村庄时，我的心里第一次有了一种作为未来科学家的使命感。但这种使命感不只停在知识层面，它也是我个人道德发展的重要转折点，我自我理解的作为国际社会一员的责任感。

哈佛的教育教会我们学生敢于拥有自己的梦想，勇于立志改变世界。在毕业典礼这样一个特别的日子，我们在座的毕业生都会畅想我们未来的伟大征程和冒险。对我而言，我在此刻不可避免地还会想到我的家乡。我成长的经历教会了我，作为一个科学家，积极地将我们所会的知识传递给那些急需这些知识的人是多么的重要。因为利用那些我们已经拥有的科技知识，我们能够轻而易举地帮助我的家乡，还有千千万万类似的村庄，让他们生活的世界变成我们习以为常的现代社会，而这样一件事，是我们每一个毕业生都能够做的，也力所能及能够做到的。

但问题是，我们愿意来做这样的努力吗？

我们的社会比以往任何时候都更强调科学和创新。但我们社会同样需要注意的一个重心是分配知识到那些真正需要的地方。改变世界并不意味着每个人都要做一个大突破。改变世界可以非常简单。它可以简单到我们成为世界不同地区的沟通者，找出更多创造性的方法，将知识传递给像我母亲或农民这样的群体。同时，改变世界也意味着我们的社会，作为一个整体，能够更清醒地认识到科技知识更加均衡分布，是人类社会发展的一个关键环节，而我们也能够一起奋斗将此目标变成现实。

如果我们能够做到这些，或许，将来有一天，一个在农村被毒蜘蛛咬伤的少年，或许能够不用火疗这样粗暴的方法来治疗伤口，而是去看医生，得到更为先进的医疗护理。